SV

Doron Rabinovici
Ohnehin

Roman

Suhrkamp Verlag

Satz: Hümmer GmbH, Waldbüttelbrunn
Druck: Freiburger Graphische Betriebe, Freiburg
Printed in Germany
Erste Auflage 2004
ISBN 3-518-41604-9

1 2 3 4 5 – 09 08 07 06 05 04

Für Xiane

1 Einmal muß Schluß sein. Genug der Leichenberge, fort mit Krieg und Verbrechen. Der Finger streicht, bestimmt schon zwanzigmal, über den roten Knopf der Fernbedienung, streift daran vorbei, drückt eine andere Taste, und die Bilder schlagen um, flackern über den Schirm, hier die Augen eines Mörders, da wiegen Körper sich zu Hip-Hop, dort eine, die sagt, ich habe dich betrogen, das sei heute unser Thema, und im Hintergrund jubelt das Publikum.

Fernsehen ohne Nachsicht. Er schaute, obgleich oder weil er nichts sah. Wenn ihn vor seinen Pflichten schauderte, das Pensum ihm angst machte, wandte er sich dem Gerät zu. Hier sollte ihn der Lichterglanz aufheizen. Aber während Stefan von einem Sender zum nächsten zappelte, wurde ihm zunehmend kälter, denn er war vor dem Apparat eingefroren, verharrte dort, brachte nicht einmal die Energie auf, in die Küche zu gehen, um ein Butterbrot zu schmieren oder Tee zu kochen. Wäre er nur aufgestanden, um die Suppe zu wärmen, schnell, in der Mikrowelle, so hätte er in diesen wenigen Minuten zu sich finden und daran denken können, wie viel Zeit bereits vertan war.

Er hatte diesen Vormittag nutzen wollen, um endlich zu beschreiben, was ihm vor einigen Wochen aufgefallen war. Eine ältere Patientin, eine ehemalige Deutschlehrerin, deren Gedächtnis allmählich erloschen war und die alle Worte verlernt hatte, war aus dem Bett gestürzt. Um ihren Schmerz zu lindern, hatte er ihr zusätzlich zu ihren sonstigen Pharmaka Ligatil, ein erst vor kurzem zugelassenes Mittel, verabreicht. Als er sie wenige Tage später morgens besuchte, war die Kranke erstmals seit langem wieder fähig, ihn zu grüßen, und wirkte überhaupt aufgemuntert. War diese Besserung Zufall gewesen? In diesem Moment war die Hoffnung in ihm aufgekeimt, er habe womöglich ein Zaubergebräu entdeckt, eine Kombination verschiedener Medikamente, eine

Melange aus Mnemocin, Neuroprotex und Ligatil, die in bestimmten Mischungsverhältnissen eine anregende Wirkung auf das Gedächtnis entfaltete. Die Neurologie konnte, zuweilen, gegen den Niedergang der Erinnerung ankämpfen; es war möglich, den Mangel oder den Überfluß eines notwendigen Botenstoffes auszugleichen, manchmal gelang es, wichtige Nervenstrukturen, etwa die empfindlichen Endungen der Sinneszellen, vor weiteren Schädigungen zu schützen, doch was vom Vergessen verzehrt worden war, konnte meist nicht mehr gerettet werden, war zu Asche zerfallen. Deswegen hatte er es kaum glauben mögen, als auch bei einem anderen alten Patienten Anzeichen einer deutlichen Besserung aufgetreten waren. Er hatte ihm nach einem Sturz ebenfalls Ligatil gegeben. Rief der Kranke, der vor kurzem niemanden mehr erkannt hatte, nicht wieder »Rosa«, wenn seine Frau den Raum betrat? Hatte der Bettlägrige der Krankenschwester nicht mit einemmal von seiner einstigen Anwaltskanzlei erzählt? Es war nicht schwer gewesen, Professor Franz Kahlbauer mit diesen zwei Fallgeschichten zu beeindrucken, ihn von der Notwendigkeit einer Untersuchung zu überzeugen. Das rätselhafte Wechselspiel von Mnemocin, einem neueren Acetylcholinesterasehemmer, von Neuroprotex, das bestimmte Rezeptoren zu ummanteln half, und von Ligatil, das zumeist gegen Schmerzen und zuweilen gegen Depressionen eingesetzt wurde, sollte überprüft werden, und der Chef hatte ihn gebeten, das Konzept einer Studie zu entwerfen. Aber nun vermochte Stefan Sandtner nicht festzuhalten, wovon er einige Tage zuvor geschwärmt hatte. In ihm stauten sich die Wörter. Im Spital hatte er von seinen Plänen zu sprechen gewußt, noch während er sie entwarf, und so hatte er sich vor Professor Kahlbauer heiß geredet, doch nun schienen ihm seine Gedanken abgestanden. Womöglich hatte er den alten Neurologen zu leicht zu überzeugen vermocht. Ein so schneller Erfolg machte ihn mißtrauisch. War es wirklich notwendig, die Auswirkungen eines Mosaiks aus Pharmaka auf das Gedächtnis zu überprüfen? Kannte er solche Tests nicht zur Genüge? Unzählige Experimente, von denen niemand ahnte, ob sie helfen würden. Er wußte nicht einmal, welche Überschrift diese Arbeit benennen und rechtfertigen sollte. Nur der Untertitel stand auf dem Monitor zu lesen: Forschungsexposé von Dr. Stefan Sandtner.

Zweifel überfielen ihn, und er, der festhalten sollte, welches Ziel die Untersuchung verfolgen sollte, welchem Zweck sie dienen würde, glaubte nun selbst nicht mehr daran, suchte vor dem Fernseher nach einem Ausblick und hoffte auf Entspannung. Doch was ausgestrahlt wurde, erhellte ihn nicht. Alle Gedanken und seine Vorsätze verrauchten im Geflimmer. Für viele Kranke im Spital war der Apparat ein Segen. Vor dem Bildschirm wurden die Ängstlichsten ruhiger, und zuweilen schaltete Stefan das Gerät ein, um einen Patienten abzulenken, wenn er ihm eine Spritze verpassen wollte, denn dann wirkten viele nicht mehr so verloren und unsicher, sondern schauten an ihm vorbei, schauten auf und lächelten, sobald sie die jungen Schönheiten sahen. Sie beteten an, was ihnen gezeigt wurde. Hier wurden die Verwirrtesten andächtig. Jede Sendung wurde zur heiligen Empfängnis.

Wenn Stefan einen Film aufnahm, so griff er nie mehr zur Kassette, sondern stellte sie, nachdem sie verzeichnet war, in der Videothek ab, ohne sie je wieder zu beachten. Er nahm sich vor, sie irgendwann anzuschauen, und dabei blieb es, denn er hatte allemal Besseres zu tun und Wichtigeres, wie jetzt etwa, da es darum gegangen wäre, an seinem Forschungskonzept zu sitzen, dieses Wochenende im August des Jahres neunzehnhundertfünfundneunzig nicht ungenutzt verstreichen zu lassen, zumal er ohnehin werktags und so manche Nacht seinen Dienst ableisten mußte. Er hockte nie voller Vergnügen vor dem Fernseher, sondern bloß, wenn er nicht mehr weiterkonnte und ihn nichts als das schlechte Gewissen von einer Station zur nächsten scheuchte.

Er saß immer noch regungslos vor dem Gerät und beschloß, ein allerletztes Mal zwischen den Kanälen umherzustreifen, damit klar würde, daß er nichts versäumte und abschalten könnte, da blieb er bei einer Talkshow hängen, stockte, als er einen bekannt-berüchtigten Boulevardjournalisten sah; und Stefan überkam ein Überdruß, denn er mochte nicht wieder die ewig gleichen Phrasen hören, wollte nicht pflichtschuldigst in Empörung verfallen. Er mied den Zwang zur unentwegten Entrüstung, und entschlossener tastete sein Finger zum roten Knopf, er sagte laut vor sich her: »Einmal muß Schluß sein«, doch in dem Augenblick, da er diesen Satz sprach, rief der Redner dieselben Worte in das Mikrofon: »Einmal muß Schluß sein«, und während Applaus aufschäumte, glitt dem jungen Arzt die Fernbedienung aus der Hand.

Seit einigen Wochen meinte er diese Sentenz überall und von vielen zu vernehmen, und wenn mancher seiner Bekannten anhob, er könne nichts mehr hören von österreichischer Politik, dann rechnete Stefan damit, eine weitläufige Tirade über sich ergehen lassen zu müssen. Sie konnten einem nicht genug versichern, wie sehr es ihnen reichte, über die hiesigen Zustände zu reden, doch ihn ödete wiederum an, diesen immer gleichen Vorträgen lauschen zu müssen, denn während jener langen Ausführungen konnte er an nichts denken als an Sonja.

Vergiß sie, drängte ihn seine ganze Umgebung. Stefan ging es in seinen neurologischen Studien darum, die Merkfähigkeit der Patienten zu steigern, und mit besonderer Begeisterung hatte er Gedächtnismeister beobachtet, etwa Menschen, die komplizierte Gleichungen im Kopf zu lösen vermochten. Die Kunst der Erinnerung war ihm nicht fremd, bloß die des Vergessens, und jeder Versuch, Sonja ein für allemal abzuschreiben, scheiterte.

Als das Telefon läutete, fühlte er sich ertappt wie ein Kind und drehte sogleich den Fernseher ab. Er stürzte zum Hörer, aber sobald er antwortete, hörte er, wie gereizt sein Hallo klang, als störe ihn der Anruf mitten in einer wichtigen Arbeit, die keinen Aufschub duldete. Die lederne Stimme eines älteren Mannes. »Herr Doktor, verzeihen Sie mir, wenn ich Sie am Wochenende behellige. Paul Guttmann spricht. Aus der Lehargasse. Ihr alter Nachbar, der Vater von Micha, aus dem zweiten Stock.«

»Aber ich bitte Sie, Herr Guttmann, glauben Sie, ich weiß nicht mehr, wer Sie sind? Wie geht es Ihnen?«

»Man lebt«, versetzte der, und es klang, als bedaure der Alte dies. Stefan war von Paul Guttmann bereits als Kind begeistert gewesen. Der Geschäftsmann hatte jedesmal ein Himbeerzuckerl für ihn aus den Taschen gefischt, mit ihm gescherzt, Witze erzählt. Alle waren von seiner Offenherzigkeit angetan gewesen. Stefans Vater mochte Guttmann, aber nie hätte Willhelm Sandtner gewagt, es dem jüdischen Großhändler, der aus Rumänien stammte, gleichzutun. Viel zu sehr war der Jurist, ein Mitglied des obersten Verfassungsgerichtshofes, um Würde und, wichtiger noch, um Gelassenheit bemüht gewesen.

»Herr Doktor …«

»Aber Herr Guttmann, ich bitte Sie, lassen Sie doch diesen …«

»Nein, nein, unterbrechen Sie mich nicht, Sie sind jetzt erwachsen, sind Doktor, und damit Schluß. Außerdem wende ich mich an Sie als Mediziner. Verzeihen Sie, daß ich Sie an einem Samstag aufscheuche, aber der alte Kerber, Sie erinnern sich doch an Herbert Kerber, den praktischen Arzt, den Papa von Hans und Bärbl, kurz und gut, der Mann ist vollkommen meschugge geworden. Was soll ich Ihnen sagen, er ist nicht normal, und ich weiß nicht, was tun.«

»Was ist denn geschehen?«

»Seit Tagen glaubt er sich auf der Flucht. Die Putzfrau, die auch für Ihre Familie gearbeitet hat, Sie wissen, die Dejanovic, sie kauft für ihn ein, macht ihm sein Essen, heute hat er sie nicht zur Tür hineinlassen wollen, aber was soll ich Ihnen erzählen. Sie werden es doch nicht glauben. Ich dachte mir, ein interessanter Fall für Sie, Herr Doktor Sandtner. Schauen Sie sich das an.«

Stefan war beeindruckt, daß Paul Guttmann noch von seinem Spezialgebiet wußte. Obgleich der Kaufmann, ein Grossist, einigemal in seinem Leben der Begründer mehrerer Ladenketten gewesen war, hatte er bei allem notwendigen Überblick nie die Sicht fürs Detail verloren, und bis heute erzählten manche von seinen sagenhaften Fähigkeiten. Es hieß, er habe jede Vereinbarung, jegliche Abmachung, auch die Namen der zahlreichen Angestellten im Kopf behalten. Sein Büro sei ein kahles Zimmer mit Tisch, Sessel und Telefon gewesen, bar jeglichen Prunks oder Komforts.

Stefan verspürte nicht viel Lust, sich mit der senilen Demenz des einstigen praktischen Arztes Herbert Kerber, der ihm als Bub unheimlich gewesen war, auseinanderzusetzen, zumal am Wochenende, an dem er seine Studien vorantreiben wollte, doch hatte er nicht gelernt, nein zu sagen. Die Ausführungen Guttmanns hatten ihn neugierig gemacht, und noch mehr, was er ihm nicht zu erzählen bereit gewesen war. Wie sollte er dem Helden seiner Kindheit eine Bitte abschlagen? Er sah ihn noch vor sich, Paul Guttmann, in blauem Einreiher und weißem Hemd, dezent, mit rosenroter Krawatte und dazu passendem Kavalierstuch; im Herbst trug er unter seinem Ulster ein geblümtes Cachenez, das Haupt beschirmte ein Borsalino mit breiter Krempe. Seine Haut war von südlichem Teint, das Haar schwarz, die Bakken wirkten beinah schattiert. Seine bernsteinbraunen Augen lachten einem groß entgegen, wenn der Geschäftsmann ernst war, verengten sich jedoch zu Schlitzen, sobald ihn die Freude übermannte.

Stefan versprach, noch vor dem Mittag vorbeizukommen, und er hoffte auf ein wenig Abwechslung, um nicht an Sonja denken zu müssen. Nachdem er aufgelegt hatte, setzte er sich an den Tisch, um doch noch zu schreiben, aber ehe er zu einem Wort gefunden hatte, überschwemmte ihn die Einsamkeit, und ihm wurde regelrecht übel bei dem Einfall, wie verloren er ohne Sonja nun war. Gemeinsam hatten sie in den letzten Monaten dieselben Kranken behandelt, gemeinsam gesehen, wie aus humorvollen, geistreichen Menschen sabbernd blubbernde Maulwürfe geworden waren. Jeder Satz, den Sonja begonnen hatte, war von ihm vollendet worden. Und umgekehrt. So war ein Gedanke an die Medizin ebenso einer an diese Frau, der er bereits während des Studiums begegnet, die ihm aufgefallen war, ehe sie beide von ihrem Interesse an der Neurologie geahnt hatten. Sie hatten vor den Glasvitrinen der alten Anatomie gesessen, beide in Vorbereitung auf das Knochenkolloquium, die Bücher auf dem Schoß. Ein heißer Junitag vor mehr als einem Jahrzehnt, in den Händen hatte er ein blankblasses Gelenkpräparat, einen Rest aus Kapsel und Knochenkopf, aus Wadenbein, Schenkel, Meniskus und Sehnen, gehalten, nach allen möglichen Richtungen verdreht und ausprobiert, dabei aber verstohlen auf die schlanken, beinah spitzigen hellbronzenen Knie der Studentin geschaut.

Jahre später erst, im zweiten Abschnitt, sah er sie im Praktikum der Nervenheilkunde wieder. Sie begeisterten sich beide für das Fach, besuchten dieselben Veranstaltungen, fragten einander wechselseitig ab, lernten die Nächte durch, schliefen über den Skripten ein, frühstückten hernach zusammen. Sie bestanden das Examen am selben Tag, erst er, dann Sonja, und sie drückte ihm vor Freude einen Kuß auf den Mund, umarmte ihn, vergaß den ganzen Lehrsaal, selbst den Professor, bis einige Studenten auflachten. Während der Spezialisierung bei Professor Kahlbauer war er in ihre Wohnung gezogen, aber in den letzten Wochen vor dem Abschluß stritten sie. In jeder ihrer Bewegungen sah er bloß noch einen rechten Winkel, mit angepreßten Ellbogen, mit geballten Fäusten eilte sie durch das Spital. Ihn ärgerte, wie oft sie sich räusperte, er haßte, wenn sie ohne Unterlaß hüstelte, dabei emsig nickte. Innerlich kratzte und juckte es sie. Alle paar Minuten schraubte sie den Labello auf und salbte ihre Lippen. Nicht mehr geradlinig und beständig schien sie ihm, sondern kleinkariert, flach und starr, doch er konnte nicht von ihr lassen. Als sie ihm eröffnete, daß sie nichts mehr mit ihm anzufangen wisse, versank er ins Bodenlose. Sie lagen noch einige Nächte nebeneinander, die Gesichter unter Tränen, die Liebe verschlammt.

Seither hauste er wieder in seiner Garçonnière. Er konnte bloß noch an die Anfänge ihres gemeinsamen Lebens denken. Allein der Widerwille, den er gegen die Klinik entwickelt hatte, war geblieben. Hatten ihn aber vor wenigen Wochen, als er im Begriff gewesen war, seine Ausbildung erfolgreich abzuschließen, die Karriereaussicht und die gemeinsame Zukunft mit Frau Doktor Sonja Kramar angeödet, so glaubte Stefan nun, ohne sie sei für ihn die Neurologie ohne Sinn. Wenn sich eine Möglichkeit bot, die Abteilung einen Moment lang zu vergessen, ergriff er sie. Ihm war jede Ausrede recht. Selbst wenn es galt, sich um den alten Kerber kümmern zu müssen.

Vielleicht hatte er an der Neurologie zu zweifeln begonnen, seit er den Abschluß vor Augen und ein Angebot von Professor Kahlbauer hatte. Erfolge, die ihm zu leicht zufielen, interessierten ihn nicht mehr. War es mit der Malerei nicht ähnlich gewesen? In der Schule hatte er alle mit seinen Skizzen, Zeichnungen und Ölbildern genervt. Ohne Schwierigkeit bekam er einen Studienplatz an der Akademie. Nach einer Gemeinschaftsausstellung jugendlicher Künstler war er von der Kritik einhellig gelobt worden, aber seither hat er nie wieder zum Pinsel gegriffen. Er verließ seine Klasse einfach und beschloß von einem Tag zum anderen, Medizin zu studieren.

Während er vor dem Schreibtisch saß und ihm kein Anfang gelingen wollte, fiel sein Blick auf eines der Gemälde, die er vor mehr als einem Jahrzehnt fertiggestellt hatte. Er stand auf, um zu seinen Büchern zu gehen. Vielleicht würde er in irgendeinem eine Idee finden, die er an den Anfang seines Exposés stellen könnte. Er fuhr mit dem Finger das Regal entlang. Da war ein Band ohne Umschlag, der ihm bekannt vorkam, und um sich seiner zu entsinnen, zog er ihn hervor, doch im Moment, da er den Titel las, zuckte ein Schmerz in ihm auf. »Stories in an almost classical Mode by Harold Brodkey.« In ihrem ersten Sommer, kurz nach der bestandenen Neurologieprüfung, hatte Sonja begonnen, darin zu lesen. Er sah sie noch vor sich, wie sie an einem der frühen Tage, da sie über Nacht in sein Bett geschlüpft war, auf der Couch gesessen, ihr hochgezogenes Knie umarmt, das Kinn darauf gelegt und die amerikanischen Kurzgeschichten gelesen hatte. Es war das erste Geschenk von ihr gewesen. Er klappte es auf, sah ihre Widmung, und blätterte weiter.

Er war in den letzten Wochen durch die Lokale gestrichen, um Sonja mit Wein und Wodka fortzuspülen, hatte im Zimmer ihre Spuren getilgt, seine Regale, Schubladen und Taschen von jedem Foto, jedem Blatt, das ihm von ihr geblieben war, gereinigt, alles eingepackt, verschnürt und im Landhaus seiner Eltern, im Keller, verstaut. Sein Vater hatte nur müde gelächelt und ihm dann eine Abhandlung des Ovid in die Hand gedrückt. Rezepte gegen das Liebesleid. In diesen Ausführungen schlug der Dichter vor, auf paradoxe Weise die Erinnerung zu überlisten, indem das Gedächtnis in den Dienst des Vergessens genommen würde. Der verschmähte Liebhaber sollte sich möglichst lebhaft veranschaulichen, wie hassenswert die Angebetete in Wirklichkeit doch war. Hatte sie weibliche Rundungen? Dann war sie dick. War sie zart und schlank? Sie war dürr. Und erst ihr Charakter! Wußte er nicht mehr, wie berechnend, raffgierig, launisch, engherzig und, darüber konnte es nun keinen Zweifel geben, treulos sie war?

Den größten Verstoß gegen die Anleitungen des Ovid beging Stefan jeden Tag aufs neue, und er konnte nichts daran ändern, denn der Dichter hatte dem Liebenden eingeschärft, er müsse jeglichen Ort meiden, an dem die alten Gefühle wachgerufen würden, wo die Glut unter der Asche wieder aufzuflackern vermochte, auf jeden Fall habe er alle Plätze zu umgehen, an denen er sie, was das Schlimmste wäre, wieder treffen könnte. Stefan arbeitete jedoch mit Sonja Kramar, pflegte mit ihr Kranke, sah sie bei den Besprechungen und Visiten, mußte ihre Blicke kreuzen und konnte ihnen nicht standhalten und nicht ausweichen. Kam sie ihm nah, wollte er fort, war sie nicht da, vermißte er sie.

Er wohnte im vierten Bezirk, in der Heumühlgasse, und um den Patienten in der Lehárgasse aufzusuchen, mußte er nicht weit gehen. Er trat auf die Straße, ging an wenigen Häusern entlang, querte die Rechte Wienzeile, schlängelte sich dabei durch den Verkehrsstau. Er wollte weitereilen, um den Kranken aufzusuchen, durch den Naschmarkt hasten, aber Stefan tauchte ein in das Gedränge der Massen, die sich am Samstagvormittag zwischen die moosgrün bemalten und mattgelb überdachten Hütten und Pavillons schoben und durch die beiden Straßenzüge aus Läden, vor denen, in Hüfthöhe, eine Arena aus Früchten, Pflanzen, Kräutern, Käse und Gebäck arrangiert war, aus Holzkisten, Kartonstellagen und Plastikkästen voller Waren, und in den Behältern steckten Stiele mit schwarzen oder steingrauen Schiefertafeln, worauf festgehalten war, wofür wieviel verlangt wurde. Darüber blähten sich bunte Markisen im Wind. Stefan versank im Stimmenreigen und hörte nichts mehr vom Autolärm. Die Händler besangen ihre Ware, lockten ihn heran. Er tauchte ab in die Mischung aus scharfen Aromen und süßlichen Düften. Im Fenster eines orientalischen Händlers sah er Hunderte Gewürzsäckchen, jedes mit einem Zettel versehen, worauf Charakter und Nutzen der jeweiligen Spezerei vermerkt war. Er ging vorbei an japanischen Sushibuden, an chinesischen Delis, an einem marokkanischen Restaurant, einem indischen, persischen, türkischen, an einem Espresso und einer italienischen Pizzeria. Vor dem Wiener Gastwirt und dem Würstelstand ekelte ihn an diesem Augustmorgen, denn nach der deftig heimischen Küche sehnte er sich erst wieder, wenn es herbstelte. Im dichten Gedränge dieses sommerlichen Vormittags gerieten die Menschen leicht aneinander. Der Sauerkräutler, von dem es hieß, er habe auch schon heißeres Kraut vertrieben, schrie seine polnische Aushilfe nieder, denn groß war die Hektik am Wochenende, und hier ging es ans Eingemachte. Der Verkäufer fischte mit einer Holzklammer eine Salzgurke aus einem Faß und reichte sie einer Kundin. Die Frau ließ den Kopf in den Nacken fallen und biß ab vom tropfenden Knollen. Ein Ausrufer schärfte sein Messer, sang: »Billigerbilliger Kebab.« Eine chinesische Standlerin rief ihren blondierten Sohn, schimpfte ihm hinterher, denn der trollte sich davon.

Er hatte diesen Ort als Kind bereits an der Hand seiner Mutter kennengelernt. Sie war werktags von der anderen Richtung aus, von der Dreihufeisengasse, wie die Lehárgasse damals noch geheißen hatte, kommend, einkaufen gegangen, denn sie begnügte sich nicht mit dem oberen Naschmarkt, der sich am Rande des Zentrums befand und der eigentlich, topographisch gesehen, tiefer lag als der sogenannte untere Naschmarkt, preislich jedoch weit höher reichte. Ein Gemüsegeschäft unweit der alten Bürgerswohnung etwa mied Frau Sandtner, und sie sagte jedesmal, wenn sie daran vorbeischritten, laut: »Komm, Stefan, fürs Kraut brauch ich nicht zum Apotheker«, denn der Preis des Salates erinnere sie dort, sagte Anna Sandtner, an den eines seltenen, unerschwinglichen Medikaments, dessen Kosten mit der pharmazeutischen Grammwaage errechnet werde. Während sie diesen Betrieb verschmähte, schwor sie hingegen auf den exklusivsten Fischhändler nebenan. Heinz Zednicek wußte, an welchem Wochentag seine Stammkundin vorbeikommen würde, und wenn er und seine Frau die gnädige Frau Doktor erblickt hatten, konnten die beiden vor Freude kaum an sich halten, wußten sie, jetzt ging es ans Ausnehmen, wetzte er die Messer, richtete sie einen Sessel her, scherzte mit dem kleinen Stefan, der offenen Mundes verfolgte, wie ein frischer Karpfen, eine Forelle oder ein Angler aus dem Aquarium geholt wurde, und mit einem Schlag wurde bereits gereinigt und zerteilt, was noch zuckte, und wenn Gnädigste schauen wollen, wie gewünscht, keine Gräten.

Dreißig Jahre später war der untere Naschmarkt, der flußaufwärts lag, immer noch der billigere, doch war hier ein Panoptikum aus Speisen und Küchen entstanden, ein Zentrum der Zuwanderung, eine permanente Weltausstellung der kulinarischen Genüsse. Er schlug sich durch den Dschungel voller Obst und Gemüse, Äpfel und Birnen, Feigen und Datteln, Rüben und Rettich, Knollen und Knoblauch, Kirschen und Kiwis, Topinambur und Tomaten, Bananen und Papayas, Mangos, Mangold und Mandarinen.

Dieser Platz war eine eigene Welt, eine Insel mitten in der Metropole. Der Markt lag eingekeilt zwischen Rechter und Linker Wienzeile auf einem seit mehr als hundert Jahren unterirdischen Stück des Flusses, der Wien, war von dichtem Verkehrsstrom umbrandet, erstreckte sich über dem Kanal, zog vom Karlsplatz und von der Sezession bis hin zur Kettenbrücke. Das Gewässer war von der Oberfläche verbannt worden, damit Ordnung herrsche, doch trotz aller Regulierungen wogte über dem Kanal ein turbulenteres Leben als in den Bezirken ringsum.

Hier, wenige Meter vor seiner Wohnungstür, befand sich der Naschmarkt, eine der einzigartigsten Spezialitäten der Stadt und eine eigene Stadt der Spezialitäten. Ohne Guttmann wäre Stefan den ganzen Tag vor dem Fernseher verschimmelt. Das sollte sich ändern. Einmal mußte er aufhören, sich hinter seinen Studien und seiner Depression zu verkriechen, dachte er, während er auf einen Laden voller orientalischer Leckerbissen stierte, sich in der Fülle von Oliven, Schafskäse, Börek, Mandeln, Fladenbrot und Sesamringen verlor. Da hörte er hinter sich eine weibliche Stimme im rauhen Akzent sagen: »Mehr, mehr, erst wenn ich sage, ist Schluß«, da stand sie, breitbeinig, Zeigefinger und Daumen abgespreizt, die Hände zu Pistolen geformt, zielte sie auf den Händler, der das Lachen unterdrückte, Angst markierte: »Bitte, nicht schießen«, und Pistazien auf die Waage rinnen ließ, aber sie: »Noch, noch und aus. Basta.« Der junge Verkäufer griff sich an die Brust, sagte: »Mitten ins Herz«, und derweil er die Nüsse einpackte: »Also ein Sackerl Pistazien. Was darf's noch sein?«

»Das war's.«

Darauf er: »Nichts sonst? Ganz alleine heute?«, um, als sie die linke Braue hob, den Mundwinkel verzog, höflich nachzusetzen: »Zwanzig, bitte sehr. Danke vielmals. Schönes Wochenende.«

Stefan starrte sie an. Ihr Haarflaum reichte bis unter die Ohren ins Gesicht und im Gegenlicht war ein leichter Oberlippenbart zu erkennen. Die hohen Backenknochen und ihre großen dunklen Augen, ihre olivbraune Haut und die schwarzen Locken ließen die knallrot geschminkten Lippen greller leuchten. Sie wirkte in ihrer einfachen Kleidung, mit blutorangem Top und enger, dunkler Hose, vornehm, ja selbst wie sie da in ihren schwarzen Flipflops, Strandschuhen, umherspazierte, war sie leger, doch elegant, und alles um sie herum geriet in Spannung.

Stefan dachte an die letzten Empfehlungen des Ovid. Neue Liebe sollte die alte vergessen machen. Von einem Patienten gefragt, ob er von einem solchen Wundermittel die spontane Heilung seiner Trennungsmelancholie erwarten dürfe, hätte der Nervenarzt Stefan Sandtner wohl darauf hingewiesen, daß Gefühle nicht erzwungen, Trauer über eine gescheiterte Beziehung nicht mutwillig übersprungen, eine Erinnerung nicht bedenkenlos ausgelöscht werden könne, aber beim Anblick dieser Unbekannten begann selbst er zu glauben, die Frau könne ihn retten.

»Stefan!« Vor einem Pavillon aus sattgrünem Stahl und Glas saßen Sophie, Lew, Patrique, und Tom Wandruschka. Obgleich es erst halb elf war, hatten bereits Dutzende hierher gefunden. Nur wenige Tische waren noch unbesetzt, und allmählich trafen weitere Gäste ein. Hinter der Scheibe drinnen an der Theke standen Florentina Rosales, eine Sängerin aus Rio, und Roberto Klauber, ein Chemiker aus São Paolo, und winkten hinaus.

Sophie Wiesen rekelte sich in der Morgensonne, die Brille schützte ihre Augen, die blonden Haare schillerten im Licht. Die Schuhe hatte sie abgestreift. Ihr T-Shirt, flamingorosa, reichte nicht bis zum kurzen blauen Rock. Sophies Eltern betonten den Vornamen auf der zweiten Silbe wie in Philosophie, und diese Art der Aussprache im Schönbrunner Tonfall sollte allen, aber insbesondere der jungen Frau selbst, klarmachen, daß es sich hier um eine Tochter aus höherem Hause handelte. Sophie beharrte darauf, so nicht gerufen zu werden, und wollte statt dessen den Akzent an den Anfang gesetzt wissen, beinah wie bei Sofferl, nur in dieser ländlichen Koseform durfte sie erst recht niemand nennen. Nichts an ihr sollte adelig, nichts rustikal klingen. Sophie; wie sie es sagte, reimte es sich auf das angelsächsische Coffee, und darin schwang ihre ganze Sehnsucht nach Urbanität und Moderne, nach New York und London mit. »Stefan, du am Naschmarkt?«

»Auf dem Weg zu einem Patienten.«

Er kannte Sophie seit dem Kindergarten, war mit ihr und Lew im Gymnasium gewesen, und seit damals waren im Umkreis Wetten abgeschlossen worden, wann sie, Stefan und seine Jugendfreundin, endlich zusammenfinden würden. Statt dessen hatten sich Lew Feininger und Sophie ineinander verheddert, blieben jedoch nie zusammen. Seit einigen Wochen waren die beiden wieder endgültig getrennt und auf ewig gute Freunde.

In der fünften Klasse hatte Sophie die Stubenbastei verlassen, um im Lycée française aufgenommen zu werden, doch der Kontakt zwischen ihnen war nicht abgebrochen. Zwischen den Schulen hatte sich ein Netz aufgespannt. Patrique Mutabo etwa, der Sohn eines kongolesischen Diplomaten, war der Star aller Partys gewesen, ein Strahlemann, in dessen Nähe sich die anderen vielfarbiger, ja, jenseits von Schwarzweiß wähnen konnten. Patrique grüßte höflich, doch ohne zu lächeln.

Lew Feininger war seit zehn Jahren nicht gealtert. Er stammte aus Moskau, und war mit seiner Familie in den Siebzigern über Wien nach Israel, und in den Achtzigern über Tel Aviv nach Österreich emigriert. Hier hatte Lew Linguistik und Soziologie studiert und arbeitete nun an verschiedenen historischen Ausstellungsprojekten mit.

Stefan bestellte eine Melange, während Patrique von einem Experimentalfilm erzählte, der auf Musils Drama »Die Schwärmer« fußte und den er in Brüssel gesehen hatte, worauf Tom, er war Student der Filmakademie, über einen anderen belgischen Streifen sprach, den Namen hatte er vergessen, eine brutale Satire, in der ein Reporterteam einem Berufsmörder nachging und dieser wiederum seiner Arbeit, dem Töten. »Mann beißt Hund«, fiel ihm Leon ins Wort, er könne sich erinnern, und Patrique rief: »C'est arrivé près de chez vous«, ihm habe das Werk mißfallen, da die Kamera ebenjenem Voyeurismus verfallen sei, den zu denunzieren sie vorgegeben habe. Sie diskutierten über den Krieg in Bosnien, klagten über ihre Tatenlosigkeit und die Untätigkeit der westlichen Politik, und Stefan, er hatte bereits den zweiten Kaffee ausgetrunken, merkte, daß er diesen Kreis, trotz des Disputes über Massenmord und Vergewaltigung, nicht verlassen mochte und sich hier so wohl fühlte wie seit langem nicht mehr.

Sophie fragte, was er nach der Krankenvisite vorhabe, hierauf er: »Ich muß weiterarbeiten«, aber sie hörte nicht mehr hin, sondern rief: »Flora!«, sprang auf, und da sah er sie wieder, die Unbekannte mit den Pistazien, das dichte, schwarze Haar, das blutorange Oberteil. Die beiden Frauen lachten, umarmten einander, auch Tom Wandruschka grüßte Flora, bat sie an den Tisch, doch die Fremde erklärte: »Leider, ich muß noch einkaufen. Was machst du später?«

»Komm nachher wieder, und wir essen gemeinsam.«

»Wunderbar.« In diesem Moment stieß Stefan Sandtner alle Pläne für den heutigen Tag um, entschied, nicht mehr an seinem Exposé zu schreiben, keinen Gedanken an seine Versuchsanordnung zu verschwenden. Er mußte schnell zu Kerber gehen, um rechtzeitig wieder dazusein, wenn jene Frau, diese Flora, mit den anderen speisen würde. Kaum setzte sich Sophie, stand Stefan auf und meinte, ja, er werde ehest möglich zurückkehren. »Bis wann seid ihr hier?«

»Falls wir schon fort sind, sprech ich dir aufs Band.«

Sobald er das schwere Tor aufschob, das alte Haus in der Lehárgasse betrat, umfing ihn die Kühle des dicken Gemäuers, und er glaubte ein Kind zu sein, denn verstohlen und leise schlich er an der Wohnung der Heral, der Hausbesorgerin, vorbei. Er läutete an der Tür des einstigen Arztes, und in dem Moment, da der Greis öffnete, wußte Stefan, weshalb ihm dieser Mann als Bub so unheimlich gewesen war, denn ihm prallte der Schnapsgeruch entgegen.

Spätabends nach der Arbeit kehrt Doktor Kerber besoffen heim, stakst ins Haus, torkelt die Treppen hoch, und der kleine Stefan fürchtet, ihm zu begegnen, weicht ihm aus, dem stumpfen Milchglas in den Augen, dem Gegröle, dem Gestank, doch der Erwachsene, die große Nase, sein dünner Mund, die langen Spinnenfinger, taumelt auf ihn zu, wächst ihm entgegen.

Vom Pensionisten Doktor Herbert Kerber in moosgrüner Strickweste und brauner Cordhose ging nichts Gefährliches mehr aus. Vorsichtig reckte er den Glatzkopf vor. Er besah Stefan. Seine dicken Brillengläser ließen die Pupillen größer wirken. Sein Riechorgan war aufgequollen, eine Fleischknolle, eine rote Gurke. Der Mund hingegen wirkte schmaler als einst. »Ja? Bitte?«

»Guten Tag, Herr Doktor Kerber. Mein Name ist Stefan Sandtner.«

»Kennen wir uns?«

»Sie kannten mich als Kind.«

»So? Spielten wir miteinander? Wie lustig. Ja, das ist lange her. Entschuldigen Sie, wenn ich mich nicht mehr an Sie erinnere, aber wir haben schreckliche Zeiten durchgemacht, nicht wahr? Was erzähl ich Ihnen? Sie wissen ja, wovon ich rede, und ich sollte nicht jammern. Tempora mutantur. Hauptsache, man lebt.«

»Gewiß.« Er mußte einen Weg in die Wohnung finden. »Ich bin Arzt geworden, Doktor Kerber, wie Sie.«

»Ja, dann sind wir ja Kollegen. Schön! Besuchen Sie mich etwa aus fachlichen Gründen?«

»Ebendeshalb. Es geht um eine sehr interessante Frage. Ich muß mit Ihnen reden«, sagte Stefan, und das war nicht einmal gelogen.

»Ich verstehe, Herr …«

»Doktor Sandtner.«

»Doktor? Ja, ja. Ein Fall, bei dem ich Ihnen helfen kann? Wie schön! Aber kommen Sie doch herein. Ein prächtiger Tag, was? Sie sehen, ich hause hier ganz alleine. Im Moment. Ich verfüge über genügend Platz, über ein wenig zu viel. Ich lebe abgeschieden, aber das wird sich hoffentlich wieder ändern. Es geht mir den Umständen entsprechend gut. Ja, ja«, er lief in Pantoffeln voran, durch die alte Wohnung, die Stefan vor mehr als fünfundzwanzig Jahren zuletzt betreten hatte und die sehr verändert war. Die Zimmer waren weitgehend leergeräumt worden. Nichts erinnerte an Sohn und Tochter. Im Wohnzimmer tickte eine Standuhr. Über dem Sofa hing ein naturalistisches Bild; das Panorama eines Dorfes in den Bergen. Neben dem rostbraunen Kachelofen auf dem Tisch stand das vergilbte Jugendfoto einer hübschen Frau, und es dauerte, bis Stefan die verstorbene Franziska Kerber erkannte, die Mutter von Bärbl und Hans. Auf diesem Bild lachte sie. Hier war noch nichts von ihrem immer leidenden, aber freundlichen Gesichtsausdruck zu sehen, nichts von ihrer Angst. Wie hatte ihr Mann sie doch gequält. Die Nachbarn mochten und bedauerten sie, aber niemand schritt ein, wenn Herr und Frau Doktor Kerber wieder stritten.

»Meine Frau. Ich vermisse sie. Ohne sie … Aber was bin ich denn für ein Gastgeber? Lasse Sie ganz auf dem Trocknen. Darf ich Ihnen etwas anbieten, Herr …«

»Sandtner.«

»Ja, ja. Einen Kaffee? Einen Tee?« Die nächste Frage sang er beinah: »Oder vielleicht einen kleinen Kognak?«

»Nein danke.«

Noch deutete nichts auf eine Verwirrtheit hin. Er schien nicht depressiv. Eher im Gegenteil; ein wenig hyperaktiv vielleicht, aber wäre dieser Mann einem auf der Straße begegnet, hätte niemand vermutet, ihm fehle irgend etwas.

»Welcher Jahrgang sind Sie, Herr Doktor Kerber?«

Mehr brauchte es nicht, damit der Greis loslegte und eifrig beantwortete, wonach Stefan sich gar nicht erkundigt hatte. Neunzehnhundertsiebzehn war er geboren worden, und er erzählte vom Vater, einem Offizier der k. und k. Armee, von der Mutter, ließ auch seine beiden Schwestern nicht aus, beschrieb das Städtchen, in dem er aufgewachsen war, und die Schule, die er besucht hatte. Er wußte noch von seinen Freunden, von seinen Lehrern zu berichten und von seinen Vorlieben für die Naturwissenschaft und Mathematik. Im dreißiger Jahr war seine Familie nach Wien gezogen. Hier hatte er maturiert, Medizin studiert und geheiratet. Von seiner Frau schwärmte er wie ein Frischverliebter, und nichts erinnerte an den Ehemann, den Stefan als Kind kennengelernt hatte, an diesen herrschsüchtigen, engherzigen Gatten ohne jede Zärtlichkeit. Kerber verschwieg nicht, Nazi gewesen zu sein. Noch vor dem Anschluß war er der Partei beigetreten.

»Ich nehme an, davon sollte ich heute lieber nicht mehr reden? Wo haben Sie denn gedient, Herr…«

»Sandtner. Ich war im Zivildienst, im Innenministerium.«

»So? Im Innenministerium? Sehr gut. Na, Ihnen kann ich es ja sagen. Ich bin SSler. Das ist der Grund, warum ich lieber hier bin.«

»Hier?«

Kerber sprach von der Ostfront, vom Rußlandfeldzug, konnte noch einzelne Städte, Offiziere nennen. Es war erstaunlich. Er hatte nichts vergessen. Dann sprach er vom Lager, von vollgefressenen Ratten, die durch die Baracken huschten, von den lebenden Gerippen, die er, Untersturmführer Doktor Kerber, überhatte, ja, er sagte, er habe sie übergehabt.

»Ich sage Ihnen, es ist unbeschreiblich, was ich durchlitten habe«, so Kerber.

Während er vom Krieg plauderte, war er voller Schwung. Nicht aus der Vergangenheit, sondern aus der unmittelbaren Gegenwart schienen seine Geschichten, und lebhaft schilderte er die Niederlage, wie er sich nach Wien durchgeschlagen hatte, in diese Wohnung hier untergeschlüpft war, um seine Frau wiederzufinden.

»Franzi ist bei ihren Eltern; auf dem Land. Das ist die Wohnung ihrer Familie. Ich bleibe erst mal hier und warte auf sie. Verstecke mich. Vor den Russen. Dann schlagen wir uns ins Salzburgische durch.«

In Stefan wuchs ein Verdacht: »Verzeihung, Herr Doktor Kerber. Ich bin mit einemmal ein wenig durcheinander. Könnten Sie mir sagen, welches Jahr wir haben?«

»Fünfundvierzig, natürlich. Was meinen Sie?«

»Und wie alt, Herr Doktor, sind Sie?«

»Nun, ich bin siebenundzwanzig.«

Der Neurologe griff in seine Tasche und holte einen kleinen Handspiegel hervor. »Herr Untersturmführer, was sehen Sie? Ist das etwa ein Mittzwanziger?«

Kerber erbleichte, fuhr sich ans Herz.

»Um Gottes willen. Was ist das?« Er sprang hoch, wich vor seinem Ebenbild zurück und schrie: »Was ist geschehen? Wer ist das? Was machen Sie denn da? Ich bin Herbert Kerber, hören Sie, Untersturmführer Herbert Kerber. Ich weiß, wer ich bin, ja, Untersturmführer Kerber, ich bin Doktor der Medizin, ich, Doktor Herbert Kerber.« Während er Luft holte, ermattete er und flüsterte ein wenig verloren: »Was ist denn los?«

»Nichts«, sagte Stefan, packte den Spiegel ein. »Ein kleiner Streich. Schauen Sie doch hier«, er zeigte aus dem Fenster. »Kommen Sie her. Ist es nicht ein prachtvoller Tag. Hören Sie die Kinder spielen?«

Kerber beruhigte sich. Stefan reichte ihm ein Glas Wasser und schlich aus dem Zimmer, wartete einige Minuten, dann trat er wieder ein.

»Herr Doktor Kerber?«

Kerber drehte sich vom Fenster weg, wandte sich ihm zu. Er strahlte: »Ja? Bitte? Kennen wir uns?«

»Guten Tag, Herr Doktor Kerber. Mein Name ist Doktor Sandtner. Ich bin Arzt, wie Sie.«

»Schön. Was kann ich für Sie tun?«

»Sind wir einander bereits begegnet?«

»Ich glaube nicht? Oder?«

Er lebte in einer anderen Zeit, oder lebte eben nicht in ihr, sondern war an sie verloren, in sie eingefroren. Er war aus der Welt, und nicht in einer eigenen, vielmehr war er in gar keiner, war er ein Gefangener, der nicht einmal über einen Kerker oder irgendeine Zelle, nicht über einen Zusammenhalt verfügte, denn alles in ihm und um ihn zersplitterte von einem Moment zum anderen.

»Sie warten auf Ihre Frau, auf Franzi, Herr Doktor Kerber?«

»Ja, woher wissen Sie? Kennen Sie meine Frau? Hat Franzi Sie geschickt? Kommt sie bald? Könnten Sie ihr ausrichten, daß ich nicht außer Haus kann?«

»Ich weiß, Herr Untersturmführer.«

»Ja, ja, gewiß, ich war bei der SS. Aber jetzt warte ich auf Franzi. Sie ist bei ihren Eltern; auf dem Land. Sagen Sie ihr, wir werden von neuem beginnen, eine Familie gründen. Ich will einfach nur Arzt sein. Es waren schreckliche Zeiten.«

Stefan hätte den Alten am liebsten an der Gurgel gepackt, aber er lächelte bloß, während seine Stimme vereiste: »Für Sie, Herr Untersturmführer? Waren Sie nicht mächtig? Der Mörder von Tausenden, von Kindern, Frauen und Alten? Herr über Leben und Tod?«

Kerber zuckte zusammen, ließ Kopf und Schultern rollen, richtete sich den Kragen: »Sie übertreiben. Ich habe nur meine Pflicht erfüllt. Gewiß, war es fürchterlich, aber wenn ich es nicht getan hätte, irgendwer... Und dann, was wär mit mir geschehen? Es war grauenhaft. Ich sage Ihnen, was ich durchgemacht habe, ist unbeschreiblich. Ich will nicht mehr davon reden, und ich kann und möchte nichts mehr von dem Ganzen hören, von unserer sogenannten Schuld und von den Leichenbergen. Genug davon. Wie lange noch? Der Krieg ist vorbei, zum Glück.«

Kerber ging so nahe an Stefan heran, daß dem Neurologen der weinbeflaggte Atem des Alten entgegenschlug, ihn ein wenig benommen machte, und für einen Moment glaubte der junge Arzt beinah, nicht der einstige Untersturmführer, sondern er, Doktor Sandtner, habe den Sinn für Zeit und Raum verloren, stecke fest im Jahr fünfundvierzig, als Kerber ihm zuhauchte: »Verstehen Sie denn nicht? Der Krieg ist vorbei. Einmal muß Schluß sein.«

2 Nichts dergleichen. Nichts hatte er davon geahnt. Nichts davon je gehört. Paul Guttmann winkte ab, als werfe er ein Papier weg. »Bin ich der Experte für die Vergangenheit meiner Nachbarn? Das fehlte mir gerade noch. Halten Sie mich für zuständig? Und, unter uns, wollte ich so genau wissen, welcher der Hausbewohner, der Kaufleute in der Straße, der Lehrer von meinem Mischa ein Nazi gewesen war, was er gemacht hatte? Ich war gar nicht neugierig.«

»Verzeihung, ich meinte ja bloß. Weil ... Ihre Frau war mit der Gattin vom Kerber befreundet.«

»Was Sie nicht sagen. Große Neuigkeiten, die Sie mir da erzählen. Nebbich. Stimmt, meine Dinah war ganz gut mit ihr. Sie wissen doch, wie das ist. Menschen, die in einem Haus leben, die eine hilft der anderen aus, wenn keine Milch da ist, wenn der Briefträger ein Paket nicht zustellen kann. Denken Sie etwa, deswegen hätte die Franziska Kerber über seine Verbrechen gesprochen. So nach dem Motto: ›Was ich Ihnen immer schon sagen wollte, Frau Guttmann, der Vater meiner Kinder war SS-Untersturmführer. Der hat Jüdinnen wie Sie gequält und getötet.‹ Wie stellen Sie sich das vor, mein Lieber?«

Guttmann lächelte, und seine Augen verschwanden. Nichts an ihm verriet, wovon er redete. Aus der Ferne hätte ein Unbeteiligter glauben mögen, er trällere ein fröhliches Lied. Stefan war jedoch, als zitterte bei seinen Worten irgend etwas mit, als komme ein Grollen hoch. Das Gespräch zwischen ihnen glich einem Gehen auf unsicherem Terrain, und bei jeder Bewegung knarrte es morsch.

»Was sollen wir jetzt mit ihm machen?« fragte Stefan. »Zweifellos ist er krank, aber wenn, was er behauptet, stimmt, dann ist er ein vielfacher Mörder. Müßten wir ihn nicht dem Ingenieur Lebensart melden? Der jagt doch solche Nazis.«

Guttmann betrachtete den jungen Arzt. Er kannte Stefan, seit er der Spielkamerad seines Sohnes Mischa gewesen war. Was dachte sich dieses blonde Goldjüngchen bloß? Was für ein herziger Bub, ein manierliches Muttersöhnchen war er doch gewesen. Wie hatte sich der Kleine über jeden seiner Witze, jedes Himbeerzuckerl gefreut und nach ein wenig Innigkeit gesehnt. Der Vater, Hofrat Doktor Sandtner, war eine durchaus integre Gestalt, eine Figur mit großartiger Haltung, doch noch größerer Zurückhaltung gewesen. Guttmann hatte sich mit dem seriösen Juristen gut verstanden, war von seiner herben Art angetan gewesen, und die Kinder hatten, wenn auch lieber bloß von weitem, den Stolz und die Contenance des Richters bewundert, ihn respektiert. Doch warm wurden sie mit ihm nicht; für Streiche, Spiele und Süßes war der Lebensmittelhändler aus Rumänien zuständig gewesen. Nun mühte sich der junge Mann, auf ihn, den Überlebenden, einzugehen, wollte ein gar so guter Mensch sein. Wieso meinte der Neurologe, er wolle diesem Lebensart nacheifern, der sich der Jagd der Mörder widmete. Recht, nicht Rache fordere er, hatte Lebensart in einem seiner Bücher erklärt. Guttmann hatte den Glauben an Gerechtigkeit längst aufgegeben, und zwar noch ehe er befreit worden war, geschweige denn nachdem er hatte miterleben müssen, wie die einstigen Verbrecher wieder zu Ruhm und Ansehen aufgestiegen waren. Und Rache ermüdete ihn bloß; davon ließ sich allenfalls träumen. Er hatte Besseres zu tun.

Ob Stefan Sandtner glaube, er müsse allen nachstellen, die ehemalige SS-Leute gewesen sein mochten. Dann wäre er ein vielbeschäftigter Mann. Als er vor Jahrzehnten in diese Stadt gelangt war, hatte er beschlossen, sich nicht bei jedem, den er treffen würde, zu fragen, was der wohl im Krieg getan habe, und dennoch war er von solchen Gedanken verfolgt worden. Womöglich, wenn er Kerbers Vergangenheit vor Jahrzehnten entdeckt hätte, wäre er versucht gewesen, ihn anzuzeigen. Wahrscheinlich würde er sich gar überreden lassen, gegen ihn auszusagen, wäre er selbst Zeuge seiner Untaten, eines seiner direkten Opfer gewesen, aber so …

Stefan kämmte sich mit der Hand durch die Haare: »Aber Sie, Herr Guttmann, sind doch nicht unbeteiligt. Sie haben doch erlebt, wovon Kerber jetzt prahlt.«

»Was Sie nicht sagen.«

»Und waren es nicht SS-Männer wie er, die Ihre eigene Familie töteten?«

»Nein, eigentlich keine SS-Männer …«, seine Gesichtszüge entgleisten für einen Moment, dann winkte er ab, als werfe er ein Papier fort, er nickte und sagte mit bitterem, fernöstlichem Lächeln: »Es hat sich getan.« Was wußte der junge Neurologe von den Eltern, was von seiner Schwester Sorina, von den Brüdern, Lupu, Mischu und Dorel, dem Jüngsten? Was von Transnistrien und der Ukraine? Guttmann blickte fort, erklärte, es könne doch nicht just seine Aufgabe sein, das wäre ja noch schöner, jene Pflicht zu erfüllen, der dieser Staat und seine Justiz seit langer Zeit nicht nachkommen wollten.

»Soll ich mich darum kümmern?« erkundigte sich Stefan. Im selben Augenblick erkannte er, wie närrisch sein Angebot war. Es ähnelte der Frage an ein Geburtstagskind, ob es sich eine Überraschungsparty wünsche.

Paul Guttmann lachte: »Nein, wirklich nicht. Sie können gewiß machen, was Sie wollen, Herr Doktor, aber meinetwegen brauchen Sie sich keine Mühe zu geben. Wenn es mir darum gegangen wäre, Kerber vor Gericht zu sehen, hätte ich mich nicht an Sie, sondern an Ihren Vater als Juristen gewandt. Sie sehen, ich war durchaus der Meinung, wir werden, wie hierzulande gesagt wird, keinen Richter brauchen. Zudem wäre Kerber, Herr Doktor, doch gar nicht verhandlungsfähig. Es ist kaum anzunehmen, daß just unser Nachbar vor den Kadi gezerrt würde. Da gäbe es andere, berühmtere Nazis, die ebenfalls unbehelligt blieben. Aber bei Kerber bräuchte es keine Ausflüchte und keine windschiefen Gutachten. Meinen Sie etwa, Herr Doktor, daß er imstande wäre, einem Verfahren zu folgen? Nein, ich holte Sie, weil ich medizinischen Rat will, was mit unserem alten Nachbarn zu geschehen hat.«

Heilung, so Stefan, sei ohnehin nicht zu erwarten. Es war besser, den Greis in ein Spital oder eine Nervenheilanstalt einzuweisen, ihn dort zu pflegen. Es sei denn, jemand wollte unbedingt zu Hause für ihn sorgen. Kerber brauchte Menschen, die sich um ihn kümmern.

»Die Dejanovic sorgt bisher für ihn. Sie kauft ein. Kocht täglich für ihn ein Mittagessen. Bleibt eine Stunde. Räumt auf. Sieht bei ihm nach dem Rechten.«

»Das reicht nicht mehr. Ich meine, daß jemand bei ihm bleiben müßte. Ihn aufweckt und zu Bett bringt. Er braucht eine Betreuung.«

»Was schauen Sie mich dabei an?«

»Was meinen Sie?«

»Sie meinen, ich sollte Doktor Kerber pflegen?« Guttmann sang die Frage. All seine Ironie war zerronnen, und er bemühte sich nicht, zu verbergen, wie ihn vor dieser Aussicht schauderte.

»Wo denken Sie hin, Herr Guttmann. Nicht einmal im Schlaf ...« Stefan mußte an seinen Freund Lew denken, an die Geschichten aus dem Zivildienst in einer geriatrischen Abteilung, wie Lew von einem Pflegling, dem er den Kot mit einem eingeseiften Tuch vom Leibe gewaschen hatte, gefragt worden war: »Wie heißt du?«

»Lew Feininger.«

»Rühr mich nicht an, du dreckiger Jud.«

»Wer ist hier dreckig? Wer?«, so Lews kühle Replik, und er hatte dem Alten den feuchtgelben Waschlappen an die Nase gehalten. Doch je derber Lew den Patienten angegangen war, um so mehr hatte der Hinfällige nach dem jüdischen Zivi verlangt, alle Beschwerden an ihn gerichtet, dabei nie vergessen, griesgrämig dreinzuschauen, aber er wagte kein einziges Mal mehr, laut zu schimpfen. Der sieche Antisemit hatte bloß noch von Lew Feininger angefaßt werden wollen, vor ihm keine Scham empfunden, ihm auf eine merkwürdige Weise vertraut und sich vom Judenjungen alles, ob Putzwut oder Zornwort, gefallen lassen. Lew war von diesem restlos kotzigen Grantscherm, aus dem Bräunliches hervorquoll, angewidert gewesen, doch noch mehr verärgert über sich selbst, da er ihn, kaum verstorben, irgendwie doch vermißt hatte.

»Hören Sie, Herr Doktor Sandtner, wieso haben wir nicht eher daran gedacht? Was müssen wir uns den Kopf zerbrechen? Wir haben Kerbers Kinder vergessen. Das ist deren Angelegenheit. Sollen sie sich mit ihrem Vater herumplagen. Was haben wir damit zu tun?«

Stefan hatte außer mit Mischa oft auch mit der Tochter und dem Sohn der Kerbers gespielt. Sie waren die Älteren gewesen, zu denen er aufgeschaut hatte. »Als die Frau noch im Haus war, besuchten Hans oder Bärbl sie manchmal. Aber seitdem sie tot ist, habe ich die zwei nicht mehr gesehen«, sagte Guttmann.

»Na ja, er vermißt sie auch nicht.«

»Wieso, Herr Doktor?«

»Er kennt die beiden längst nicht mehr.«

»Die eigenen Kinder? Sie glauben, er ist so vergeßlich?«

»Kerber erinnert sich nur an Vorkommnisse, die sehr lange Zeit zurückliegen, und zwar, als wären sie erst gestern geschehen. Er hat keine Ahnung von Dingen, die in den letzten Jahrzehnten passierten. Die Menschen, die ihm noch im Gedächtnis haften, leben wohl nicht mehr oder sehen längst anders aus.«

»Alzheimer?«

»Nein, dann wäre er kaum so fröhlich und umtriebig.«

»Was ist es dann?«

»Das sogenannte Korsakow-Syndrom. Beruht auf einer

Degeneration der Mamilarkörper im Hirn. Tritt zumeist bei Alkoholismus auf.«

»Nu ja, getrunken hat er genug.«

»Er ist wie eine kaputte Schallplatte, an einem Kratzer bleibt alles in ihm hängen, springt es immer zurück. Er hat sich in einen Takt seiner Motive verfangen und sein Bewußtsein wird nach jeweils einem Umlauf aus der Bahn geworfen. Nein, er weiß nicht mehr, wer Hans und Bärbl sind.«

Er werde die Kinder dennoch anrufen, meinte Guttmann. »Zumindest können die beiden sich noch an ihn erinnern.« Sollten sie doch bestimmen, was mit ihrem Vater zu geschehen habe. Er bat Stefan, ihnen, wenn nötig, bei ihrer Entscheidung zu helfen. Auf jeden Fall solle Guttmann ihn auf dem laufenden halten, verordnete der Neurologe; die Angelegenheit dürfe nicht verschlampt werden, es gelte nun zügig zu handeln, im Interesse des Patienten.

Guttmann geleitete Stefan hinaus, trug ihm auf, die Eltern zu grüßen, winkte ihm nach und versprach, sich bald bei ihm zu melden. Als er allein war, ging er in die Küche, um einen Tee zu kochen, dann suchte er im amtlichen Telefonbuch nach der Nummer von Hans Kerber. Er scheute den Anruf, denn seit Jahren mied er jeden Kontakt mit dem Sohn. Er hatte das unangenehme Gefühl, der einstige Junge aus dem zweiten Stock habe auf ihn, den Lebensmittelhändler, herabgeschaut, und der maoistische Student sei voller Häme gewesen, wenn er den Geschäftsmann sah. Zudem war zwischen Mischa Guttmann und dem jungen Kerber öfter ein Disput ausgebrochen, und zwar über Israel, das in den Augen des linken Aktivisten kein eigentlicher Staat, geschweige denn eine Nation, sondern nichts anderes als ein Brückenkopf Amerikas war. Zionismus und Imperialismus, verkündete er Mischa, dem Mitglied einer jüdischen Jugendbewegung, seien das eigentliche Unglück der Menschheit, die Todfeinde jeglichen Fortschritts; sogar vor dem Wort Weltverschwörung war der Rebell à la pekinaise nicht zurückgeschreckt.

Die Frauen dieser Familie waren ihm sympathischer, obgleich sie unterschiedlicher nicht sein konnten. Die Mutter war bescheiden gewesen, hatte die Launen, die Trunkenheit und die Selbstherrlichkeit ihres Mannes ertragen, die Vorträge, wenn er von seinen Patienten erzählte und von der Ordination. Ganz anders die Tochter, die gegen die Männer, gegen das Familienoberhaupt und den Bruder aufbegehrt hatte, dabei regelmäßig unterlegen war. Sie war es gewesen, die als erste die Ruhe verlor. »Wen wundert's, das Mädchen kann eben nicht anders.« Verhöhnt, verwarnt, auf jeden Fall gedemütigt, war sie in Tränen ausgebrochen und hatte sich in einen Krampf geheult, bis der Vater, »dem Mädchen fehlt es eben an Vernunft«, mit der Faust auf den Tisch geknallt, Krach geschlagen hatte, denn: »Jetzt ist Ruhe!«

Wenn Guttmann im Haus auf Bärbl getroffen war, hatte sie ihn besonders freundlich gegrüßt, ihm freundlich zugelächelt. Sie war von seinen Späßen begeistert gewesen, zuweilen ein wenig zuviel für seinen Geschmack, oder vielleicht nicht für seinen Geschmack, aber irgend etwas hatte ihn zurückschrecken lassen vor der Zuneigung dieses Kindes, ihn mißtrauisch gemacht gegenüber solch einer Anhänglichkeit, der eine gewisse Verzweiflung innewohnte, und ihm schien nun, ihre Verehrung war Ausdruck eines Widerwillens gegen den Vater gewesen. Später, als Jugendliche noch, hatte sie ihm, Guttmann, gerne zugehört, ihm aber noch lieber widersprochen, vorschnell und ein wenig frech, bloß um ihr Heimspiel, den innerfamiliären Geschlechterkampf, fortzusetzen.

Die Kerbers waren noch nicht im Haus gewesen, als Guttmann in den frühen Fünfzigern eingezogen war. Womöglich war Kerber zunächst mit seiner Franzi nach Altaussee, aufs Land, gegangen. Dort mochte er die ersten zehn Jahre unbehelligt verbracht haben. Erst im Jahre siebenundfünfzig, nach dem Abzug der Alliierten und nachdem Franzis Vater gestorben war, war das Ehepaar Kerber mit dem kleinen

Hans in die Hauptstadt zurückgekehrt, in die elterliche Wohnung von Franziska Kerber.

Warum hätte ihn, Guttmann, interessieren sollen, woher Kerber kam und ob er ein Verbrecher war? Er war solchen Fragen ausgewichen. Eines Tages etwa, in den späten fünfziger Jahren, war Radu, sein Vorarbeiter, zu ihm gekommen. »Paul, du mußt diesen Heinz Welch entlassen.«

»Warum? Ist er nicht fleißig?«

»Doch, doch, darum geht es nicht.«

»Wieso dann?«

»Frag mich nicht. Vertrau mir einfach.«

Radu war der einzige Angestellte im Betrieb, der Guttmann duzen durfte, den Guttmann eingestellt hatte, weil er dem Rumänen, seinem Landsmann, vertraute, aber er wollte nicht irgendwelche Kündigungen aussprechen, ohne zu wissen, worum es ging, und so mußte Radu ihm doch verraten, was vorgefallen war: daß Welch im Warenlager begonnen hatte, Judenzoten zum Besten zu geben, sich über Guttmann lustig zu machen, dabei ölig zu jiddeln und seifig die Hände zu reiben. Welch sang in den Pausen zuweilen Nazilieder, riß die anderen dabei gar mit. »Radu«, sagte Guttmann, »bin ich mit Welch befreundet? Hast du mich je mit ihm einen Schnaps trinken gesehen? Muß mich beschäftigen, was der Mann redet? Ich werde ihn nicht hinauswerfen.«

Doch zwei Wochen später, als Guttmann den Laden in der Rechten Wienzeile betrat und das hintere Magazin durchschritt, um über die Wendeltreppe in sein Büro zu gelangen, traf er auf den stämmigen Heinz Welch, dessen mürrisches Gesicht strahlte, als er den Chef sah. Der feiste Mann grüßte, buckelte dabei ein wenig, worauf Guttmann sagte: »Herr Welch, ich würde gerne mit Ihnen reden.«

»Mit mir?«

»Ja. Kommen Sie bitte mit.« Welch folgte ihm, schaute dabei erschrocken, verwirrt, »kommen Sie, kommen Sie«, stockte bei jeder Tür, stolperte Guttmann ins Büro nach,

»setzen Sie sich doch«. Welch schwitzte, seine Hände zitterten, während Guttmann hinter dem Tisch Platz nahm, seine Tasche abstellte, dann die Papiere und Briefe durchsah, bis er endlich aufschaute, lächelte und Welch fragte, ob er verheiratet sei, Kinder habe. Welch antwortete zaghaft, ja, seine Frau, Grete, und er hätten eine Tochter, drei Jahre alt; nein, Grete verdiene nicht, sondern bleibe bei der Kleinen.

»Sagen Sie, Herr Welch, sind Sie zufrieden mit Ihrer Anstellung bei uns im Betrieb?« Ja doch; nein, keine Beschwerden, hierauf Guttmann: »Gut, sehr gut«, nickte versonnen und sagte unversehens, wie nebenbei: »Wissen Sie, Herr Welch, mir ist nämlich erzählt worden, Sie hätten sich über mich lustig gemacht, und über die Juden, hätten sogar Lieder gesungen. Die Wahrheit ist, mir ist es ja gleich, aber den Vorarbeiter, den Radu, stört es, er mag das nicht. Also warum machen Sie das? Sehen Sie, er wird irgendeinen Grund suchen, Sie loszuwerden, und er wird ihn letztlich finden. Verstehen Sie mich nicht falsch, mich interessiert nicht, was Sie von sich geben, wenn Sie zu Hause sind, im Gasthaus oder beim Heurigen. Das ist Ihre Sache, aber hier sollten Sie sich zurückhalten. Herr Welch, ich will Sie nicht verlieren?«

Wochen nach diesem Vorfall hatte Radu ihm erstaunt mitgeteilt, wie verändert Welch sei, er mache überhaupt keine Schwierigkeiten mehr, sei im Gegenteil einer der kollegialsten im Depot.

Mischa hatte nie verstanden, weshalb sein Vater über die Ressentiments der Menschen in diesem Land hinwegging, ja, wieso er überhaupt hierher gekommen war. Vielleicht war bloß Dinah imstande gewesen, ihn zu verstehen, oder besser, von sich aus zu verstehen, daß es keine Entschädigung für die Verfolgung geben konnte, ebenso keine Rache.

Ada hingegen hatte nicht bleiben wollen, vielleicht weil

Wien für sie, im Unterschied zu ihm, kein Neubeginn, sondern eine Rückkehr gewesen war. Ada war aus der Stadt vertrieben worden, hatte hier ihre Eltern und ihre Schwester zurückgelassen, ohne sie je wiederzusehen.

Sie kannte den Prokuristen, der den Betrieb übernommen hatte, den Mann, der in der Wohnung der Eltern nistete, den Lehrer, der sie bereits vor dem Anschluß antisemitisch angegangen war. »Was? Die lebt noch?« hatten manche Nachbarn hinter ihrem Rücken getuschelt. Ada Herz war im Jahre achtundvierzig aus London hergereist, um nach irgendwelchen Überbleibseln ihrer Eltern zu forschen, die der Vernichtung nicht mehr hatten entrinnen können, aber vielleicht nicht bloß deshalb, denn in Wahrheit war sie diese Suche nicht mit jener Zielstrebigkeit angegangen, mit der sie andere Unternehmungen anzupacken pflegte, und womöglich war sie bloß auf der Fährte all dessen gewesen, was nicht zu entschädigen und nicht rückzuerstatten war, auf der Jagd nach einer letzten Bestätigung, daß nichts mehr gerettet werden konnte.

Guttmann dachte in den letzten Monaten nicht selten an seine Jugendliebe, obgleich er immer noch, seit drei Jahren, um seine Frau trauerte. Ohne Dinah erschien ihm sein Leben nicht mehr sinnvoll. Der ihm nächste Mensch, sein Sohn Mischa, wohnte in Tel Aviv und rief zwar nicht selten an, aber seitdem er in einen Ehezwist mit Nurith verstrickt war, schwieg er sich aus, versank in seinem Familienleid und hielt alle, die ihm helfen wollten, auf Abstand. Guttmann griff zum Hörer, tippte die Nummer ein. Mischa und Nurith würden ohnehin kaum zu Hause sein. Doch dann knackte es in der Leitung, und ehe er ein »Hallo« hörte, legte der Vater wieder auf, dann seufzte er, machte mit seiner Hand eine wegwerfende Bewegung.

Guttmann wählte erneut, und eine jugendliche Stimme meldete sich, rotzte ein langes: »Ja«, und Guttmann bat, Doktor Hans Kerber zu sprechen, doch der war nicht zu Hause, worauf Guttmann Namen und Nummer hinterließ, dabei betonte, wie dringlich die Angelegenheit sei, dem Großvater gehe es gar nicht gut. Er beschloß, einen Spaziergang zu machen, zuvor jedoch noch den Tee auszutrinken, dabei die Zeitung durchzublättern und den Katalog, den ihm das Auktionshaus, das Dorotheum, vor einer Woche zugesandt hatte.

Er hatte Adas Eifer für die Malerei nie ganz verstanden, war davon überzeugt gewesen, ihr ginge es bloß um den Geldwert der Werke, aber sie hatte ihn verlacht, wie so oft. Jahre später erst war er durch Dinah in Museen verführt worden, auf ihre stille, geduldige Art. Ohne ihm je irgend etwas aufzudrängen, war sie mit ihm in fremde Länder gereist, nicht bloß an Strände, sondern in große Städte, durch Ausstellungen gepilgert. Sie hatte ihm bloß kleine Häppchen Kultur serviert und seinen Appetit erregt, aber nie gestillt, bis er angesteckt worden war von ihrer Lust, zuweilen mit ihr ein Gemälde erworben hatte. Seit Dinahs Tod nahm diese Leidenschaft aber noch zu. So fühlte er sich ihr nahe.

Als Ada, sie hieß längst nicht mehr Herz, sondern hatte in London den erfolgreichen Geschäftsmann David Levinson geheiratet, vor einigen Jahren nach Wien gekommen war, hatte sie nicht wenig gestaunt über die neue Passion ihres einstigen Liebhabers aus der Bukowina. Während Guttmann die Broschüre überflog, schweiften seine Gedanken zu Ada, so daß er sich nicht in die Bilder zu vertiefen vermochte; er legte den Katalog wieder fort und trank den Tee aus. Er wollte noch einkaufen, hinunter auf die Wienzeile. Vielleicht sehnte er sich in den letzten Monaten öfter nach Ada, weil er ebenso wie Kerber an die Zeit nach dem Krieg, nach der Befreiung, ein Wort, das der einstige SS-Mann aber wohl nicht verwenden würde, denken mußte. Mittellos war er in die Stadt gekommen, hatte erst in einem jüdischen Auffanglager gewohnt. Er war blutjung gewesen, weil dem Morden entsprungen, und allein, verwandt nur noch mit Toten, bereit, Risiken auf sich zu nehmen, Waren aus den russischen Beständen in die westlichen Zonen zu transportieren, um sie auf der Mariahilferstraße zu verkaufen. Eines Tages hatte ihn ein orthodoxer Jude aus Galizien gefragt, ob er interessiert sei, eine Wurst, eine ihm, dem Gesetzestreuen, nach religiösen Bestimmungen verbotene, an seiner Statt zu veräußern, und so war Guttmann, eher zufällig, auf den Naschmarkt geraten.

Dieser Platz half ihm, sich in Wien zu Hause zu fühlen, wenn er hier auch nicht daheim war. Nicht hier und nicht anderswo, denn vernichtet war, woher er stammte. Den Ort seiner Kindheit gab es nicht mehr, und ihm war, als habe es ihn nie gegeben.

Durch Erwerb einer moosgrünen Bude war einer wie er zu Stand und zu Ehren gekommen, er hatte sein erstes Warenlager aufgeschlagen, erst eine Hütte, hierauf zwei, dann sein Schriftzeichen auf die Wienzeile gesetzt, um ein eigenes Magazin zu errichten, denn er war ein Lebensmittelhändler en Gros. Guttmann hatte den Ausbruch gewagt, den Streifen zwischen Wieden und Laimgrube hinter sich gelassen, hatte neue Bezirke erobert, Geschäftsketten, Selbstbedienungsläden, Supermärkte hochgezogen. Er war dabei nie zur Ruhe gekommen, als gelte es auf der Flucht zu sein vor einem Todfeind. Anders als andere hatte er den Bankrott bei seinen gewagten Abenteuern nie gefürchtet, und zwar, weil er bereits zugrunde gerichtet war, ehe er begonnen hatte. Die Menschen mochten ihn, selbst seine Konkurrenten, denn ihm war zu trauen, und, soviel war bekannt, auf sein Wort konnten sich die Partner verlassen, und seine Rastlosigkeit wurde ihm nicht verübelt, bloß schmunzelten die Leute in einer merkwürdigen Mischung aus Bewunderung, Neid, Mitleid und Spott, wenn sie darüber sprachen, daß er mehr Ideen hatte als Geduld. Ihn interessiere der Schachzug, die neue Variante, hieß es, nicht das endgültige Matt, denn obgleich er eine Firma nach der anderen gegründet hatte, war er nie seßhaft genug geworden, um sie zu behalten. Er hatte mit Gewinn, aber vor dem eigentlichen Sieg, alle Betriebe abgestoßen, sie preisgegeben, wenn ihre Macht befestigt war.

Er könne, was er aufbaue, eben nicht halten, sagten seine Konkurrenten, und Paul Guttmann ließ sie reden, denn was wußten sie. Er war ein Jude aus Gora Humora in der Bukowina, der um sein Leben gerannt war, mit nichts am Leibe, bloß kein großes Gepäck, und soviel verstand er, hätte er zuviel besessen, seine Marktherrschaft zu weit ausgedehnt, wären sie alle, diese trägen Landsleute, verblüffend übrigens, wie schnell sie zuweilen sein konnten, zusammengelaufen und über ihn, den östlichen Zuwanderer, den rumänischen Eindringling, über diesen mosaischen Pseudozigeuner hergefallen, um ihn und sein Konsumreich wieder zu zerreißen. So hatte er kein Imperium angestrebt, es seinem Wiener Gegenspieler in der Stadt, einem Virtuosen im Spiel der landesüblichen Klänge, überlassen, der Kundenkönig und Konzernkaiser zu werden.

Heute kaufte Guttmann bloß noch Lebensmittel, um für das Wochenende gerüstet zu sein. Er steuerte die Hütten jener Marktstandler an, die er seit Jahren kannte, die er mochte. Jede Anschaffung war ein fälliger Besuch bei Freunden. Beim Adalbert Müllner genehmigte er sich einen kleinen Imbiß. »Wie geht's?« grüßte ihn der alte Fleischer.

»In einem Wort oder in zweien?« erwiderte er.

»Na, wenn's Ihnen reicht, mit einem.«

»Gut.«

»Und mit zwei Worten?«

»Nicht gut.«

Paul Guttmann lächelte, und auf Müllners Wangen glühten zwei Sonnen hoch. Pausbäckig lud er Guttmann auf ein Achtel Weiß ein. Wenn einer auf die Frage nach seinem Befinden bekanntgab, er fühle sich ausgezeichnet, war er Müllner suspekt. Der Fleischer mochte, wenn Leute sich beklagten, dann wußte er sich wohl, wenn aber irgend jemand sachliche

Kritik übte, brummte Müllner, er könne dieses heimische Raunzen nicht mehr hören.

Nie wäre es Guttmann eingefallen durch eine seiner einstigen Hallen zu flanieren, aber hier kostete er von den Gesichtern, schmeckte er die Menschen, traf er auf neue, exotische Waren, die sprachen ihn an, die lagen nicht im Vakuum und glänzten nicht unter Cellophan. An diesem Ort sah er kein Ablaufdatum und keinen Strichcode.

»Was willst du auf dem Naschmarkt? Bist du meschugge?« hatten die anderen jüdischen Flüchtlinge im Pax, jenem großen Caférestaurant unweit der Synagoge, gefragt. Er war gemeinsam mit Marcel, einem Schicksalsgenossen aus dem Displaced People Camp, dem Auffanglager, am Flipper gestanden, und der Inhaber hatte mißtrauisch zu ihnen, den beiden jugendlichen, ungestümen Rumänen, hinübergeschaut. Am liebsten hätte er ihnen Lokalverbot erteilt, aber dann hatte er Mitleid mit diesen verwaisten Kerlen, den zwei Judenjungen. »Wozu auf dem Naschmarkt? Dummkopf, den wollen sie abreißen. Hast du nicht gehört? Dort kannst du doch kein Geschäft eröffnen.« Guttmann hatte nicht widersprochen, war aber trotzdem bei seinem Entschluß geblieben. Der alte Pole, der ihm damals abgeraten hatte, war seit langem tot, aber der Naschmarkt überstand jeden der vielen Nachrufe.

Bei Mosche Dawaraschwili machte Guttmann halt, erkundigte sich nach der Familie, nach den Pistazien, aber der Georgier begann auf das Marktamt zu schimpfen, die hätten seinen Toaster beanstandet, den dürfe er nicht anschließen, weil er dafür keine Bewilligung vorweisen konnte. »Dabei wollte ich mir bloß ein warmes Frühstück machen.« Er legte ihm einige gestreifte Sonnenblumenkerne in die Hand und raunte: »Ich kann sie nicht ausstehen, die Österreicher und die Rassisten«, und dieser Satz war Dawaraschwilis Losungswort, damit hieß er Guttmann willkommen und lächelte dabei. Nach dieser Parole erst begann er, eifrig wie ein Ringer, die Ärmel aufzukrempeln, die Schäufelchen zu ergreifen, in den Nüssen zu wühlen, um Guttmanns Bestellungen aufzunehmen.

Der Naschmarkt war ein Keil, der von der Vorstadt ins Zentrum trieb, sich zwischen die Bezirke zwängte. Wer auf der Wienzeile einkaufte, ob Bürgersdame oder kleiner Pensionist, drängelte durch das Gewimmel der Menge und mußte sich erst Gehör verschaffen. Das Geschäft schien eine intime Beziehung im Lichte der Öffentlichkeit zu sein. War der Preis gerecht, das Gemüse frisch? Konnte dem Standler vertraut werden? Die einfachen Händler waren es, die nun höher standen, auf dem Podest ihrer Waren, und wer ihnen Geld reichen wollte, mußte sich über die Tribüne von Früchten beugen, drohte das Gleichgewicht zu verlieren, vornüber zu plumpsen, während die Geschäftsleute lässig warteten, mit einem einzigen Handgriff den Papierbeutel vorstreckten und die Scheine kassierten.

Guttmann kaufte ein, als müsse er immer noch Lagerhallen füllen. Dinah hatte ihn gescholten, wenn er schleppend nach Hause kam, mehr heimbrachte, als der Kühlschrank fassen mochte, und er war von Mischa verlacht worden, »Papa, glaubst du, wir verhungern«, und vielleicht hätte er, der Überlebensmittelhändler en Gros, nie mit anderem handeln können als mit Nahrung. Er lief durch das sogenannte Käseland, ging zu Mehmet und Yelda Ertekin, um Tomaten und Salat zu ernten, strich an Fladenbrot, Laugengebäck, Bohnenkraut und indischem Reis vorbei und ließ sich von diesem Anblick des Überflusses begeistern, zumindest beruhigen, denn zuweilen schmolz die Erinnerung, schwoll heran und überflutete ihn; hoffentlich nicht heute nacht, nachdem er sich um Kerber hatte kümmern und an Ada denken müssen, doch wäre es kein Wunder, wenn er sich nach solch einem Tag aus dem Schlaf brüllte, nach Luft ränge, ihm das Herz davonliefe wie so oft. Ein Wunder wäre ein stiller Traum.

Er sah Stefan Sandtner vor einem Laden sitzen, inmitten

junger Menschen und einem saftigen Gelächter, doch er tat, als habe er den Neurologen übersehen. »Da geht Guttmann«, sagte Stefan, und Lew Feininger nickte: »Ich kenne ihn. Aus der Kultusgemeinde«, worauf Sophie meinte, der Alte sei ein Supertyp, ja, sie sagte Supertyp, der habe Charme und Stil, sein Auftreten, sein Lächeln, die Kleidung, und selbst Patrique Mutabo, der düster geschwiegen hatte, hellte auf, stimmte ihr zu, das Lächeln dieses Mannes springe auf andere über, spiegle sich im Antlitz seiner Umgebung wider, doch Lew entgegnete, das sei die Illusion vom Überlebenden, von einem, der bloß als süßer Jude oder als Jud Süß wahrgenommen werden könne, alleinig in dieser Dualität, nicht unähnlich jenen kitschigen Heiligenkarten, diesen Wackelbildern, auf denen die Gottesmutter oder der Erlöser je nach Blickwinkel zwinkert oder gen Himmel linst.

Bei diesen Worten schien es, als würde der Student der Filmakademie Tom Wandruschka aufwachen. »Lew hat vollkommen recht. Warum«, so Tom, »soll ich gezwungen werden, von einem Menschen bloß noch Gutes zu sagen, nur weil er dem Judentum angehört. Das ist doch der wahre Rassismus. Ich will mich nicht einer ideologischen Kaste unterwerfen, die bestimmt, was wie öffentlich formuliert und wozu geschwiegen werden muß.« Sophie Wiesen, sie schrieb für ein Montagsmagazin, nicht ohne darüber zumindest viermal im Monat zu klagen, lieferte jedoch zuweilen Artikel für das deutsche Feuilleton, versetzte hierauf, sie wüßte nicht, welche Herrschaftsklasse er anspreche, von wem er gedungen werden könne, alleinig Positives von Juden zu sagen. Tom fuhr sie so laut an, daß Stefan erschrocken einen Mund voll Kaffee zurück in die Tasse kutzte. »Laß mich in Ruhe, Sophie, mit deiner politischen Korrektheit, die jeden sogleich unter Verdacht stellt.«

»Wovon sprichst du? Ich will nur wissen, welche Kaste du meinst«, fragte Sophie und schaute zu Lew Feininger, suchte nach Unterstützung, doch Lew schwieg.

Tom hingegen redete sich heiß. Es seien solche Denkverbote, welche die Rechte anwachsen ließen, denn aus diesem Grund könne sie als einzige ansprechen, was von anderen nicht einmal diskutiert werde. Er sprach vom Führer der Rechtsextremen, sprach davon, daß der Kärntner Populist nicht selten wahre Mißstände aufgreife, zwar mit falschen Antworten aufwarte, aber zuweilen die richtigen Fragen stelle. Tom sagte: »In Wahrheit hat er in vielem leider recht.«

Wenn dieser Mann in vielem recht habe, fragte hierauf Patrique Mutabo, und er, der Grafiker, sprach tonlos, als handle es sich um ein rein mathematisches Problem, um eine theoretische Überlegung, weshalb verwende Tom dann noch das Wort leider? Wozu überhaupt dieser Ausdruck des Bedauerns? »Wenn er in vielem recht hat, dann müßtest du das doch eher genießen und nicht bedauern.« Sollte es uns nicht freuen, meinte Patrique, wenn endlich ein Politiker erkenne, was zu ändern sei? Falls dieser Mann hingegen im wesentlichen Unsinn verzapfe, warum erwähnen, daß er, wie viele Volkstribunen, in manchem auch Zutreffendes von sich gebe? Ob Tom meine, so der in Kinshasa geborene Patrique, und er lächelte dabei schüchtern, das Diktum des rechten Parteiführers, bei den Schwarzen sei einfach wirklich Hopfen und Malz verloren, die Schwarzen würden selbst dort, wo sie die Mehrheit hätten, nichts zusammenbringen, wäre eine jener vielen Punkte, in denen er nicht ganz falsch läge, denn dies habe der Populist vor einigen Wochen erst in den Abendnachrichten verkündet.

Tom schüttelte den Kopf, versicherte, dies sei gewiß unerträglich, und er selbst drehe doch Filme gegen solche Erscheinungen, jetzt etwa ein Video gegen rassistische Polizeiübergriffe, aber zugleich wirke das ganze Land zuweilen eng, und nun stimmte Lew ihm zu, sagte, ja, eng wie ein Zimmer.

Das sei wahr, gab Sophie zu, aber vielleicht dürfe sie die Herren hier daran erinnern, daß rechtsextremer Terror seit

Monaten das Land heimsuche und Anfang des Jahres eine Bombe vier Roma in Stücke gerissen habe, am selben Tag ein Kroate schwer verletzt worden sei. Vier Menschen, ihre Vorfahren hätten die Nazis noch in Konzentrationslager verschleppt, die meisten von ihnen seien erschlagen, erschossen, vergast worden, manche hätten überlebt, doch viel mehr Täter lebten noch. Ob alle bereits vergessen hatten, so Sophie, und sie wurde dabei so laut, daß Lew und Patrique sich sorgenvoll umschauten, ob, fragte sie, ihnen entfallen sei, wie die Polizei zuerst die Wohnungen der Opfer durchsucht habe und in einem großen Josefstädter Café nach der Tat gegen Roma gehetzt worden sei, und kurz nach dem Attentat im Burgenland habe eine als sogenannte Zigeunerkapelle verkleidete Gruppe an einem Welser Faschingsumzug teilgenommen und auf der Festbühne der Moderator gerufen, nun mögen bitte keine Bomben geworfen werden, ja, er habe wirklich gehöhnt: »Jetzt bitte keine Bomben werfen!«, worauf ein Johlen in der Menge erklungen sei.

Gewiß unerträglich, versetzte Tom, doch für die Polizei trage immer noch der Minister Verantwortung, nicht der Führer der Rechtspopulisten, und in Wels regierten eben nicht die Rechten.

Stefan trank seine Melange. Hier lag es, das gesammelte Schweigen von Stefan Sandtner, viele Bände davon, denn er wollte nichts mehr hören von den Traditionen des einheimischen Rassismus, nichts von den ewigen Klagen und den immergleichen Apologien, und im stillen dachte er, einmal müßte doch Schluß sein, wagte jedoch nicht, diesen Satz auszusprechen, denn er wußte, diese Worte würden bloß zum Beginn eines neuen oder vielmehr zur Belebung des alten Streites hier führen.

Er wartete doch nur auf seine Fremde, und da sah er sie, die schwarzen Locken, die blutorange Bluse, die schmale, dunkle Hose, sah Flora Dema, ihr Lächeln, die hohen Backenknochen, und nun bemerkte er, daß überdies ihre Augen schräg standen, ihre Wimpern steil aufstiegen, bemerkte ihre Füße in den Flipflops, und daß sie einen Zehenring trug. Sophie beruhigte sich und lachte ihr entgegen, Tom trug einen Sessel heran, und Flora versicherte, sie habe sich beeilt, so schnell wie möglich zurückzukehren. Schön, daß die anderen auf sie gewartet hatten. Stefan achtete auf ihren Akzent. Die Vokale glichen irgendwie den gesalzenen Pistazien, die sie vorher gekauft hatte, die sie nun aus ihrer Tasche fischte, und sie sprach, als koste sie von den deutschen Wörtern und müsse dabei ihre Bedeutung knacken.

Tom Wandruschka erkundigte sich nach Floras Projekt, erzählte den anderen von der Videoarbeit der Künstlerin aus dem Kosovo, die in den Straßen Wiens einen Film drehe, lächelte sie dabei an, doch sie wich aus. Erst müsse sie essen, sagte Flora, worauf Stefan fragte, für wen er exotischen Salat und für wen ein Hühnersandwich bestellen dürfe. Er zählte ab, wer was wollte, und Lew begleitete ihn, um gemeinsam an die Theke zu drängen, denn in der Zwischenzeit war das samstägliche Treiben auf dem Naschmarkt so sehr angeschwollen, daß kaum mehr ein Weg durch die Menschenmassen zu bahnen war. Sie mußten der Kellnerin zurufen, was sie wünschten.

Später, bei Tisch, erzählte Stefan, redete er los und war in voller Fahrt, sprach zu Flora, schaute sie dabei jedoch nicht an. Nun berichtete er erst von Herbert Kerber, von Paul Guttmann, von dem elterlichen Haus, vom Korsakow-Syndrom, und Lew Feininger sekundierte artig, Doktor Stefan Sandtner sei ausgebildeter Neurologe, ein erfolgreicher Jungmediziner, aber Tom Wandruschka stichelte, an diese Karriere glaube jeder, bloß Stefan selbst nicht, denn er, es sei kaum auszuhalten, denke daran, nun, da er ans Ziel gelangt sei, alles bleibenzulassen, und zwar, wie Tom meinte, einer Frau wegen, worauf Stefan heftig widersprach, diese Geschichte sei doch längst vorbei, stehe nicht in Verbindung zu seinen beruflichen Überlegungen, sie sei nicht wert, erwähnt zu werden, sagte er zum Erstaunen der anderen, verleugnete Sonja und seine ganze Sehnsucht, mit der er allen seit Wochen in den Ohren gelegen war, doch ehe ihn irgend jemand korrigieren konnte, sprang Patrique Mutabo ihm bei, zwinkerte dabei Stefan zu und meinte, es sei ihm hoch anzurechnen, wenn er nicht einer jener Ärzte werde, die bloß Geld verdienen wollen, doch Sophie versetzte, Stefan verschmähe nicht zum ersten Mal seine Chancen. Ob die anderen vergessen hätten, daß er in der Schule wunderbar und ohne Unterlaß gemalt habe, unter der Bank. Künstler hatte er werden wollen.

Stefan schwieg. Flora Dema schien jedoch an diesen Geschichten Gefallen zu finden. Ihre Augen wurden weich, während Sophie von ihm redete, und die Videokünstlerin sagte: »Er glaubt eben, in der Medizin nicht die richtigen Antworten zu finden.« Aber Stefan widersprach: »Es sind nicht die Antworten, vielmehr die richtigen Fragen, die fehlen.«

Die exotischen Salate und die Sandwiches wurden aufgetischt, und während sie zugriffen, zog die Menge vorbei, darunter ein rothaariger Mann mit Schnauzbart, der Stefan grüßte und ihn bat, er solle ihn doch einmal besuchen. »Wer war denn das«, wollte Tom wissen, aber Stefan zuckte die Achseln, er sehe diesen Mann seit Jahren, in Lokalen der Umgebung, und sie hätten sogar über manche intime Angelegenheit miteinander geredet, aber er kenne seinen Namen nicht.

»Sophie? Lew?« fragte einer im Gedränge. Theo, ein etwa dreißigjähriger Mann mit dunklem Krauskopf, der Sohn der griechischen Marktfamilie Alexandrus. Seit dreißig Jahren lebten die Alexandrus auf der Wienzeile und verkauften Gemüse. Ob sie ihn auf ein Achtel Weiß einladen dürfe, meinte Sophie, worauf Theo antwortete: »Komplett sogar!« Doch während Theo nach einem Sessel suchte, zog eine junge Frau vorbei. »Şirin«, sang Theo, aber sie wandte sich nicht um, worauf Theo ihr nachsetzte, dann ins Gekicher der anderen rief, er müsse zum Stand, komme vielleicht später wieder, hoffe sie noch anzutreffen: »Komplett sogar!«

Tom schlug vor, ein nahes Kino aufzusuchen, da der Markt bald zugesperrt werde. Sie zogen los. Tom, Patrique, Sophie und Lew stritten voran, besprachen die politischen Verhältnisse. Flora und Stefan gingen hinterher, sie fischte die gesalzenen Pistazien aus der Tasche, die sie vor Stunden erstanden hatte, und während sie gemeinsam Nüsse knackten, kamen sie an Theos Stand vorbei. Ob er gemerkt habe, wie verliebt die beiden wären?

»Wer? Lew und Sophie?«

»Nein, Şirin und Theo.«

»Meinst du?« fragte Stefan.

»Komplett sogar«, antwortete sie, schlang dabei ihren Arm um seine Hüfte und lachte so hell, daß er seit Wochen zum ersten Mal aufklarte.

Paul Guttmann wankte schwer bepackt heim, als er Stefan mit der schwarzhaarigen Frau vorbeilaufen sah. Wie ausgelassen sie wirkten, diese jungen Menschen. Was einer wie er hier verloren habe, hatte Ada ihn damals gefragt, ehe sie ihn verließ, und er hatte ihr geantwortet, daß er, der Jude aus der Bukowina, ohnehin nichts mehr zu verlieren hatte, nicht hier und nicht anderswo. Doch Ada hatte ihn nicht verstanden, ihn nicht verstehen wollen, hatte bloß gesagt, daß er von diesem Ort nichts erhoffen dürfe. Guttmann verspürte den Wunsch, ihr zu beweisen, daß sie im Unrecht gewesen war. Ja, er, Paul Guttmann, hatte es in dieser, in Adas Stadt zu Geld gebracht. An diesem Platz zu wohnen hatte für Guttmann geheißen, auf der Lauer zu bleiben, täglich sich der Niederlage der Mörder zu vergewissern und seines Überlebens.

Er sah Stefan Sandtner und die Fremde sich umarmen und um die Ecke gehen. Guttmann stellte alles ab, was er eingekauft hatte. Es war zu schwer. Ein dumpfer Schmerz zog durch seine linke Schulter. Er rang nach Luft. Dann bestellte er ein Taxi. Ob sie, Ada und er, nach dem Krieg je so unbeschwert über den Naschmarkt gelaufen waren? Er versuchte sich zu entsinnen, wie der Ort in jener Zeit gerochen, wie das Leben sich angefühlt und geschmeckt hatte. War alles in seiner Jugend etwa leichter, beschwingter, fröhlicher, süßer gewesen, wie alle sonsthin verkündeten?

Innerlich lachte er über diesen dummen Einfall, und er winkte mit der Rechten ab, als werfe er ein Papier weg. Nein, woher sollte er denn wissen, ob die beiden heute wirklich so unbekümmert waren, wie sie ihm eben schienen. Und nochmals nein, er wollte sich von einer sentimentalen Rückschau nicht blenden lassen, wollte nicht der Illusion, nicht den Erinnerungen des Vergessens verfallen, die einem Tage vorgaukelten so licht, wie sie nicht gewesen waren. Und dreimal nein, zu deutlich wußte er noch Bescheid, träumte er nächtens von damals und tauchte ab in die Vergangenheiten; nein, unbeschwert waren er und Ada nie gewesen, wohl kaum; nichts dergleichen.

3 »Du willst nicht verstehen.« Sie schrumpfte bei jedem Wort. »Es ist vorbei. Selbst wenn du mir drohst. Das ändert nichts. Zwischen uns ist es aus.« Sie verschränkte ihre Arme und lehnte mit dem Rücken an die Wand. Ihren Kopf wandte sie leicht ab, schräg, und ihr braunes Haar fiel wie ein Vorhang. Das Morgenlicht schillerte darin fuchsienrot.

»Ich drohe dir nicht. Ich weiß bloß nicht, ob ich hier bleiben will.«

»Und das fällt dir jetzt erst ein? Lüg doch nicht«, sie hüstelte, nickte dazu.

Wie ein Spatz, mußte er denken, und erst bei diesem Einfall erkannte er, wie sehr ihn die letzten zwei Tage abgelenkt hatten, oder eher die letzten zwei Nächte, in denen er mit Sophie, Lew und Patrique, aber vor allem mit Flora Dema durch die Straßen der Stadt gestreift war. Erst um vier Uhr in der Früh, vor drei Stunden, waren sie auf dem Naschmarkt gestanden, im Morgengrauen zwischen den Ständen, den blindgeschlossenen Buden, die Holzbodenplanken davor hochgeklappt, im Hintergrund vereinzelte Autos auf der Rechten wie auf der Linken Wienzeile, zwei Rennstrekken in der Mitte der Stadt, das Ausschwärmen einiger Müllmänner, ein Trupp im knalligen Orange, der lange Abschied von Flora, die Umarmung voller Vorsicht, um sie ein stilles Licht, gedämpfte Stimmen, das Knattern von Rolläden, das Geklapper der Kisten, das Dieseln eines alten Lastwagens, im Café Drechsler eine Melange aus Partyschwärmern und Frühaufstehern, und Flora war seinem Gesicht nahe gekommen, hatte seinen Kuß erwartet, ihm danach zugeflüstert, er dürfe nichts erhoffen, nichts von ihr, sie sei doch fremd hier, er müsse dies verstehen, doch er hatte geantwortet: »Ich will nicht verstehen.«

»Du willst nicht verstehen«, sagte Sonja. Sie nippte von ihrem Kräutertee, den sie täglich zu Beginn des Dienstes zubereitete.

Stefan trank seinen Mokka wie so oft vor Antritt der Arbeit, aber diesmal brauchte er ihn dringender, nahm er bereits die zweite Tasse zu sich. Die Augen brannten. Greller als sonst schienen ihm die Neonlampen. Er glaubte, ein Flimmern zu sehen, war hellwach, aber von einer dumpfen Müdigkeit umzingelt. Die Haut spannte an seinem Kopf und an seinen Fingern, als wäre er aufgequollen. Dabei fühlte er Tatendrang und sich von aller Melancholie befreit, die ihn seit Wochen bedrückt hatte. Er schmeckte Floras Küsse.

Es gehe ihm nicht um Erpressung oder Rache, um überhaupt kein Manöver gegen sie. Dafür bestünde ja wohl auch gar kein Grund, fuhr sie ihn an, was er ihr eifrig bestätigte.

Er zweifle an der Neurologie; an der ganzen Medizin. In der Klinik werde vergessen, so Stefan, daß nicht Krankheiten zu behandeln seien, sondern kranke Menschen. Die Patienten würden zu Fällen. Von einem »trisomischen weiblichen Albino von fünf Jahren« habe Kahlbauer vor einer Woche zu ihm geredet, und es war nicht erkennbar gewesen, ob hier von einem Mädchen oder einer Ratte gesprochen wurde.

Sonja verdrehte die Augen: »Ich bitte dich.«

Doch er: »Erinnerst du dich an das Lehrjahr in der Psychiatrie? Weißt du noch, der Mann damals, der von Depressionen so niedergedrückt war, daß er, zu keinem Wort fähig, unaufhörlich weinte und auf Medikamente nicht reagierte.«

»Solche gab es viele.«

»Ich meine den mit diesem nässenden Ausschlag. Mit den fürchterlichen Magenkrämpfen, die zuerst falsch diagnostiziert worden waren. Als wir zum ersten Mal eine Schlafentzugstherapie erlebten. Wir zwangen ihn, die Nacht durchzuwachen, er durfte nicht einnicken, und plötzlich sprudelte es aus ihm hervor. Weißt du noch? Er sprach von seinen Schuldgefühlen.«

»War er ein Verbrecher?«

»Nein, er litt, weil er als Kind in der Sakristei onaniert hatte.«

»Na ja, so etwas imponiert dir eben!«

Stefan zuckte mit den Achseln und gähnte. Er verachte seit Jahren die dauernde Zeitnot, die auf der Station herrsche; diese Geisteshaltung, die im Patienten bloß einen Störenfried erkenne, der gefälligst gesund zu werden habe, und koste es das Leben; das Auftreten in klappernden Holzpantoffeln, die Strahlemänner im Neonschein, die allen, ob Krankenpflegern, Schwestern, Verwandten oder Kranken, zeigen wollten, wo Gott wohne, und zwar auf Teufel komm raus. Das Spital, er hasse es, gleiche einer Kaserne. Weshalb, so Stefan, müßten die Bettlägerigen um fünf Uhr früh geweckt werden? Wieso hatten sie ihre Mahlzeiten zu den unangenehmsten Momenten einzunehmen? Angehörige, sagte Stefan, würden abgedrängt, und ihre Möglichkeit, mit den Doktoren zu reden, sei eingeschränkt. Nichts rechtfertige das Wort Sprechstunde. Es sei eine Übertreibung.

Er erinnerte Sonja an eine der ersten Visiten, die sie gemeinsam hier erlebt hatten. Er, Stefan, sei gebeten worden, eine Anamnese zu referieren, und während er sprach, habe sich Professor Kahlbauer an einen Kollegen, einen Dozenten, gewandt. »Du entsinnst dich doch. Anfangs redete Kahlbauer nicht zu uns. Er ließ uns über Dritte ausrichten, was er wollte. Er murmelte zu Doktor Hals auf latein, damit der Kranke ihn nicht verstehe, und ich rätselte, welch Geheimnis er vor dem Patienten unterdrücken wollte. Was konnte denn so schrecklich sein, daß es ihm vorenthalten werden mußte? Aber Kahlbauer hatte mir im mit Englisch vermanschten Küchenlatein bloß ausrichten lassen: ›Manus non in pocket!‹ Ich möge die Hände aus den Taschen nehmen, wenn ich ihm Bericht erstatte.«

»Na und? Du weißt, wie sehr Kahlbauer dich schätzt. Er will deine Anstellung verlängern. Stefan!«

Er lächelte, und sie faßte ihn am Arm. Stefan flüsterte: »Du kennst mich doch.« In jenem Lehrjahr auf der Psychiatrie war mitten in der Nacht ein an Bewußtseinsspaltungen leidender Mann, ein breiter Koloß mit Glatze, der einer Schildkröte auf zwei Beinen ähnelte, aufgewacht und verschwunden. Stefan hatte sich Sorgen gemacht und nach ihm gesucht. Er war im Dunkeln hinausgeirrt, in den Hof, zwischen finsteren Bäumen umhergewankt, als er mit einemmal Schritte gehört und sich umgedreht hatte. Da war der Kranke wie ein Riese vor einer kleinen alten Dame gestanden, ein merkwürdiges Flackern im Gesicht. Die Frau hatte aufgeschrieen, doch der Hüne, um sie zu beruhigen, hatte gestottert: »Keine Angst. Ich bin's nur. – Glaub ich.«

Sonja räusperte sich, sprach auf ihn ein: »Eben wegen deiner Zweifel solltest du nicht aufgeben«, und leiser: »Es braucht dich, Stefan.« Durch die Müdigkeit hindurch sah er sie. Er legte seinen Kopf auf ihre Schulter, und sie streichelte über seinen Nacken. Sie standen nah beieinander, wie seit Wochen nicht mehr.

Vor Jahren waren sie miteinander in einen Kurs gegangen, um Tango zu tanzen. Bald hatten alle anderen Paare den Gleichklang ihrer Körper bewundert, hatten sie beneidet um die Leichtigkeit ihrer Bewegungen. Sonja war in die Rhythmen eingetaucht, hatte streng und eifrig, wie sie war, alle Schrittfolgen geübt, hatte hier gelernt, ihren Gefühlen, die sie sonst im Zaum zu halten wußte, freien Lauf zu gewähren, mit ihren Füßen geschmeidig seine zu kreuzen, sich einfach gehenzulassen. Doch in den letzten Monaten waren sie einander nur noch im Wege gestanden; ein Klotz am Bein. Noch ehe die Krise zwischen ihnen offen ausgebrochen war, hatte sie sich nicht mehr von ihm führen lassen.

Er griff nach ihr, legte seine Hand auf ihr Kreuz, und sie folgte seinem Druck. Er versank in ihrem Duft. Ihm war, als werde gleich ein Bandoneon ertönen, und Stefan wollte sie küssen, vergessen war Flora, aber Sonja wehrte ihn ab, stieß ihn fort, schüttelte den Kopf und schrie: »Du willst nicht verstehen!« Im selben Augenblick betrat Doktor Wolfgang Hals den Raum. »Guten Morgen. Noch so früh und schon so engagiert?« Sonja räusperte sich und feixte: »Und du bist auch schon auf der Wacht, Wolfgang.« Stefan trank den Mokka aus und ging aus dem Zimmer.

Er eilte zu den Kranken. Vor der Visite traf er auf Professor Franz Kahlbauer. Der Chef erkundigte sich nach Stefans Projektexposé. »Scheint mir sehr interessant, Ihre Idee, Kollege Sandtner. Verlieren Sie das nicht aus den Augen.«

»Danke, Herr Professor. Ich bin leider nicht dazu gekommen, meine Studie zu skizzieren.«

»Macht nichts, Doktor Sandtner. Es eilt nicht so sehr, aber glauben Sie mir, eines habe ich im Laufe meiner Karriere verstanden«, Kahlbauer senkte seine Stimme, als verrate er ein dunkles Geheimnis: »Sie sind so wichtig, wie Sie selbst sich nehmen.«

»Meinen Sie, Herr Professor?«

»Hören Sie, Herr Kollege, ich würde gerne länger mit Ihnen reden. Über Ihre Zukunft. Wenn Sie bitte heute um elf Uhr dreißig zu mir kommen.«

»Gerne.«

Dann die Visite, Kahlbauer schritt voran. Danach kümmerte sich Stefan um Neuzugänge. Stefan haßte diese Handgriffe, mit denen er nach dem Schmerz tasten mußte, ihn aufjagen, um das Leid aufzuspüren, es faßbar zu machen. »Tut es hier weh oder da? Was quält Sie mehr? Wie fühlt sich das an? Wo genau sticht es?« Er sei ein sensibler Diagnostiker, meinte Sonja stets. Er fürchte die Nähe zu Menschen, die körperliche, nicht.

In einer Arbeitspause sah er Doktor Hals an einem Faxgerät. Er stand davor, irgendein Papier in der Hand, kontrollierte, wie es schien, Werte, studierte einen Befund, der eben eingetroffen war, und Stefan Sandtner sah ihm dabei zu, sein Blick ging eigentlich ins Leere, blieb jedoch an dem Kollegen haften und wußte nicht recht, weshalb. War irgend etwas Absonderliches an dieser Szenerie? Er versuchte sich zu konzentrieren, aber ihm fiel nichts auf, was ungewöhnlich genannt werden konnte, obgleich er meinte, hier sei ein Gegenstand oder ein Zustand anders als sonst. Dann erkannte er, daß Hals feixte, auflachte, den Kopf schüttelte, sich umsah, ob ihn jemand beobachte, und den Zettel in den Abfall warf, worauf Stefan, ohne zu begreifen, warum, schwindlig wurde.

Um elf Uhr wurde er zum Telefon gerufen. Paul Guttmann war am Apparat. Bärbl und Hans Kerber wollten ihn treffen. Guttmann hatte sie am Sonntag erreicht, und beide seien noch am selben Tag zu Herbert Kerber geeilt, hilflos vor dem jugendlichen SS-Mann aus dem Jahre fünfundvierzig gestanden, der einst ihr greiser Vater gewesen war. Er habe ihnen nicht zu erklären vermocht, was dieses Korsakow-Syndrom sein sollte. Tochter und Sohn seien verstört gewesen, hätten zu streiten begonnen. »Es ging um Kerbers Nazivergangenheit. Bärbl war entsetzt, Hans versuchte sie zu beruhigen, was sie wiederum noch mehr aufregte. Herr Doktor, es ist furchtbar. Mir scheint, am liebsten würde das Kind ihren Vater hinrichten lassen.«

»Herr Guttmann, das Kind, wie sie Bärbl nennen, ist immerhin über vierzig Jahre alt.«

»Mag ja sein, aber am Sonntag fiel sie zurück in die Pubertät. Was heißt Pubertät? Infantil war sie. Irgendwie wünschte sie, ich solle ihr Absolution erteilen. Der Sohn wiederum schien an der Vorstellung, sein eigener Papa sei ein Verbrecher, beinah Gefallen zu finden. Was soll ich sagen? Ich will damit nichts zu tun haben. Bitte, reden Sie, lieber Herr Doktor, mit denen. Ich halt das nicht aus. Das ist nichts für mich ... Danke, bin bedient. Glauben Sie mir, meine Erinnerungen genügen mir vollauf, aber die vom Kerber haben gerade noch gefehlt.«

Ob Stefan um halb sieben Uhr abends in die Lehárgasse kommen könnte? Er sagte zu, verabschiedete sich, doch da er bereits aus der Arbeit gerissen war, dachte er an die vergangene Nacht. Er sehnte sich zurück nach dem morgendlichen Naschmarkt, zurück zu den unbeschwerten Stunden mit der Frau aus Exjugoslawien, und so wählte er Flora Dema an. Ein Mann hob ab, erklärte mit schwerem Akzent, Flora sei eben mit der Videokamera aus dem Haus gelaufen. Wer sie sprechen wolle, fragte der Fremde, da legte Stefan auf.

Er rätselte, während er bei einem Patienten vorbeischaute, wer dieser Kerl bei Flora gewesen sein konnte. Der slawische Tonfall und der kernige Klang lagen ihm noch im Ohr. Zumindest, dies war beruhigend, war es nicht Tom Wandruschka. So eine Stimme, meinte Stefan zu wissen, paßte auch kaum zu jemandem, der älter als vierzig oder jünger als zwanzig war, konnte wohl nicht der Vater oder ein kleiner Sohn Floras gewesen sein, und während er sich ins Gedächtnis rief, wie sich dieser andere angehört hatte, entstand ein Bild in ihm, und er glaubte einen muskulösen Typen mit struppig strähnigem Haar zu sehen, einen Rüpel mit sanft melancholischen Augen, und je länger Stefan sich in diese Idee verfing, um so klarer wurde die Vorstellung, er hätte sich eben mit Floras Liebhaber oder gar mit ihrem Ehemann unterhalten, der ihr nach Österreich gefolgt war. Dieser unangenehme Gedanke erinnerte ihn plötzlich an sein Empfinden, als er Doktor Wolfgang Hals gesehen hatte, worauf er mit einemmal ahnte, was anders als sonst war, was oder eher wer sich nicht am richtigen Platz befunden hatte, denn letztlich hatte Wolfgang Hals den gefaxten Befund in keine Krankenakte gelegt.

Um elf Uhr fünfunddreißig betrat er das Büro von Professor Franz Kahlbauer. Der Chef saß hinter seinem Schreibtisch. Vor ihm ein Stoß Papier. Kahlbauer telefonierte, wies ihm seinen Platz zu, sprach, wie es schien, mit einem ausländischen Kollegen. »Henry, he did not succeed ... Yes! Ridiculous! He is a clown.« Kahlbauer walzerte auf dem Drehstuhl hin und her. Stefan wußte nicht, mit wem oder worüber der braungebrannte Mittfünfziger mit graumelierter Mähne sprach. Es war, als rede dieser ein wenig alt gewordene Feschak mit seinem leicht aufgebackenen Bubengesicht nicht über medizinische Fragen, sondern eher über ein Tennisturnier. Kahlbauer, soviel war klar, wollte die Unterhaltung nun abbrechen, lächelte hilflos zu Stefan, seufzte, schüttelte den Kopf und zuckte die Achseln, sagte: »Ok. Best regards to Helen«, aber der andere ließ sich nicht so schnell abschütteln, und Kahlbauer mußte irgend etwas notieren, fand seine Füllfeder nicht, schnippte mit den Fingern Stefan zu, der sogleich einen Kugelschreiber hervorholte. Dann, nachdem er eingehängt hatte, lehnte sich Kahlbauer zurück.

»Ich weiß nicht, wo mein Füller ist. Gestern hatte ich ihn noch. Sie wissen ja, mein goldener Mont Blanc. Ein Geschenk meiner Frau zum fünfundfünfzigsten Geburtstag. Ich finde ihn nicht. Eine Katastrophe, wenn er verloren wär! Sehen Sie ihn vielleicht? Er ist spurlos verschwunden ... Ich muß ihn wohl irgendwo vergessen haben ... Nun, wie auch immer, lieber Herr Kollege!« Kahlbauer strahlte.

Kollege! Kahlbauer liebte dieses Wort, und Stefan haßte es um so mehr, denn es war eine glatte Lüge, weil er niemals den Professor einen Kollegen hätte nennen dürfen. Beim mündlichen Histologieexamen war er von einem der rückschrittlichsten, unangenehmsten und gefürchtetsten Prüfer empfangen worden mit: »Herr Kollege, glauben Sie nicht, daß Ihre Aufmachung ein wenig zu salopp, um es freundlich auszudrücken, ist für den heutigen Anlaß? Sehen Sie nicht, daß Ihre Kommilitonen mit Sakko und Krawatte erscheinen? Darf ich Ihrem lässigen Aufzug entnehmen, wieviel an Respekt, Vorbereitung und Bedeutung sie diesem Termin beizumessen gesinnt sind?«

Stefan hatte daraufhin gemeint: »Ist das jetzt schon die

erste Prüfungsfrage?« Der Effekt war groß gewesen. Die anwesende Studentenschaft hatte leise aufgegluckst, der Prüfer hingegen lauthals geschwiegen. Und Stefan war das einzige Mal in seinem Medizinstudium durchgefallen.

»Lieber Herr Kollege«, sagte Kahlbauer: »Ich hörte, es ist Zeit, über Ihre Zukunft zu sprechen. Ihr Vertrag läuft bald ab?«

»Ja, Herr Professor. Eigentlich müßte ich nur noch meine Urlaubswochen aufbrauchen.«

»Soso. Ja, also zurück zu meiner Frage.«

»Wie bitte?«

»Nun, Sie wollten sich doch nach der Ausbildung nicht festlegen. Deshalb haben wir uns ja erst einmal auf eine kurze Anstellung geeinigt. Jetzt sollten Sie sich langfristig binden. Ich hätte gern, daß Sie bei uns bleiben. Sie sollten die nötigen Schritte einleiten. Den ganzen Papierkram, Sie wissen schon ...«

»Ja, gut, Herr Professor.«

»Sie zögern?«

»Nein, aber das ist alles sehr plötzlich ...«

»Ich verstehe, Doktor Sandtner. Ich habe bemerkt, daß zwischen Ihnen und Frau Doktor Kramar ... Verzeihen Sie mir diese Indiskretion, aber reden wir nicht herum, ich kann gut nachfühlen, wie nahe Ihnen das geht.«

Stefan Sandtner wurde rot. Der Alte hatte bemerkt, was vorgefallen war.

»Herr Doktor Sandtner, wissen Sie was? Spannen Sie doch mal aus. Gönnen Sie sich ein wenig Abstand. Nehmen Sie erst Ihren Urlaub, der steht Ihnen ja zu, und dann noch eine Phase der Entspannung. Ich glaube, es wäre für die Abteilung nicht schlecht, wenn Sie Ihre Entscheidung in zwei bis drei Monaten getroffen hätten. Bis dahin könnten Sie eine Reise unternehmen. Das lenkt ab. Eine Auszeit, das ist das Beste für Sie. Machen Sie sich frei von all dem Trott. Wie oft denke ich mir, daß ich vor lauter Hetzerei nicht mehr zu mir komme.« Kahlbauer atmete durch: »Eine Pause. Ja, Doktor Sandtner, ich beneide Sie darum.«

Stefan atmete ungläubig auf. Er hatte sich nichts sehnlicher gewünscht als eine Galgenfrist. Er dankte Professor Kahlbauer. »Keine Ursache, Herr Doktor Sandtner. Ich hoffe, wir sehen uns bald wieder. Wo ist bloß mein Füller? Es ist eine Katastrophe! Was sage ich nur meiner Frau.«

Ferien! Stefan würde Sonja nicht mehr täglich sehen, sondern statt dessen mit Lew, Sophie, Patrique umherziehen, mit ihnen diskutieren, seine Gedanken sammeln. Vor allem aber Flora, Flora Dema. Wer war dieser Mann, der sich in ihrer Bleibe am Apparat gemeldet hatte? Stefan ging in die Kantine, um eine Kleinigkeit zu sich zu nehmen. Was hatte der Fremde bei Flora zu suchen? Und was hatte Hals weggeworfen? Stefan wischte einen Löffel Suppe vom Kinn, kehrte zu jenem Raum mit dem Faxgerät zurück. Er öffnete die Abdeckung des Abfalleimers und durchstöberte vorsichtig den Müll. Obenauf lag der Papierstreifen mit den Blutwerten. »Kann ich Ihnen helfen, Herr Doktor«, fragte die indische Krankenschwester. »Bloß nicht«, antwortete Stefan, untersuchte das Ergebnis und schüttelte den Kopf.

Er spähte nach Sonja, fand sie bei einem Angehörigen. Sie hatte dessen Hand ergriffen und redete auf ihn ein. Stefan machte ihr Zeichen. Sonja nickte ihm zu und hieß ihn warten. Danach zogen sie sich ins Ärztezimmer zurück.

»Was willst du? Ich habe keine Zeit für Melodramatisches.«

»Verzeih mir. Deine Patientin, auf zweihundertachtzehn, ist falsch eingestellt«, er reichte ihr den verknüllten Zettel: »Wenn die Kurse weiter so steigen, kannst du die Frau verkaufen.«

»Spinnst du? Spionierst du mir nach?«

Er hob die Hände, um sie zu beruhigen. »Nein, nein, nein, nicht ich, aber Hals. Er hat den Befund, der vor einer Stunde hereinkam, weggeworfen. Ich habe ihn dabei beobachtet.«

»Dieses Schwein!«

»Eine kleine Intrige am Rande, nicht mehr. Dem Herrn bist du ein bißchen zu erfolgreich.«

Zum ersten Mal seit Wochen lächelte sie ihn wieder so an, daß er wie zu Beginn ihrer Verliebtheit zu Boden blicken mußte, und dann fragte sie, ob er heute abend Zeit habe, denn in diesem Falle könnten sie in Ruhe über alles reden, über die endgültige Trennung und ihre gemeinsame Zukunft auf der Station. Außerdem, so Sonja, wären noch einige seiner Sachen bei ihr. Er versprach, am späteren Abend, nach seinem Besuch bei den Kerbers, vorbeizuschauen.

Nach der Arbeit versuchte er erneut, Flora zu erreichen. Abermals die Männerstimme mit slawischem Akzent. Namen nannte der andere nicht, sondern meldete sich bloß mit einem schleifenden Hallo. Stefan hinterließ seine Nummer.

Um halb sieben betrat er Kerbers Wohnung, und diesmal war es nicht Herbert Kerber, der ihn einließ, vielmehr war Bärbl zur Tür geeilt, und das Vorzimmer wirkte anders als bei seinem letzten Besuch, eine signalrote Damenhandtasche und ein Schal in shocking pink tauchte das ganze Ambiente in ein neues Licht. »Danke, Stefan, daß du vorbeikommst. Wie geht es dir?« Bärbl rechnete nach, wie lange sie einander nicht mehr begegnet waren, verzählte sich dabei großzügig, dankte ihm nochmals, daß er Zeit für sie gefunden hatte, ihnen bei dieser fürchterlichen Peinlichkeit, ja, Bärbl sagte Peinlichkeit, zu helfen. Als kleiner Bub hatte er Bärbl angehimmelt. Sie war nach wie vor eine aparte Erscheinung, im Scherenschnitt ihre einstige Jugend, doch nun glühte sie auf, als sie ihn sah, wenn auch wohl bloß vor Scham. Sie habe nichts von Vaters Vergangenheit geahnt, versicherte sie ihm sogleich.

Sie geleitete ihn weiter in den Salon, wo Herbert Kerber saß und einen anderen Eindruck machte als drei Tage zuvor, nicht rege auf ihn zuging, sondern verwirrter wirkte und verwahrloster. Er hatte sich anscheinend seither nicht umgezogen und nicht gewaschen. Der Glatzkopf versank im Fauteuil, war dennoch nicht apathisch, sondern äugte hinter den dicken Brillengläsern hervor, blinzelte gehetzt hin und her. »Ich habe keine Ahnung, was Sie von mir wollen, meine Herrschaften. Ich glaube Sie nicht zu kennen. Sind Sie von der neuen Behörde? Kommen Sie von den alliierten Mächten? Ich stehe Ihnen natürlich gerne für Auskünfte zur Verfügung. Wollen Sie ein Verfahren gegen mich eröffnen? Beim Volksgerichtshof? Ich kann Ihnen jedenfalls versichern, daß ich mir nichts zuschulden kommen ließ?«

Bärbl schnaufte: »Nicht das schon wieder«, und zu Stefan: »Es ist nicht auszuhalten.« Hans Kerber stand hinter dem Alten und schüttelte den Kopf, sah seine Schwester streng an, als fordere er sie auf, endlich zu schweigen. Hans, der einstige Maoist, der früher gerne im Blauhemd marschiert war, trug einen hellen Anzug. Der promovierte Soziologe, der von Revolution und Klassenkampf geschwärmt hatte, widmete sich nun Klassenfragen ganz anderer Art, war für Lehrprogramme und Schulprojekte im Unterrichtsministerium zuständig; ein Staatsbeamter. Hans sagte, er näselte dabei: »Bitte Bärbl, Vater ist krank, schwer krank«, worauf der Greis aufhellte und bei der Erwähnung eines medizinischen Problems von einem Entzücken überschwemmt wurde. »Sie suchen meine Hilfe als Arzt? Was hat er denn, der Herr Papa? Was fehlt ihm?«

»Denken Sie bloß«, stimmte Stefan an, »die letzten fünfzig Jahre, Doktor Kerber, sind dem alten Herrn dieser beiden Menschen plötzlich abhanden gekommen. Ist das nicht merkwürdig? Er erinnert sich ihrer nicht, ja, er vergißt nach jeder viertel, halben Stunde alles, was geschah. Er steckt fest in der eigenen Vergangenheit.«

»Was für ein interessanter Fall«, freute sich Doktor Herbert Kerber, und das Fossil aus dem Jahre fünfundvierzig lächelte begeistert. »Ihr Papa glaubt also noch im neunzehnten Jahrhundert zu sein«, und er wartete auf genauere

Schilderung, doch als die anderen ihn bloß anstaunten und nichts berichteten, verlor sich seine Aufmerksamkeit wieder.

Hans fragte mit beinah bemüht nasaler Aussprache, ob er unter dem Korsakow-Syndrom eine Sonderform des Alzheimers zu verstehen habe, und Stefan erklärte, daß zwischen dem Alzheimer, der Auflösung der eigenen Persönlichkeit, und dem Ausfall, der hier vorherrsche, genau unterschieden werden könne. Litte einer unter Alzheimer, so würde er einen depressiven Eindruck hinterlassen, eben die Impressionen eines, der den Kontakt zu sich selbst verliere. Befragt danach, was er etwa gestern gegessen hätte, verfalle ein solcher Patient, verzweifle er daran, sich des Menüs nicht mehr zu entsinnen. Ganz anders sei es bei Korsakow, der Kranke wirke angeregt, brenne darauf, die Verwirrung aufzulösen, und wie zum Beweis sprach Stefan den Alten an: »Haben Sie gestern gut gespeist, Herr Doktor?«

Kerber lächelte auf: »Hervorragend.«

»Wissen Sie noch, was es war?«

»Lassen Sie mich nachdenken. Ich glaube, es war eine Bohnensuppe?«

»Nicht eher ein Wiener Schnitzel?«

»Ja, jetzt wo Sie sagen. Ein schmackhaftes Schnitzerl.«

»Mit Erdäpfelsalat, nicht wahr?«

»Ja, herrlich«, gluckste der Patient, und es war, als liefe ihm das Wasser im Munde zusammen.

»Er lügt ja«, seufzte Bärbl.

Hans verdrehte die Augen: »Bitte Bärbl«, und Kerber fuhr auf: »Ich sage die Wahrheit.«

»Es ging ja nicht um Sie, Herr Doktor Kerber. Ein Mißverständnis. Die Dame meinte ihren Vater.«

»So? Ich verstehe. Verzeihung.«

»Wir hören jetzt Musik«, sagte Stefan, ging zu der Plattensammlung, zog ein Bachkonzert hervor, legte es auf. »Ist das nicht wunderbar, Herr Doktor?«

»Herrlich«, und sie warteten stumm, bis Kerber in der Klangwelt versunken war, dann winkte Stefan die Geschwister, das Zimmer leise zu verlassen.

Von Lüge, sagte Stefan in der Küche zu Bärbl, sollte in diesem Fall nicht gesprochen werden. Früher habe ihr Vater wohl gelogen, habe seine Vergangenheit, wie anzunehmen ist, geleugnet, darüber bestehe wohl kaum ein Zweifel, obgleich nicht vollkommen undenkbar sei, daß seine jetzigen Erinnerungen auch falsch sein könnten, doch nun sei es unsinnig, das Wort Lüge zu verwenden. Ihr Vater schwindle nicht, vielmehr schwindle ihm, weil ihm die Sinne schwinden würden. Die Medizin spreche in solchen Fällen von Konfabulation. Der Patient tische ihnen jenes Mahl auf, das er zwar in Wirklichkeit anderntags nicht zu sich genommen hatte, aber das ihm just in den Kopf gekommen war, und dabei gehe er nicht anders vor als Menschen mit gesundem Gedächtnis, die, wie Stefan betonte, ebenfalls davon redeten, daß ihnen irgend etwas nicht oder schon einfalle, daß mithin jegliche Erinnerung ein Einfall, eine Entdeckung, mehr noch, eine Erfindung des Augenblicks sei, eine Konstruktion, und deshalb, so Stefan, schillere eine Geschichte, leuchte sie jedesmal in einem anderen Licht und weiche von allen früheren Varianten ab, wenn sie wiedergegeben werde.

Hans nickte zufrieden, doch Bärbl meinte: »Das alles scheint mir wie eine späte Rache, als würde er bestraft für seine Lebenslüge.«

»Wem hätte er es denn erzählen sollen? Der Polizei? Oder uns Kindern etwa?« fragte Hans.

Sie zuckte mit den Achseln, schaute aus dem Fenster.

Hans fuhr fort: »Wer weiß, was wir getan hätten, in falscher Umgebung und bei richtiger Gelegenheit? Was, Bärbl, wenn unsere Revolutionsträume Wirklichkeit geworden wären?« Stefan erinnerte sich an die Zeit, als Hans noch Maoist gewesen war, während Bärbl einige Semester später in die Mühlkommune geriet. Damals, er war noch Gymnasiast gewesen, hatte er eine Auseinandersetzung zwischen den Geschwistern miterlebt, war über die Heftigkeit der Wörter und Beschimpfungen erschrocken. Von »Verrätern« und von dem Intellektuellen schlechthin, der »stinkenden Nummer neun« hatte Hans Kerber gesprochen, gegen Mühl und die Seinen gewettert. Bärbl hatte ihn hingegen einen beschissenen Kleinbürger genannt, denn sie war ein Jahr verstrickt gewesen in jenes Experiment der Erniedrigungen. Sie hatte keine Halbheiten akzeptiert, sondern gegen die bürgerliche Doppelmoral gefochten, und wenn dabei Menschen gezwungen worden waren, sich auszuliefern, sich preiszugeben, sich zu entblößen und die Beine breit zu machen für die Führer der Bewegung, dann hatte die junge Kerber dies verteidigt; ohne Wenn und Aber.

»Mein Gott, Hans, ich war halt einige Monate in der Kommune und habe mich demütigen lassen, darin hatte ich ja von Haus aus Übung. Du warst aber der große Zampano, der Führungsoffizier der Kaderpartei. Nicht ich.« Sie verschränkte die Arme, senkte den Kopf schräg. Verstummte.

Hans zündete sich eine Zigarette an. Aus seinem Mund blühte bitterweißer Rauch. Er sagte: »Mir ist das alles sehr peinlich, Stefan. Ich weiß einfach nicht, was wir mit dem Vater machen sollen.«

Sie schüttelte den Kopf: »Stefan, mein Vater ist ein Mörder! Der Mann, der uns aufgezogen hat, ist ein Verbrecher. Er hat uns immer belogen.«

Hans Kerber seufzte, sah zu Stefan, dann sagte er zäh: »Bärbl, das war halt seine Lebenslüge. Seine Verdrängung ...«

Stefan zögerte. »Nein, Hans«, dann faßte er Mut und setzte hinzu: »Von Verdrängung wird ja unaufhörlich geschwatzt, aber was hat das mit der Lüge deines Vaters zu tun? Und Lebenslüge bezeichnet eine Selbsttäuschung, in die sich jemand verstrickt. Euer Vater hat seine SS-Mitgliedschaft nicht etwa verdrängt, vielmehr knüpfte er in aller Geisteskälte seine Hoffnungen und seine Karriere an sein Verschweigen.« Er flüsterte: »Es war wohl eher eine Mordslüge?«

Eine merkwürdige Euphorie erfaßte Stefan Sandtner; hatte ihn die Erschöpfung in der Augusthitze des Tages gelähmt, wirkte sie nun am Abend umgekehrt. Er konnte seinen Redefluß nicht mehr stoppen. Er mußte das Mundwerk laufen lassen, um nicht gänzlich zu ermatten, und es brauchte keine besondere gedankliche Anstrengung, denn er wußte sich in seinem Element, da er über Amnesie und Erinnerung geforscht hatte. Durch die Krankheit sei eine Verbindung gekappt, und ein Teil seines Gedächtnisses schwimme abgekoppelt im Schädel des Patienten, unerreichbar für das Festland des Bewußtseins. Mag sein, ihr Vater habe getrunken, um zu vergessen, welche Verbrechen er begangen hatte, womöglich habe er die Niederlage des Nazismus wegschwemmen wollen, doch infolge seines Alkoholismus war ein Teil seines Hirns überflutet worden, war es zu einer Degeneration der sogenannten Mamillarkörper gekommen. Kerber durchlebe eine retrograde Amnesie. Ein Prozeß, der auch bei anderen Krankheiten auftrete. Stefan erzählte ihnen von einem Patienten. »Er war Kardiologe, ein feingliedrig hochgewachsener Kerl, und klagte darüber, daß er manche seiner Freunde nicht mehr erkenne; zunächst meinte ich, dies sei nicht unbedingt pathogen, doch als ich mich bei ihm nach dem Wochentag erkundigte, stutzte der Mann, wirkte desorientiert. Kurzum, er litt an Alzheimer und sank im Laufe der Zeit zurück in die eigene Vergangenheit. Der Herzspezialist glaubte sich einige Monate, nachdem er mich aufgesucht hatte, in den Sechzigern, und nun erklärte mir dieser Mann, ein Professor des Allgemeinen Krankenhauses, voller Stolz, er wäre ein junger Assistenzarzt, das Liebkind seines Vorgesetzten. Er glitt weiter hinab in seine Jugend, fragte mich: ›Herr Doktor, was soll ich jetzt studieren? Eine Möglichkeit wäre Medizin, doch ich weiß nicht, was meine Mutter dazu sagen wird.‹ – ›Ihre Mutter ist doch längst gestorben‹, sagte ich, und da weinte er darüber, als hätte er zum ersten Mal davon gehört. Irgendwann verkümmerte er zu einem hilflosen Geschöpf, mußte Windeln tragen. Nur wenn die Ärztevisite durch die Abteilung ging, stand er auf, ein Schlafwandler, und zog in seinem weißen Morgenrock mit seinen einstigen Kollegen durchs Krankenhaus.

Ein anderer kam zu uns, weil seiner Frau aufgefallen war, daß er ohne Unterlaß von seiner Kriegszeit sprach. Zwar wußte er noch, im Gegensatz zu eurem Vater, wie alt er war, aber sein Augenmerk hatte sich auf eine andere Epoche verschoben. Irgend etwas war freigelegt worden. Das Vergessen war Grundvoraussetzung seines Erinnerns. Der Patient plauderte unaufhörlich von seinen Einsätzen in der Wehrmacht, nur entfielen ihm allmählich die Ereignisse, und zwar, interessanterweise, zunächst das Unangenehme. Seine Frau schrie ihn darauf an: ›Erzähl doch, wie ihr euren Kameraden, deinen Freund, im Wald liegengelassen habt, wie er nach Hilfe rief, nach Rettung, aber ihr dachtet bloß an Flucht. Sag, daß dich das seither quält.‹ Und als er sie erstaunt ansah, dieses Ereignis gar bestritt, brüllte sie den Kranken an: ›Beginnst du nun zu beschönigen, was unter den Nazis geschah?‹, und dann zu mir: ›Er hat das nie verherrlicht; im Gegenteil.‹«

Das Vergessen, so Stefan, sei ein eigenartiges Phänomen. »Ihr könnt es ausprobieren. Wenn ihr in einem vollen Saal ruft: ›Bitte, denken Sie jetzt fünf Minuten nicht an Läuse und auf keinen Fall ans Jucken. Vergessen Sie es‹, dann geht im ganzen Raum ein Gekratze los. Euer Vater lebt um so deutlicher in der Vergangenheit, weil ein anderer Teil seines Gedächtnisses, das frisch labile, sein Kurzzeitgedächtnis, die Merkfähigkeit verloren ist, aber ebenso ein Stück der älteren Erfahrungsspuren. Er sagt nun, was er euch bisher verschwieg, weil er nicht mehr erinnert, woran er sich nicht mehr erinnern darf; weil er vergaß, was er vergessen machen wollte. Wobei ich nicht sagen kann, was von seinen Erinnerungen stimmt.«

»Es müßte doch möglich sein, das zu erkunden«, sagte Bärbl, sagte es, als koste sie erst von diesem Gedanken, kaue daran, »zumindest zu erfahren, was er getan hat.« Ob es einen Weg gebe, das Gebrechen des Vaters durch Medikamente zu lindern, fragte Bärbl. Eigentlich kaum, verneinte Stefan, aber zufälligerweise arbeite er soeben an diesem Thema und wolle die Frage untersuchen. Er glaube, daß eine gezielte Kombination von Pharmaka helfen könne.

»Ist es das wert?« zweifelte Hans, aber Bärbl schnauzte ihn an: »Was soll das heißen?« Worauf der Bruder meinte, das Vergessen sei womöglich ein Glück, eine Gnade für den Vater. »Er wirkt nicht gerade verzweifelt. Nicht einmal wegen der Niederlage des Reiches. Er freut sich auf die Zukunft, hofft auf den Frieden, wartet auf seine Frau und will mit ihr eine Familie gründen, denn der Krieg ist vorbei. Er weiß nicht, daß sie bereits tot ist, daß er mit seinen Kindern längst gebrochen hat. Er weiß nicht, daß er uns aus dem Haus warf, nachdem wir ihm seine Trinkerei auszureden versucht hatten. Stimmt es denn nicht, Bärbl? Er wollte ja nichts mehr mit uns zu tun haben, oder? Vor einem Jahr, als er noch halbwegs normal war, war er depressiv. Jetzt ist er beinah manisch. Wozu ihn aus diesem Traum wecken?«

Ob Hans, fragte Stefan, gerne mit seinem Vater tauschen würde? Sei es ein Segen, aus dem Leben verbannt zu sein? Die Drogen jedenfalls, so Stefan, die er Herbert Kerber verschreiben könne, seien in der richtigen Dosierung keineswegs schädlich. Sie seien zugelassen, würden das Allgemeinbefinden heben. Es brauche allerdings eine Person, die ihn rund um die Uhr pflege. Die Dejanovic könne weiterhin kommen, um den Haushalt zu führen. Aber der Kranke benötige eine eigene Betreuung.

»Am besten wäre er in einer Klinik aufgehoben. Meine Kollegin Doktor Sonja Kramar könnte sich um ihn kümmern.«

Hans schüttelte den Kopf. »Muß das sein? Ich will ihn

nicht unter fremden Leuten haben. Nicht in diesem Zustand. Deshalb haben wir uns an dich gewandt.«

»Ich bin ab morgen im Urlaub.«

»Wohin fährst du?«

»Ich bleibe in der Stadt.«

»Was spräche dann dagegen, wenn du uns hilfst? Zu dir haben wir Vertrauen. Und wir könnten hier für ihn sorgen. In der vertrauten Umgebung.«

»Das wäre sicher ein Argument, aber wer von euch wäre denn bereit, sich um ihn zu kümmern? Das ist keine Kleinigkeit ...«

»Kein Problem«, kürzte ihn Bärbl ab: »Ich werde hier einziehen. Meine Übersetzungsarbeit kann genauso in der Lehárgasse erledigt werden.«

»Ich weiß nicht ...«, sagte Stefan.

»Warum denn nicht?« unterbrach ihn Hans. »Laß es uns doch versuchen. Wir sind dir ja nicht fremd. Mach es der alten Freundschaft zuliebe. Wir kennen uns, seitdem wir Kinder waren. Komm, Stefan, der Fall ist schließlich für dich auch nicht uninteressant, oder?«

»Ja, sicher, aber ich habe keine eigene Praxis.«

»Bist du nun Facharzt oder nicht?«

»Hör mal, natürlich bin ich Facharzt.«

»Na, dann stell dich nicht so an.«

»Nun, für eine Zwischenzeit ginge es schon.«

»Ja, für eine Zwischenzeit«, pflichtete Hans bei.

»Ein Provisorium, solange ich im Urlaub bin«, murmelte Stefan, nickte dabei: »Ihr müßtet meine Spitalsrezepte aber von einem praktischen Arzt umschreiben lassen.«

»Wunderbar«, sagte Hans: »Das kann ich machen.«

»Er braucht besondere Fürsorge«, wandte sich Stefan an Bärbl: »Er wirkt heute verwahrloster als noch vor ein paar Tagen. Vergiß nicht: Auf Fragen wird er ausweichend reagieren und verbergen, daß er die Antwort nicht kennt. Dein Vater lügt nicht, er will lediglich nicht unangenehm auffallen. Er kann sich nicht an Verabredungen halten. Jeden Tag stellen sich ihm erneut dieselben Probleme: ›Wo ist mein Zimmer?‹ oder: ›Wann gibt es Essen?‹ Um keine Fehler zu machen, wird er passiv bleiben. Es wird dann aussehen, als sitze er faul herum. Aber er ist lediglich verunsichert, Bärbl. Gut wäre es, wenn du eine Uhr anbringen könntest. Wichtig ist, ihn nicht zu überfordern. Frag ihn nie, ob er baden oder speisen möchte. Sag aufmunternd: ›Jetzt suchen wir Handtücher und gehen ins Bad.‹ Er kann nämlich nichts planen. Ihm fehlt dafür jeglicher Sinn. Aber wenn du ihm ein gutes Mahl vorsetzt, wird er es zu sich nehmen. Was er braucht, ist ein regelmäßiger Ablauf; wann er aufsteht, wann er auf die Toilette geht, wann er einschlafen soll. Das ist sehr wichtig.«

Stefan setzte das Rezept auf, notierte Wirkstoff und Dosis. »Seine Gedächtnisstörung hat auch Vorteile. Wenn er Schnaps will, kannst du versuchen, ihm einzureden, daß er bereits einen hatte.« Er schrieb ihr mehrere Merkzettel, und während er sie ihr aushändigte, sagte er: »Ganz gesund wird er wohl kaum mehr werden. Aber zumindest wäre möglich, daß seine Aufmerksamkeit länger anhält, sein Gefühl für die Gegenwart wieder zunimmt. Wer weiß …«

»Gut so. Dann kann er mir ja bald Rede und Antwort stehen«, sie entzog ihm das Rezept, ehe er sich versah, bevor er es sich anders hätte überlegen können, und auf seinen fragenden Blick hin ergänzte sie. »Ich bin doch ein wenig neugierig, was der Mann, der mein Vater wurde, getan hat.«

Ob das alles sei, was sie interessiere, fragte Hans: »Möchtest du mit dem Alten eine jener Prozeduren wiederholen, die er selbst so liebte? Ihn etwa verhören?«

»Verstehst du nicht? Ich will wissen, was Vater getan hat. Du nicht?«

Stefan sagte: »Vorerst darfst du ihn keinesfalls überfordern. Es ist nicht sicher, ob die Therapie anschlägt. Laß ihn erst mal in Ruhe.«

Als die beiden ihn zur Tür geleiteten, seine Anweisungen

nochmals entgegennahmen, ihm überschwenglich dankten, schien plötzlich zwischen den Geschwistern Friede eingekehrt, als hätten sie stillschweigend einen heimlichen Pakt abgeschlossen.

Ehe er Sonja besuchte, ging er nach Hause. Er wollte sich umziehen. Zudem hoffte er, Flora habe auf seinen Anrufbeantworter gesprochen, und in der Tat, als er die Tür aufschloß, sah er bereits das Licht am Apparat blinken. Sie hatte eine Nachricht hinterlassen, versicherte, wie sehr sie sich freue, von ihm gehört zu haben. Er rief sie an, und diesmal hob sie sogleich ab. Sie klang verschlafen. Ob er sie geweckt habe, fragte er. »Macht nichts«, antwortete sie. Ob sie ihn in einer Stunde sehen wolle, wollte er wissen. Sie sei bereits im Bett. Todmüde sei sie nach der durchzechten Nacht. Er schlug vor, gemeinsam zu frühstücken. »Sehr gut. Auf dem Naschmarkt«, ergänzte sie. »Wir treffen uns bei Theos Pistazien.«

Es war bereits zweiundzwanzig Uhr dreißig, als er bei Sonja anläutete. Sie öffnete ihm. Er hatte eine Flasche Rotwein mitgebracht, und sie setzten sich in die Küche an ihren Lieblingsplatz. Der Raum grenzte an eine Wiener Pawlatsche, einen jener offenen Balkongänge, die sich um den Innenhof eines Hauses rankten, und an dessen schmiedeeisernem Geländer sich eine Kletterpflanze hochwand. Der kleine Eßtisch stand an einer Fensterwand, ein Blumenbrett hing an der Brüstung. Sie sah seinen Blick, sein Umherstreichen. Wie sie es haßte, diesen unbedingten Reflex des Lebensgefährten, seine Liebesvisitationen, das Kontrollicht in den Augen. Seit Monaten nahm er sie nicht wahr, sondern inspizierte sie bloß noch, überprüfte das Inventar, ein unzufriedener Greißler, der nicht wußte, was er eher fürchten sollte, den Untergang des Geschäftes oder den Fortlauf eines Betriebs, der ihn nie glücklich machen würde. Er erkannte sie nicht mehr, und wahrscheinlich merkte sie nun bloß, daß er sie von Anfang an nicht verstanden hatte. Wie denn auch? Was wußte dieses Söhnchen aus gutbürgerlichem Haus mit Kindermädchen und Putzfrau von ihren Sehnsüchten, von ihren Ängsten. Als sie einander begegnet waren, hatten sie viele Tage im Zimmer ihrer elterlichen kleinen Gemeindebauwohnung verbracht. Hinter der Tür saßen ihr Vater und ihre Mutter vor dem Fernseher. Alle Räume hatten die Alten mit einer Phototapete, mit einem Tannenwald, beklebt. Stefan war ihr Ausbruch gewesen, die Flucht vor der Enge. Er, das Kind eines Mitglieds des Verfassungsgerichtshofes und einer Steuerberaterin, hatte nichts von ihr begriffen; gar nichts. Sie saßen in der Küche, prosteten einander zu, redeten von den Intrigen des Wolfgang Hals, von Kahlbauer. »Ich hätte ihm nie zugetraut, mir Bedenkzeit zu geben«, bekannte Stefan. Sie sprachen von ihren Mißverständnissen, von der Notwendigkeit, sich zu trennen.

»Ich war nicht gut zu dir«, sagte sie.

»Schon in Ordnung. Wir sind eben zu verschieden.« Da er sie nicht mehr wiederzugewinnen versuchte, fühlte sie sich gut aufgehoben bei ihm, kam eine traute Einigkeit zwischen ihnen auf.

»Wie gelöst du wirkst«, sagte sie. »Du siehst so entspannt aus wie seit Monaten nicht«, sie lächelte mit aufpolierten Augen. »Doch vielleicht liegt das bloß an der halben Flasche Wein, die du getrunken hast.«

Aber er: »Mag sein, aber vielleicht liegt es bloß an jener halben Flasche Wein, die du getrunken hast«, worauf beide noch einen Schluck nahmen.

Ehe er sich verabschieden konnte, schwankte sie ins Schlafzimmer und rief ihm zu, er möge ihr doch folgen. Sie reichte ihm ein Plastiksäckchen, tat Schriften hinein, die ihm gehörten, einen Band früher Artikel von Sigmund Freud, eine antiquarische Ausgabe seiner gemeinsam mit Josef Breuer verfaßten Studien über Hysterie, sodann die

Traumdeutung, eine Einführung in die Neuropsychologie von Alexander Romanowitsch Lurija, zudem seine Schrift Romantische Wissenschaft, ein Bändchen von Oliver Sacks, und das einzige literarische Werk, das er nicht bereits bei seinem Umzug mitgenommen hatte, den Roman eines Schicksalslosen von Imre Kertész, darüber legte sie drei Unterhosen; danach tauschten sie die Schlüssel. Er konnte nicht umhin, auf ihr Bett zu blicken, und auf ihrem Nachtkästchen lag ein Mont Blanc.

»Hier ist er ja«, juchzte Stefan auf, der Triumph erfaßte ihn vollends, hier war sie, die Trophäe seiner Niederlage, die Bestätigung seines Scheiterns, und sein Sarkasmus kannte keine Grenzen. »Die Goldfeder des Herrn Professor. Sein Zauberstaberl. Nicht auszudenken, wenn er den Stift verloren hätte. Was sollte er bloß seiner Frau sagen. Das Geschenk zum fünfundfünfzigsten Geburtstag! Jetzt erst kann ich das Feingefühl des Nervenarztes Franz Kahlbauer, unseres rücksichtsvollen Chefs, in seiner Ganzheit würdigen. Ja, nun weiß ich richtig zu schätzen, weshalb mir Kahlbauer angeraten hatte, Urlaub zu nehmen, Abstand zu gewinnen. Er hat mich einfach aus dem Weg geräumt.«

Sonja räusperte sich. Sie sagte: »Stefan, willst du nicht verstehen ...«

Doch er hob die Hände, wischte jedes weitere ihrer Worte fort: »Nein, bitte, erklär mir nichts. Mach es nicht noch schlimmer«, und dann, bereits an der Wohnungstür: »Ich will nicht verstehen.«

4 Wie es gewesen sein wird. Wie sie ihr Zuhause, Vater, Mutter, Bruder, ihre Vergangenheit und nicht bloß die, vielmehr ihre einstige Zukunft verloren haben wird. Wie ihr die Wurzeln, eine nach der anderen, entfernt worden sein werden, und zwar ohne Betäubung, davon ist nichts zu sehen, wird nichts zu sehen sein. Darum geht es nicht. Worum sich hier alles dreht, ist Flora, denn sie dreht dieses Video, dreht sich, dreht sich um die eigene Achse, und der Blick streift über ein Zimmer voller Stockbetten, über einige staubbraune Koffer, über den Eßtisch, darauf Pistazien, die gekochten karminroten Paprika, das Weißbrot und eine saftgrüne Wassermelone, dann der Spiegel, darin taucht eine Frau auf mit Objektiv vor dem linken, nein, seitenverkehrt, dem rechten Auge, dann erstarrt die Einstellung, und während die Kamera auf Flora hält, fließt ein Lächeln schulterwärts, strahlt sie auf. Flora, was machst du da, fragt eine schwere Stimme aus dem Off, und das Bild schwenkt zur Tür, schwenkt auf einen kleinen, stämmigen Mann mit schwarzem Wuschelkopf und Dreitagesbart. Einen Film, sagt Flora, und so wird es gewesen sein.

Etwa zwanzig Leute waren in dem großen Raum zusammengekommen, und zwar mitten in den Sommerferien, hatten die Filmakademie in der Metternichgasse aufgesucht. Sie saßen im Dunkeln, verstreut in den Sitzreihen und schauten auf den Bildschirm. Selbst Professor Hanno Geiss lümmelte auf einem Sessel, war angerückt, weil einer seiner Lieblingsschüler, Thomas Wandruschka, einen Teil seiner Arbeit präsentieren sollte. Tom war nicht vorangekommen mit seiner Dokumentation über die Wiener Fremdenpolizei. Nein, er könne noch kein Band abspielen, wolle indes berichten von seinen Schwierigkeiten und den Ermittlungen, ja, er sagte, Ermittlungen, denn er habe beschlossen, verdeckt vorzugehen, sich einzuschleichen ins Vertrauen der Behörde. »Spannend«, wisperte Sophie Wiesen, worauf Stefan nickte. Lew hob den Finger an den Mund. Hanno Geiss zupfte an seiner Schirmmütze, er nahm sie nie ab, zog sie tief ins Gesicht: »Na, das war ja klar. Ich habe dir das gesagt. Hier reicht es, zu zeigen, was nicht zu zeigen ist. Die Grenzen des Darstellbaren werden doch durch die Begrenztheit deiner Darsteller bestimmt.«

»Darum geht es mir aber nicht«, widersprach Wandruschka: »Ich will mehr.«

»Tom, du ehrgeizige Nase«, ein Kudern huschte durch die hinteren Reihen, »wenn du nicht bereit bist, manchmal zu scheitern, mußt du versagen.«

»Aber Hanno, ich will diese Beamten wirklich verstehen.«

»Was heißt: ›wirklich verstehen‹?«

»Mir geht es nicht um eine weitere Dokumentation, die sie nur denunziert.«

»Du meinst so wie etwa meine?« Er rückte seine Kappe wieder zurecht.

»Das habe ich nicht gesagt.«

»Nein, gesagt nicht …«

»Hanno, du weißt, wie sehr ich deinen Film ›Amtsanmaßung‹ bewundere.«

»Geh, bewundern brauchst mich schon gar nicht.« Geiss rekelte sich vor Vergnügen in seinem Sessel und sagte mit dünnem Lächeln: »Allein das Wort macht mich ganz nervös. Glaubst, ich habe meine Professoren je bewundert. Lernen kannst du halt ein bißchen von mir. Der Apparat der Abschiebungen und Ausweisungen läßt sich nicht besser verdeutlichen als im Moment der Amtshandlung gegen dich, den Filmemacher selbst. Dafür ist es aber notwendig, ein Nein als Antwort zu akzeptieren. Es gleich mitzudrehen. Ja, du mußt jede Ablehnung begrüßen, sammle sie ein. Steck sie in den Kasten, die ganze Arschpartie.«

»Ich will ihnen aber nahekommen.«

»Ja, du willst immer der Beste sein, nicht wahr? Du mußt doch nicht so ehrgeizig sein. Du bist ohnehin talentierter, als ich einst war.«

»Aber ja, so ein Blödsinn«, versetzte Tom, doch darauf Geiss: »Unterbrich mich nicht. Du bist talentierter als ich, sag ich. Nur Begabung allein reicht nicht. Willst du jetzt nicht nur hier, nicht nur in der Akademie reüssieren, sondern selbst bei der Polizei, bei der Kieberei? Möchtest du es allen recht machen? Bist du noch zu retten? Du machst alles kaputt.« Geiss stand auf: »Wozu hast du uns herkommen lassen, wenn du uns nichts präsentierst?«

Nun endlich sprach Tom Wandruschka an, was Sophie, Lew und Stefan hergelockt hatte, denn da er nicht viel vorweisen konnte, hatte der Student beschlossen, die Plattform einer Künstlerin zu überlassen, die nicht zum Seminar gehörte, überhaupt keine Studentin der Akademie war. Flora Dema würde nun, so Tom, ihre bisherigen Videoaufnahmen vorführen.

Geiss verzog die Mundwinkel, zerrte die Mütze wieder nach unten und brummte mißmutig auf. Tom Wandruschka aber erklärte, das Projekt, an dem Flora arbeite, hänge mit seinem zusammen. Ja, sie entwerfe in gewissem Sinne das Spiegelbild seines Unternehmens, biete eine Perspektive, die er nicht leisten könne. »Sie nähert sich der Frage von der anderen Seite. Sie stellt die Situation des Flüchtlings, der Illegalen, der Papierlosen dar.«

Nun nickte Geiss, setzte sich wieder und sagte: »Interessant.« Er lächelte Flora zu, die bereits während dieser Ausführungen in der Ecke des Saales aufgestanden war. Gleichzeitig hatte ein Mann mit Wuschelkopf und Dreitagesbart ein Stativ aufgestellt, und nun filmte er die Runde, filmte sogar weiter, als Tom einige Knöpfe drückte, das Licht erlosch und die Leinwand aufleuchtete.

Die Kamera folgt Flora durch die Straßen, folgt ihr, die fremd ist in der Stadt, die hier von einer Person zur nächsten irrt, dabei eine Hausfrau anspricht, eine Fünfzigjährige, die schwer an einem Einkaufskorb und mehreren Papierbeuteln trägt. Entschuldigung, sagt Flora, ich bin Flüchtling aus Jugoslawien und habe keine Arbeit. Die Wienerin bemerkt den Filmapparat, starrt auf das Objektiv, als blicke sie in den Lauf einer geladenen Waffe. Schnitt, und ein bekannter Fernsehmoderator lächelt auf. Meine Damen und Herren, spricht er, ich darf Ihnen heute Frau Demmer vorstellen. Ich heiße Dema, korrigiert Flora. Sie spricht ihm seine Worte vor. Meine Damen und Herren, und er wird zu ihrem Echo, sagt laut nach, was sie einflüstert. Ich darf Ihnen heute Flora vorstellen. Sie darf nicht in Österreich leben und arbeiten, aber sie lebt und arbeitet dennoch in Wien. Der Ansager wiederholt alle Sätze. Sie ist illegal, souffliert Flora, und er schaut dabei verlegen.

Allein das Angesicht des prominenten Nachrichtensprechers genügte, um das Publikum aufglucksen zu lassen. Wie hatte sie ihn überreden können, sie vorzustellen? In den anderen Szenen blieb die Kamera im Hintergrund, war versteckt, bis Flora ein Zeichen gab, und erst dann wurde der Apparat jenen, die gefilmt wurden, offenbart. Solange er verdeckt war, fuhren nicht wenige ihre gesammelten Ressentiments aus, boten sie feil wie heimische Spezialitäten, tischten ihre nationalen Schmankerln auf, doch wenn Flora allzu Eingemachtes serviert wurde, wenn sie abserviert, beschimpft oder ihr die Polizei angedroht wurde, winkte sie nach dem Aufnahmegerät.

Nicht jeder Passant weist Flora ab oder läuft an ihr vorbei, manche kümmern sich um sie, machen sich mit ihr auf den Weg, um ihr beizustehen. Als sie sich ein Taschentuch an die Backe drückt und wimmert, sie brauche einen Zahnarzt, hätte keine Aufenthaltsgenehmigung, keine Versicherung, wenn sie fragt, ob ihr der Herr mit Aktenkoffer, in Sakko und Krawatte, helfen könne, tritt der Mann zurück, zückt seine Geldbörse, worauf Flora ihm nachrückt, herannaht, das Geld ablehnt und meint, darum habe sie nicht gebeten, sondern um die Adresse einer Ordination, um den Kontakt zu einem Dentisten. Der Mann zuckt mit den Schultern, will sich abwenden, doch kaum hat er das Objektiv entdeckt, beginnt er zu erklären, ja, mehr noch, sich zu rechtfertigen: »Ich sagte Ihnen doch, daß ich keinen Doktor weiß.« Flora greift sich an die Wange, heult auf, zittert vor Schmerz, packt mit der Linken nach seinem Ärmel, senkt ihren Kopf an seine Schulter, und er fürchtet, sie sabbere ihn an, derweil sie mit der Rechten die Kamera heranwinkt.

Dann eine andere Szene; Flora dringt in einen Vorlesungssaal ein, fragt, ob hier das Treffen gegen das neue Asylgesetz stattfinde. Als ihr die Runde zunickt, geht sie die anderen um Unterstützung an. Die Kamera dreht vom Türspalt aus mit. Dies sei leider keine Beratungsstelle, erklärt ihr eine junge Frau, sondern ein Vorbereitungstreffen für eine Demonstration, doch Flora läßt nicht locker, will wissen, an wen sonst sie sich wenden solle, wenn nicht an die Aktivisten gegen das Asylrecht. Die ganze Fraktion, ein Zusammenschluß mehrerer linker Splittergruppen, schaut ratlos umher, und drei murmeln, sie möge sich doch an die Hochschülerschaft wenden, da bemerkt ein Älterer in schwarzer Lederkleidung das Filmen, und während nicht wenige Fußgänger auf der Straße erschrocken, zumindest gehemmt sind, sobald sie Floras Kamera sehen, brüllt und flucht der Student los, diese Fremden wären politische Gegner, nein, schlimmer noch, Spitzel der Staatspolizei, die gekommen seien, zu provozieren, erklärt er den Jüngeren, die ihn eingeschüchtert anstarren, und während er Flora hinausdrängt, schreit er, sie solle endlich verschwinden, ohne Widerrede: »Schluß jetzt! Raus hier!«

Immer wieder taucht eine ältere Frau auf, grauhaarig und

dicke Brille, sie nimmt Flora an der Hand, zieht sie mit. Schnitt. Sie spricht auf sie ein. Einige Szenen später fragt sie, ob Flora einen Tee wolle. Dann sucht sie nach ihrem Mobiltelefon, packt ihr Adreßbuch hervor. Sie ruft einen befreundeten Arzt an. »Ja, der wird dich behandeln. Ohne Frage. Hast du einen Platz, zu wohnen?« Danach einen anderen: »Er behauptet, keine Zeit zu haben, aber ich kenne einen netteren.« Dann sieht sie die Kamera: »Was ist denn das? Du hast ja gar keine Schmerzen«, sie preßt sich die Fäuste in die Taille, schüttelt den Kopf, und es sieht aus, als beginne sie sogleich loszubrüllen, weil sie versteht, daß ihr ein Streich gespielt wurde, doch da lacht sie auf und sagt: »Na, da hast du mir ja einen schönen Bären aufgebunden, Mäderl.«

Die eigentliche Heldin aller Projektionen war aber Flora. Im Zentrum stand sie oder standen jene verschiedenen Floras, die hier auftraten. Bald war sie als Todkranke zu sehen, dann als eine, die nach Arbeit fragte, einmal war sie eine Serbin, daraufhin eine Kroatin, jedesmal änderte sich das Schicksal, die Herkunft, die Religion.

Dann erschien Tom Wandruschka auf dem Monitor.

Tom taucht an irgendeinem Küchentisch auf, sein Haar ist zum Zeitpunkt der Aufnahme ein wenig länger als jetzt, vor ihm stehen zwei Weinflaschen, er hebt einen Plastikbecher der Kamera entgegen, zupft mit seiner Linken seinen Bart und prostet ihr zu. Um ihn Stimmengewirr und Musikgedröhn. Er sitzt im Abseits einer Party oder im eigentlichen Zentrum, an jenem Ort, den Gäste eines Festes aufsuchen, um sich vom Feiern auszuruhen, um stille Gespräche zu führen. Dann kommt Flora ins Bild, antwortet auf Toms Fragen, spricht von ihrem Projekt, von ihren Problemen als Fremde, von ihren Schwierigkeiten, Material und einen Schneidetisch aufzutreiben, in Dialog mit anderen zu treten, und Tom poliert seinen Blick auf, macht weinselige Komplimente, und sagt, er fände ihre Idee sehr spannend, wobei Tom alles, was ihm ganz nett scheint, sehr spannend nennt, und er betont, nicht ohne ihr ein Achtel Rot einzugießen, wie wichtig diese Arbeit sei und daß er ihr helfen wolle, Kontakt zur Akademie zu knüpfen, sie Hanno vorstellen könne; sie habe doch wohl von Professor Hanno Geiss gehört. Geiss werde von ihrem Vorhaben begeistert sein, »Hanno Geiss steht auf so was«, flüstert Toms Stimme und nickt sehr bedeutsam. Ob er wirklich irgend etwas für sie tun könne, fragt Flora schüchtern. Tom blickt innig, verlangt ihre Nummer, und just ehe das Video zu seinem Ende kommt, meint er noch, er werde Flora den Weg zu Hanno Geiss bahnen.

Als das Licht wieder eingeschaltet wurde, prasselte der Applaus über Flora hinweg. Sie lächelte verlegen. Geiss rief: »Hanno Geiss steht auf so was.« Tom begann sofort die Kameraführung zu preisen, worauf sie, der das ganze Brimborium unangenehm wurde, nach Goran rief, jenem Wuschelkopf, der zu Anfang des Videos zu sehen gewesen war. Ihm, so versicherte Flora, gebühre Toms Anerkennung, denn er, Goran Bošković, habe den Filmapparat bedient.

Goran, der Serbe aus Belgrad, wohnte in jener miefigen Bleibe, in der Flora mit sechs anderen hauste, in einem Souterrain zu überhöhten Preisen. Hanno Geiss wußte nichts von Goran und nichts von Flora. In seinen Filmen suchte Geiss nach Charakteren, die nichts Besonderes darstellten, nichts darstellen sollten, außer der Nichtigkeit ihres Lebens, das ein Leben voller Nichtigkeit sein mußte. Floras Konzept folgte einem ganz anderen Gedanken. Sie selbst, die Regisseurin, war es, die durch das Bild huschte, über die Straße schlingerte, dabei keine glückliche Figur machte. Hanno Geiss sagte: »Ich fände es wichtig, das fertige Video zu präsentieren. Du kannst dann auch den Schneidetisch der Akademie verwenden, ja, die ganze Technik. Wir müssen eine Gelegenheit finden, den Film zu zeigen«, und während der

Professor sprach, drehte Goran mit, nahm auf, wie Geiss Flora lobte, ebenso, wie Flora vor Freude aufklatschte.

»Willst du essen? Ich lad dich ein«, fragte Tom, nachdem Geiss gegangen war.

»Leider«, flüsterte sie: »Ich bin bereits verabredet. Tut mir leid.« Sie lächelte verlegen, und Tom nickte bloß, da rief Stefan: »Kommst du, Flora? Du weißt ja, wohin.«

»Willst du nicht mitkommen, Tom?« fragte Flora. »Wir gehen noch wo hin«, während Stefan sie an der Schulter faßte.

»Nein«, versetzte Tom, »dann lieber nicht.«

»Es wäre aber richtig, wenn du mitkommst. Du hast ja zu der Vorführung beigetragen«, sagte Flora.

»So? Meinst du?«

»Ja«, fügte Stefan hinzu, »wir gehen noch einen heben«, doch Tom nickte bloß, sonnte sein Antlitz im Schein des Neonlichtes: »Viel Spaß auch. Ich werde lieber arbeiten. Ein andermal.«

Flora blickte an ihm vorbei, hob die Brauen und zuckte mit den Achseln. Goran ließ die Kamera laufen, und Tom Wandruschka sah, wie der Apparat auf ihn schwenkte, ihn aufsog, er fürchtete zu erröten und spürte, wie sein Antlitz erglühte.

Sophie und Lew wollten ins Café Prückel. Auf dem Platz vor dem Lokal stand das Monument des einstigen Bürgermeisters Karl Lueger, der als erster mit einer antisemitischen Massenbewegung Wahlen gewonnen hatte und deshalb vom jungen Adolf Hitler verehrt worden war. Als er das Kaffeehaus am Wiener Ring betrat, sah Stefan, daß Feininger seinen Arm um Sophie geschlungen, sie ihren Kopf in seine Schulter gebettet hatte. Er schlenderte durch den Saal, die rechteckige Uhr über dem Eingang war vor langer Zeit stehengeblieben, eine Seite glänzte verspiegelt. Er flanierte vorbei an dem Holzgestell, in dem die internationalen Zeitungen hingen, und dabei überholte er die Frau Ulrich, eine Stammkundin, die sehr langsam und mit Stock dem Bridgezimmer entgegenging. Als sie an der Kuchenvitrine vorbeikam, wurde sie von den Kellnern mit »Habedieehre, gnädige Frau«, begrüßt, und sie revanchierte sich mit einem »Welch Galerie schöner Männer!«.

»Die Männer nur?« fragte Herr Horst, der Ober. »Und die Mehlspeisen heißen nichts?«

»Die sind ja alt«, entgegnete sie.

Darauf er: »Alt bin ich auch.«

»Ja, aber Sie sind ja nicht mehr zu haben«, versetzte sie und ging weiter.

Als Stefan Sandtner vom Pissoir zurückgekehrt war, saß Goran Bošković bereits am Tisch, ohne Kamera, und Lew Feininger schwärmte von Floras Video.

Ob ihm nichts daran mißfalle, fragte sie, denn sie brauche nicht bloß Lob, sondern ebenso Kritik, worauf Sophie meinte: »Nein, das hast du wunderbar gemacht«, aber Lew sagte: »Wir dürfen auch nicht Boris vergessen ...«

»Goran«, unterbrach ihn Sophie scharf.

»Ja, Goran. Nur könntet ihr nicht auch von dem berichten, was am Balkan abgeht? Es ist Krieg.«

»Nein, wirklich? Kann nicht sein«, versetzte Goran, und Flora stieß ein bitteres Lachen auf.

»Du«, so Lew, »beschreibst nicht, was dir geschah; was immer dir oder Goran geschah. Ich weiß ja nichts davon. Es ist, als könntest du nicht darüber reden.«

»Vielleicht«, gab Flora zu und lächelte matt.

Stefan Sandtner setzte sich neben Flora, und sie legte ihm ihre Füße über die Schenkel, lehnte sich an die Fensterbank. Sie sagte: »Das ist nicht der Punkt; der Punkt ist ...« Stefan und Lew war bereits vor Tagen aufgefallen, daß sie, wenn sie »Das ist nicht der Punkt; der Punkt ist« sagte, keinen Punkt und kein Komma mehr kannte, sondern zu einer umfassenden Erklärung ausholte, an deren Schluß sie zumeist nicht mehr wußten, was ihr Anfang, was mithin der Punkt eigentlich gewesen war.

»Das ist nicht der Punkt; der Punkt ist, was hier in diesem Land geschieht. Ich will nichts mehr hören von den gegenseitigen Aufrechnungen.« Sie erzählte von den Lügen beider Seiten, von der Propaganda auf allen Fronten. »Es reicht mir ... Außerdem, eine Abhandlung über Serbien mit Goran? Das könnte heiter werden ... Wer weiß, ob wir dann nicht unsere nationalistische Ader entdecken würden. Zuviel Geschichte, heißt es, könne die Gesundheit gefährden.«

»Zuwenig wohl auch«, sagte Lew: »Wer war denn eure Hauptdarstellerin?«

»Wen meinst du«, fragte Flora.

»Die sich als Flüchtling ausgab? Sie kam mir bekannt vor.«

Sophie stieß ihn an. »Meinst du das ernst?«

»Ich glaube, ich kenne sie von irgendwoher.«

Flora nickte: »Möglich«, und Goran lachte auf, doch Sophie: »Hör auf mit dem Blödsinn. Lew, das war doch Flora. Sag, ihm doch, daß du das warst.«

Feininger sah verwirrt auf Flora: »Wirklich? Diese Frau, die verzweifelt mit Zahnweh herumlief, das warst du?«

»Nicht ganz«, widersprach Stefan, worauf Sophie auffuhr: »Wer denn sonst?«

»Sie spielte nur.«

»Lew«, fragte Flora. »Du arbeitest doch an dieser Ausstellung über die Todesmärsche mit.«

»Ich richte gemeinsam mit anderen das Rahmenprogramm aus. Lesungen, Diskussionen, Führungen ...«

Goran trank sein Bier aus und meinte, ob Floras Video nicht im Zuge der historischen Schau gezeigt werden könnte? »Nein, das geht leider nicht«, meinte Lew. Es würden alleinig Untaten der Nazis behandelt werden.

Darauf Goran: »Aber jetzt ist Krieg. Jetzt ... Verbrechen ...«, er sprach nicht weiter, nahm einen Schluck Bier, dann: »Könnt ihr immer nur von der Vergangenheit reden?«

»Wer ›ihr‹? Wen meinst du mit ›ihr‹?« fragte Lew.

»Na, ihr hier. Unser Video handelt vom heutigen Rassismus! Von eurem Rassismus!«

Flora ließ ihre Beine von Stefans Schenkel gleiten, richtete sich auf, sagte: »Spinnst du, Goran? Was machst du?«

Aber er bloß: »Du fragst wohl nur Fremde auf der Straße um Hilfe. Deine Freunde nicht. Vor der Kamera bist du mutig, aber wenn ich nicht filme, bist du ganz, ganz klein.«

Flora sagte einige Worte auf serbisch. Lew versuchte zu erklären: »Es geht nicht. Ich kann nicht. Das Programm der Ausstellung kann nicht beliebig gestaltet werden. Das hat nichts mit mir zu tun!«

Goran beachtete ihn nicht, sondern schrie Flora auf deutsch an, so daß andere Gäste im Lokal sich umschauten: »Warum bittest du nicht deinen Lover? Er kann dir helfen. Oder will er nicht? Oder hast du Angst, er würde nichts für dich tun?«

»Wenn ich helfen kann«, begann Stefan, doch Goran fuhr ihn an: »Weißt du überhaupt, wo Flora wohnt? Hast du sie gefragt, wie es ihr geht? Warum sie hier ist?«

»Damit hat er recht«, flüsterte Lew seitwärts: »Deine Verliebtheit ist dein einziges, dein eigentliches politisches Engagement.«

Nein, so Lew, es sei gewiß nicht notwendig, allzu dogmatisch zu werden, um sich in sie zu verschauen, doch habe Stefan immer schon eine merkwürdige Schwäche für Fremde bewiesen, denn schließlich sei Sandtner ja auch sein Freund.

»Du, Lew, ein Fremder? Falls du je einer warst, bist du es längst nicht mehr«, erwiderte Goran. »Was weißt du? Von Flucht ... Du machst eine Ausstellung über Kriegsverbrechen? Ich habe eine eingehende Führung erhalten. Ausstellungen? Jede Nacht gehe ich durch meine persönliche Ausstellung. So eine Ausstellung wie meine wird dir nie gelingen.

Ich finde da ja überhaupt nicht mehr hinaus. Was weißt denn du? Wenn du von mir kosten könntest ... Von meinem Herzen. Nichts als Gift ... Tot umfallen würdest du. Du machst eine Ausstellung? Bullshit. Du willst gar nichts wissen von Kriegsverbrechen.«

»Das stimmt nicht.«

»Du weißt doch nicht einmal, daß ich Deserteur bin. Du hast keine Ahnung, woher ich komme. Das interessiert euch nicht.«

»Wen ›euch‹?«

»Na, euch alle. Deserteure wie ich erhalten hier nicht einmal Asyl. Und du? Warum hast du mich bisher nicht gefragt, weshalb ich hergekommen bin?«

»Das ist doch keine Frage, die so nebenbei gestellt werden kann?«

»Warum nicht?«

»Es herrscht Krieg. Braucht es da noch Erklärungen?«

»Braucht es Erklärungen ...«, wiederholte der Kameramann, und dann: »Lew, willst du wissen, weshalb dir unsere Hauptdarstellerin so bekannt vorkam?«

»Nicht schon wieder«, stöhnte Sophie, doch Goran fuhr fort: »Du bist ihr vor der Uni begegnet. Wir haben gefilmt, wie du an ihr vorbeiläufst, ohne dich umzuschauen. Wie sie dich anspricht. Und du drehst dich bloß weg.«

»Ich übersah sie vielleicht.«

»Nein. Du hattest, so deine eigenen Worte, die Frau im Video bereits irgendwo gesehen, nicht wahr? Du kanntest sie.«

»Laß ihn«, warf Stefan ein. »Kein Wunder, wenn sie ihm vertraut erschien. Es war ja Flora.«

»Nicht ganz«, flüsterte sie.

»Was denn jetzt? Wer sonst? Warst du es oder nicht«, fragte Lew, worauf die Filmemacherin erklärte: »Ich spielte eine andere. Ich war verkleidet.«

»Ich hätte die Szene gerne gezeigt, aber sie wollte dich

schonen«, sagte Goran. Flora warf die Papierserviette auf den Tisch und fügte hinzu: »Halt endlich den Mund«, doch er: »Vor der Kamera bist du mutig, aber bei deinen Freunden bist du ganz, ganz klein.«

Sophie meinte leise, sie verstehe nicht, weshalb Boris, »Goran«, korrigierte Lew, weshalb Goran so aggressiv sein müsse, denn sie sei überzeugt, daß Lew und Stefan helfen würden, wenn es darauf ankäme, worauf sie sich beeilten, zu versichern, daß sie dies täte, sobald Flora wolle, doch die sagte: »Ich habe euch nicht darum gebeten. Und du, Goran, sei still«, und dann: »Du hast schon zuviel geredet.« Der Kameramann schaute zu Boden und verstummte.

In diesem Moment trat ein Fremder an Stefan heran, ein Herr in hellem Anzug, ein rothaariger Mann mit Schnauzbart. Kaum hatte er sich dem Tisch genähert, erstarb der Streit in der Runde. Bereits vor zwei Wochen war er am Naschmarkt auf Sandtner zugegangen, und wie schon damals, an jenem Samstag, da sie alle gemeinsam Hühnersalat gegessen hatten, klopfte der Unbekannte Sandtner auf die Schulter, sagte: »Stefan, ich freue mich, Sie zu sehen. Geht es Ihnen gut?«

»Vielen Dank«, antwortete Sandtner freundlich und: »Bei diesem schönen Wetter muß es einem doch gutgehen!«

»Ja, herrlich. Stefan, melden Sie sich doch einmal bei mir. Sie wissen, falls Sie irgend etwas brauchen, können Sie sich jederzeit an mich wenden.«

»Das ist furchtbar lieb«, rief Sandtner ihm nach, worauf Flora sagte: »Gib zu, du weißt immer noch nicht, wer das ist.«

Doch er meinte: »Nein, ich habe zwar vollkommen vergessen, wer das ist, aber ich habe eine gute Erinnerung an ihn«, worauf Goran auflachte, aber Stefan fuhr ungerührt fort: »Ich habe mit ihm schon geredet, und er war mir sympathisch, bloß kann ich nicht sagen, wie er heißt, was er macht und wann wir einander zum erstenmal begegnet sind. Jetzt trau ich mich nicht mehr, ihn zu fragen.«

Später zogen sie gemeinsam durch die Straßen, landeten schließlich in einer Bar, und Lew lud Goran auf einen Slivowitz ein, dann auf noch einen. Erst um vier Uhr kehrten Flora und Stefan in seine Garçonnière zurück und küßten sich ins Bett.

In der Früh stand sie auf, ehe er erwacht war. Sie verließ die Wohnung, hinterließ ihm einen Zettel auf dem Polster. Nachdem er einen Kaffee gekocht hatte, setzte er sich an den Schreibtisch, ordnete die Post, streifte durchs Internet, schaute dann in der Lehárgasse vorbei, suchte die Kerbers auf. Bärbl öffnete ihm, meinte, der Vater schlafe, schlafe viel in den letzten Tagen. Es gehe ihm, bestätigte sie, besser, seit er die Medikamente einnehme, und bereits jetzt scheine ihr, daß Konzentration und Kurzzeitgedächtnis zunähmen. Stefan war zufrieden, schärfte Bärbl ein, daß der Alte vorerst Ruhe brauche und Entspannung; in diesem Stadium dürfe sie ihn nicht belasten, nicht belästigen, keine unangenehmen Fragen stellen; das wichtigste aber wäre, jeden Alkohol von dem Patienten fernzuhalten.

Zu Mittag stieg er in den alten Käfer und fuhr zu seinen Eltern nach Klosterneuburg. Die alte Villa flammte safrangelb auf, an der Südwand flüsterte der Veitschi. Der Tisch im Garten war gedeckt. Die Mutter hatte Marillenknödel gekocht. Stefan erzählte von Doktor Herbert Kerber, aber die Alten hörten kaum zu, und es schien, als wären die beiden nicht sonderlich überrascht, neben einem Massenmörder gelebt zu haben.

»Wußtet ihr etwa davon?« fragte Stefan.

»Nein«, sagte die Mutter, aber der Vater meinte: »Der Kerber. Ja, es gab Gerüchte. Nichts Konkretes. Nur, daß er bei der SS gewesen war. Gerüchte in der Partei.« Die Eltern waren Sozialdemokraten. Am ersten Mai hatten sie ihren kleinen Sohn zum Aufmarsch mitgenommen. Stefan war auf Vatis Schulter gesessen, und der Bub hatte, ein rotes Fähnchen in der Kinderfaust, den Vorbeiziehenden zugewinkt, die über den Dr.-Karl-Lueger-Ring gingen, hatte dann den kleinen Spender der Firma Pez hervorgeholt, ein Magazin voller Zuckerl, einem Feuerzeug nicht unähnlich, doch obenauf das Gesicht einer Comicfigur. Wenn Stefan draufgedrückt und Donald Duck den Plastikkopf nach hinten gekippt hatte, war ein Drops herausgesprungen. Das Saugen an der sauren Süße, an den rechteckigen rosa Bonbons, während eine Bezirkssektion nach der anderen am Rathausplatz von der Tribüne aus »mit einem dreifachen Freundschaft, Freundschaft, Freundschaft« begrüßt worden war, und dann die Rede des Parteivorsitzenden, das Absingen der Internationale. Vati war in den Schanigarten des Café Landtmann, zum Gastbetrieb im Freien, geeilt, um die Mama aufzusuchen, und »hier ist noch ein Platz«, und die Begrüßung der Freunde der Eltern: »Du bist ja schon ganz groß«, und das Erdbeereis mit Schlag.

»Seid ihr dem nicht nachgegangen?«

»Na ja, Stefan«, seufzte der Alte: »Doktor Herbert Kerber war selbst Mitglied.«

Willhelm Sandtner verstummte. Sie aßen schweigend, bis die Mutter, Marie Sandtner, sich erkundigte: »Hast du Sonja in letzter Zeit wiedergesehen?« Der Blick ihres Mannes strafte sie, Stefan schüttelte den Kopf, spuckte einen Marillenkern aus und rollte die Knödel hin und her. Er hatte allen Appetit verloren.

Seitdem er nicht mehr im Krankenhaus arbeitete, folgte sein Leben einem anderen Rhythmus. Kein Stundenplan bestimmte seine Tage, vielmehr bereiste er reihum seine Bekannten, brauste er durch die Stadt, genoß sie, als wäre sie ein Feriendorf. Er naschte vom Alltag der Freunde, stellte sein Urlaubsprogramm zusammen. Vormittags durchstöberte er das Internet nach Artikeln, verlor sich dabei im Interview eines Politikers, las hernach einen Kommentar über Bosnien, fuhr dann zu seinen Eltern, rief bei Bärbl Kerber an, erkundigte sich nach ihrem Vater, ging um halb drei mit Sophie essen, traf um fünf Flora im Kaffee, um hernach mit ihr ein Kino, ein Theater oder eine Party aufzusuchen, zweisam durch den Volksgarten zu flanieren und in der Nacht von einem Lokal ins nächste zu schwappen. Er fühlte sich an die Zeit nach der Matura erinnert.

Lew, Sophie und Patrique gingen ihrer Arbeit nach. Flora war vertieft in ihr Projekt. Er traf alte Studienkollegen wieder, die mit ihm an der Akademie studiert hatten, ehe Sandtner zur Medizin übergelaufen war. Einer bereitete sich auf eine größere Ausstellung in einer kleineren Galerie vor. Seine Bilder hatten Stefan einst berührt, doch seit dem Ende des Studiums schien ihm nichts mehr gelingen zu wollen. Eine andere arbeitete für eine Bank, kaufte Gemälde an und hatte alle eigenen künstlerischen Ambitionen aufgegeben. Ihr einstiger Lehrer, ein Professor der Philosophie, ärgerte sich nicht etwa darüber, sondern referierte ihren Fall in seinen Vorlesungen als gelungenes Beispiel, da sie es seiner Meinung nach geschafft hatte, ihre Interessen mit den Anforderungen moderner Ökonomie zu vereinen. Ein weiterer seiner früheren Kumpel, Denis, der in Wirklichkeit Herwig hieß, hatte sich mit anderen zu einer Gruppe zusammengeschlossen, die sich Kunstkautschuk nannte. Sie galten als Neuentdeckung, veranstalteten Scheinkongresse, gründeten Pseudosekten, luden auf Plakaten zu stalinistischen Parteitagen, ergötzten sich daran, einander Genossen und Genossinnen zu nennen, sogenannte Dissidenten auszuschließen und einen Fünfjahrplan zu verabschieden. Die Clique publizierte eine Zeitschrift, drehte manchen Kurzfilm. Stefan besuchte gemeinsam mit Flora zwei ihrer Vorführungen, freute sich, die alten Gesichter wiederzusehen, begegnete dort auch Beatrice, einer Künstlerin aus Kolumbien, die ihn stürmisch begrüßte, fragte, wie es ihm gehe, doch ihn nicht ausreden ließ, sondern sogleich fortfuhr: »Ich finde diese Performance nur urpeinlich«, aber ihr Begleiter, ein Schweizer Cineast mit langen blonden Haaren, widersprach: »Ich finde es so schlecht, daß es schon wieder gut ist«, worauf sie meinte: »Nein, dazu ist es nicht schlecht genug.«

»Wieso denn«, konterte ihr alemannischer Filmtheoretiker: »Auch Spaß muß sein«, worauf Stefan entgegnete: »Wo Spaß sein muß, hört er auf. Spaß kann nicht sein müssen.« Was Beatrice denn nun mache, wollte er wissen. »Ich betreue eine Angstbörse. Möchtest du Aktien aufnehmen, Phobien kaufen oder abstoßen«, dann erzählte sie ihm von ihrer neuen Idee, sie wolle einen Therapiekreis, die Selbsthilfegruppe anonymer Rassisten, gründen. »Ich denke an ein Flugblatt. Den Text habe ich bereits«, sagte sie. »Haben Sie Gefühle, die Sie nicht haben wollen? Leiden Sie unter Ressentiments? Unter Ihren eigenen? Sie sind nicht allein.« Stefan hatte gehofft, bei Kunstkautschuk auf Franky Grois zu stoßen, doch nun erfuhr er, daß Franky zum entschiedenen Gegner des, wie er sagte, Spaßismus geworden war. Er hatte gar eine eigene Fraktion gegründet, ihr Symbol glich einem Smiley, jedoch mit herabgezogenen Mundwinkeln, ihre Parole lautete: »Macht kaputt, was euch kaputtlacht!«. Die Schar diskutierte in aller Ernsthaftigkeit über eine sinistre Revolte, im Bewußtsein der Doppelsinnigkeit des Wortes sinister, und Franky organisierte derzeit ein Symposium unter dem Titel »Die Öden der Blöden«.

Die Performance mündete in eine Party. Balkanpop wurde aufgelegt, neueste Musik aus Ex-Jugoslawien, und Flora lächelte. Ihre Hüften wiegten zum Rhythmus. Sie hob die Hände zum Gesicht und schnippte die Finger im Takt. Um sie herum begann sich alles zu drehen. Beatrice führte einen Tanz auf, Denis schaukelte mit seinem Geliebten in der Mitte des Raumes. Stefan sah zu Flora hin, und bei ihrem Anblick konnte er sich nicht zurückhalten, wurde er von den Klängen erfaßt und mitgerissen. Nach fünf Nummern fiel sie ihm in die Arme. Aufgeheizt. Ihre Haut schmeckte nach Pistazien. Salzig. Sie standen umschlungen. Sie atmete in seine

Brust. Er wußte nicht, wie lange sie sich nicht bewegt, reglos im Reigen der Menge verharrt hatten, als der Tango anhob. Er spürte ihre Finger, jeden einzelnen an seinen Rippen, als greife sie in eine Tastatur, und die Melodie zog durch ihren, durch seinen, durch ihrer beider Körper, spannte sie auf, als wären sie ein Instrument aus zwei Teilen, ein Bandoneon. Sie umrundete ihn und er wiederum sie. Er spürte ihre Schenkel an den seinen. Seine Hand faßte an ihr Rückgrat. Floras Füße zuckten hoch, strichen knapp an seinen vorbei, kamen dennoch nicht mit ihnen über Kreuz. Sie, die nie miteinander geübt hatten, verloren sich aneinander. Sie schienen durch einen Kreislauf verbunden. Wer sie sah, glaubte, sie folgten den Tönen nicht, sondern verschafften ihnen erst Gehör.

Dann gingen sie heim, ins Bett. Jedes ihrer Worte klang wie ein Schluchzen. Danach klammerten sie sich aneinander. Die ganze Nacht, bis in die Morgendämmerung, lagen sie ineinander verkeilt.

Am Sonntagmorgen war Stefan mit Lew Feininger verabredet. Flora arbeitete an ihrem Film, Sophie saß in der Redaktion, um einen Artikel zu schreiben. Er hatte gebeten, Lew möge ihn zu den Gedenkveranstaltungen und jenen Diskussionen mitnehmen, an denen er mitwirkte. »Ich trau mich nicht, allein zu solchen Trauerstunden zu gehen.«

»Warum nicht«, fragte Lew.

»Ich fürchte es, jüdische Gebäude allein zu betreten und dadurch unangenehm aufzufallen. Das muß ja aussehen, als wolle ich mich anbiedern. Zudem die Sicherheitsvorkehrungen …«

»Die richten sich ja nicht gegen dich.«

»Natürlich nicht, aber … Ich will nicht uneingeladen auftauchen. Ich möchte auch nichts falsch machen.«

»Was könntest du falsch machen?«

»Weiß ich eben nicht.«

»Weiß ich eben auch nicht. Die werden dir schon sagen, wenn du ein Käppchen aufsetzen mußt.«

»Es soll nicht so wirken, als wollte ich Überlebende anstarren. Mit dir würde ich weniger auffallen.« Stefan verschwieg, daß die Wörter Sabbat und Judentempel von irgend etwas Heimlichem und Unheimlichem zugleich umsponnen waren, als würden sie ein sexuelles Mysterium verwahren. In das Gotteshaus und das Gemeindezentrum einzudringen schien ihm eine Anmaßung; als verstoße er gegen ein Tabu, wie in seiner Kindheit, da er vor der verschlossenen Tür der Eltern gestanden war und nicht genug Mut aufgebracht hatte, anzuklopfen.

Zudem wollte er die Auszeit nutzen, die Professor Kahlbauer ihm geschenkt hatte, um sich doch wieder seinen psychologischen Interessen zu widmen. Es zog ihn zu jener Kultur hin, die im Rufe stand, der Erinnerung eine besondere Rolle zuzusprechen, der jüdischen. Bald erkannte er aber, daß Lews Arbeit nichts mit dem Kult der eigenen Tradition zu tun hatte. Lew untersuchte vielmehr die Rituale und Auseinandersetzungen Österreichs, erforschte deren Inhalt, und ihm ging es um, wie er ein wenig häufig sagte, die Dekonstruktion des Narrativs, um die Analyse offiziöser Geschichtsbilder, denn in diesem Jahre neunzehnhundertfünfundneunzig wurde des Zweiten Weltkrieges gedacht.

An einem Sommersonntag fuhren sie mit dem Auto nach Bärnberg in Oberösterreich. Der kleine Ort lag unweit von Grundl. Hier kämpften seit Jahren politische Aktivisten gegen die, wie sie es nannten, braunen Flecken der Stadt. Sie hatten Lew zur Einweihung eines Denkmals für ermordete Juden nach Bärnberg eingeladen. Während Stefan den Wagen steuerte, redete Lew sich warm; kleine Lockerungsübungen, da er im Dorf eine Ansprache halten sollte. In den sechziger Jahren sei in dieser Gegend ein Monument errichtet worden, das als Wallfahrtsort für Ehemalige und Neonazis diente. »Wer den Geist verrät, verrät sein Volk«, stehe hier geschrieben. In die Stufen, die zum Mahnmal hinaufführten, seien Wörter wie Deutsches Volkstum, Ahnenehrung und Sippenreinheit eingraviert.

Noch neunzehnhundertfünfundvierzig, in den letzten Tagen des Krieges, seien die Opfer auf Todesmärschen umgebracht worden; Menschen zu schwach, um arbeiten, zu schwach, um marschieren, um flüchten zu können, sagte Lew, während sie über die Autobahn rasten. Die Häftlinge seien durch das Land getrieben worden. An beiden Seiten, so hatte Lew in den Zeugenaussagen gelesen, hätten SS-Männer patrouilliert, in der einen Hand ihre Maschinenpistole, in der anderen eine Prostituierte. Die Hure an der Seite des SS-Mannes Höllriegel sei besonders eifrig gewesen. Ihr Bubi hätte doch schon so oft Bumbum gemacht, er solle jetzt auch einmal Mädi Bumbum machen lassen. Höllriegl habe der Frau erlaubt, abzudrücken, doch der Häftling sei nicht tödlich getroffen gewesen, und so habe Höllriegl ein zweites Mal gefeuert und gesagt: »Schießen muß auch gelernt sein, Mädi.«

»Irgendwo hier«, meinte Lew, »irgendwo zwischen Wiener Neustadt und Mauthausen soll das geschehen sein.« Er wisse nicht, fügte Lew hinzu, wie an diese Ungeheuerlichkeiten gedacht werden könne. Denkmäler seien ja eher Wegmarken des Vergessens. Achtlos würde daran vorbeigegangen. Lew erzählte von einem jungen Architekten, der in seiner Heimatstadt ein antinazistisches Monument errichten sollte. Kaum war er darangegangen, sein Projekt zu vollenden, einen Kubus aus blauem Plexiglas aufzustellen, da regte sich Protest. Das Bauwerk, hieß es, würde sich nicht in die Umgebung fügen. »Es war«, lächelte Lew, »ihnen nicht unsichtbar genug«, und wahrscheinlich, fuhr er fort, gehe es diesen Leuten eher darum, die Verbrechen auszublenden, als sie anzuprangern. »Vielleicht ist jedes Gedenken, sind alle Rituale und Mahnmale immer Instrumente des Vergegenwärtigens und des Vergessens zugleich.«

Als sie in Bärnberg angekommen waren, wurde Lew von jenem Kreis freudig begrüßt, der die Errichtung eines Grabsteines für die ermordeten Juden durchgesetzt hatte. Stefan mischte sich unter die Leute. Lew Feininger wurde dem Vizebürgermeister vorgestellt. Der Politiker fragte: »Sie sprechen eh Deutsch?« Der Bürgermeister, ein Sozialdemokrat, betonte, wie froh er war, daß ein Vertreter der jüdischen Gemeinde es übernommen hatte, die Rede zu halten, und er sah in der Tat sehr erleichtert aus, die heikle Pflicht nicht selbst erfüllen zu müssen. Hier war er, der Souffleur jener Trauerworte, die einem nicht leicht über die Lippen gingen.

Die Opfer mochten als Juden ermordet worden sein, doch die Gedenkstätte lag mitten auf dem katholischen Friedhof, und ein Priester mit zwei kleinen Ministranten schritt den Anwesenden voran, ja, nicht nur das, zum Erstaunen Lews schlugen die heimischen Christen ihr Kreuz vor der Inschrift, sprachen ihr Gebet im Namen des Vaters, des Sohnes und des Heiligen Geistes, worauf der Kleriker das Monument für die Juden segnete und mit Weihwasser besprengte.

Nach der kirchlichen Zeremonie folgte Lews Rede, und Stefan Sandtner meinte, daß sein ehemaliger Klassenkamerad klare Worte fand, um zu schildern, was sich in den letzten Kriegstagen ereignet hatte. Dabei verwies er darauf, daß an anderen Orten Österreichs ähnliches geschehen war und dort ebenso, wie in diesem Städtchen, jahrzehntelang das Leid der Ermordeten verschwiegen worden war. Um so bedeutsamer, so Lew, die Initiative, die nun ergriffen wurde. »Dieser Gedenkstein ist wichtig«, sagte Lew, weil im Nachbarort noch die Waffen-SS geehrt werde. Dann erwähnte er den Bürgermeister dieser anderen Gemeinde, scheute nicht davor zurück, dessen Verantwortung zu unterstreichen und ihn zu kritisieren. Während er sprach, schaute Lew bloß in die Gesichter jener Aktivisten, die für einen anderen Umgang mit der Vergangenheit kämpften, sah, wie sie ihm zulächelten und nickten. Stefan Sandtner hingegen stand in der Menge, hinter den Honoratioren der Region, hörte das Murren gegen Lews Kritik, hörte, wie ein Dickbäuchiger seiner Frau zuraunte: »Ich find, das geht in Ordnung. Da ist das Denkmal für die Juden, und dort wird jenes für den Kameradschaftsbund stehen. Das haben wir gemeinsam beschlossen. Zum Ausgleich.«

Nach Lews Ansprache löste der Bürgermeister die Versammlung auf, und schnell verließen alle den Friedhof. Die politischen Aktivisten, die Lew eingeladen hatten, dankten ihm, insbesondere für jene Sätze, mit denen er den aktuellen Streit in der Region erwähnt hatte. Der Vizebürgermeister verschwand ohne Gruß. Der Bürgermeister verabschiedete sich mit einem Seufzer.

Im Auto Schweigen, bis sie Bärnberg hinter sich gelassen hatten. Sie schoben eine Kassette ein; Kind of Blue von Miles Davis. Ja, gestand Lew Feininger, er, der Moskau mit drei und Tel Aviv mit sechs Jahren verlassen hatte, müsse Stefan dafür danken, ihn begleitet zu haben. »Ich fühle mich irgendwie verloren, sobald ich die Grenzen Wiens überschreite und die österreichische Provinz betrete.«

Bereits am nächsten Tag gingen sie zu einer weiteren Veranstaltung. Im Zentrum Wiens, im Festsaal eines Geldinstituts, fand ein kleines Symposium statt, das sich dem Antisemitismus in Osteuropa widmen sollte. Die Podiumsdiskussionen waren von noblen nichtjüdischen Menschen vorbereitet worden, die, nicht selten von Schuldgefühlen heimgesucht, beschlossen hatten, ihre Gesinnung gegen den Judenhaß zu bekunden.

Da saß ein erzkatholisch bürgerliches Ehepaar neben einem kosmopolitisch Liberalen aus einstigem Hochadel. Dort zwängte sich ein knochendürr verhärmter, käsig blasser Chemiker aus streng christlichem Haus in einen Stuhl, ein

Wissenschaftler, dessen pharmazeutische Forschungen ihm bereits internationales Ansehen verschafft hatten. Seine Karriere wurde von den Kollegen auf der Wiener Universität mit Neid verfolgt, seine persönlichen Vorlieben mit Kopfschütteln; er stand kurz vor dem Übertritt zur jüdischen oder, wie es in Österreich verschämt hieß, mosaischen Religion. Seine eigentliche Passion galt einer Jüdin, einer unförmig dicken Frau mit fettigem Haar – eine riesige Marienfigur, die neben diesem Schmerzensmann thronte. Er war nicht bloß bleich, vielmehr wirkte er durchsichtig, traten die Venen unter seiner dünnen Haut bläulich hervor, als wäre er, vielleicht durch sein langes Studium, zu einem Grottentier verkümmert, zu einem Gecko. Es schien beinah, als wäre er irgendwann zwischen zwei rollende Bibliotheksregale geraten und platt gewalzt worden. Wenn er sprach, flüsterte er heiser, senkte dabei den Blick und wurde rot vor Scham. Mit jedem Wort, das er sagte, schien er Buße tun zu wollen für das tausendjährige Unrecht, das unzähligen Juden von der Kirche zugefügt worden war. Wer die beiden erblickte, wer sah, wie sie einander anschauten, konnte nichts Freudiges und nichts Lustvolles zwischen ihnen erkennen. Sie waren weniger ineinander, als in das Judentum schlechthin verliebt. Seine Zuneigung hatte zudem etwas von einer ganz persönlichen, sexuellen Aktion Sühnezeichen. Eine Schar ultraorthodoxer Familien, Männer in schwarzem Kaftan, mit Schläfenlocken und der Kippa auf dem Kopf, Frauen in langen Röcken und mit Scheitel waren eingetroffen, weil ein Rabbiner, Elijahu Blumental, einer der wenigen Überlebenden des Warschauer Ghettos, eine Ansprache halten sollte. Der Geistliche lebte nun in Frankreich, war das Idol einer jüdischen Denkschule geworden. Im seidenschwarzen langen Mantel, mit Streimel, dem Zobelhut auf dem Kopf, hockte er in der Ecke. Der lange weiße Bart und die Pejes umkränzten sein durchfurchtes Antlitz. Originalverpackt, nannte ihn Lew Feininger.

Zwischen diesen so unterschiedlichen Kongregationen stand ein Dutzend Leute, die nicht zur einen und nicht zur anderen Seite gehörten, dabei einen Brückenkopf bildeten oder vielleicht eher einen Paravent, ja, womöglich gar einen Schutzwall. Während alle anderen im Saal bloß leise redeten und ernst, wurde hier getratscht, gekichert und lustig herumgestritten. Lew ging sogleich auf diese Gruppe zu; zog Stefan dabei mit. Er kannte alle hier aus der Israelitischen Kultusgemeinde. Ein Kreis von Menschen, die nicht besonders religiös waren, ja, vielleicht gar nicht an Gott glaubten, doch zumeist in jüdischen Organisationen arbeiteten, in ihren Periodika schrieben, die einschlägigen Gedenkrituale, Vorträge und Diskussionen besuchten. In dieser Runde sprachen alle aufgeregt. Lydia Rosenheck, eine jüdische Journalistin, ging auf Lew zu: »Die machen noch eine Regierung mit dem … Die schließen das nicht mehr aus. Ich habe das immer schon gesagt«, und beinah klangen ihre Worte wie ein Triumph, aber Lew versetzte bloß: »Eben. Seit Jahren behauptest du das. Und noch ist es nicht geschehen.« Fritz Löwy, ein älterer Überlebender, der in die Schulen pilgerte, um Kindern von der Verfolgung und seinem Leid zu berichten, zeigte besorgt einen Hetzartikel herum. Ob die anderen es schon gehört, schon gelesen hätten?

»Herr Doktor, Sie hier?« Paul Guttmann stand mit einemmal vor Stefan Sandtner, lächelte freundlich, und dann rief er aus: »Lew, schön dich zu sehen. Ich wollte dich bereits anrufen.«

»Mich?«

Ja, meinte Guttmann, es gehe um eine historische Recherche, um ein bestimmtes Bild, das in den nächsten Wochen versteigert werden sollte, doch kaum wollte er davon erzählen, begann das Kolloquium.

Rabbiner Blumental nahm an dem Podiumsgespräch teil, und eben als er das Wort ergriff, ging ein Raunen durchs Publikum. Der greise jüdische Gelehrte, der den Aufstand des

Warschauer Ghettos miterlebt hatte, redete nicht Deutsch, sondern antwortete den anderen Diskutanten in einem feinen, reinen Jiddisch, wie es die Nichtjuden im Saal noch nie vernommen hatten. Die meisten von ihnen kannten allein das Jiddeln, die bloße Verballhornung, die in Wahrheit die Diktion jener Antisemiten war, die meinten, die Objekte ihrer seltsamen Begierden nachäffen zu können, indem sie in Synkopen quietschten, die Hände rieben, einseiften und Schaum schlugen. Als der alte Elijahu Blumental deshalb hatte fragen lassen, ob er sich in Mameloschn, in seiner Muttersprache, äußern dürfe, waren seine Diskussionspartner von dieser Idee begeistert gewesen, hatten gedacht, die Veranstaltung werde gewürzt durch seinen kuriosen Jargon, nun erkannten sie jedoch, daß er für Österreicher nicht zu verstehen war, denn er ahmte nicht bloß einen östlichen Singsang nach, streute nicht nur einzelne Begriffe ins Deutsche ein, sondern beherrschte jenes Jiddisch, das in den Jeschiwes Warschaus noch gesprochen worden war. Eine eigene Sprache mit fremden Wörtern und Regeln, die unverständlich blieb für alle, die sie nicht erlernt hatten.

Nach der Debatte fanden die Leiter des Symposiums eine Lösung des Problems. Eine Studentin der Judaistik sollte die Worte des gesetzestreuen Geistlichen ins Deutsche übertragen, die Ausführungen des Zeitzeugen aus Warschau, von dem erwartet werden durfte, er würde von den Heroen des Widerstandes erzählen, von ihrem Kampf aller Hoffnungslosigkeit zum Trotz, von ihrer Entschlossenheit, die Waffen zu ergreifen, um nicht wehrlos zu sterben, um der Welt und zukünftigen Generationen zu beweisen, daß Juden sich wehren konnten und nicht geboren waren, nichts als Opfer zu sein. Doch der Rabbiner dachte nicht daran, die jungen Partisanen des Ghettos, zumeist areligiöse Zionisten und Linke, zu loben. Die streng Orthodoxen hatten nämlich damals nicht zum Gefecht gerufen, sondern befohlen, jedes Draufgängertum zu unterlassen. Denn wenn der Feind nicht mehr die Unterwerfung wollte, sondern die Ermordung aller Juden, war dann nicht jedes Mittel, das sein Ziel durchkreuzte und das Überleben so vieler wie möglich anstrebte, war dann nicht unter Umständen die Unterwerfung die richtigere Form von Widerstand als eine aussichtslose Schlacht? Diese Jugendlichen, teilte der Greis der ganzen Versammlung jedenfalls mit, waren keine Helden gewesen, dabei sprach er aber wieder sein gewähltes Jiddisch, sagte deshalb alles in doppelter Verneinung, wie es die Grammatik dieser Sprache verlangt, sagte, diese Jungen wären gar keine Helden nicht gewesen, nicht klug nicht und auch nicht vernünftig nicht, und die Judaistin, die ihren Ohren nicht trauen mochte, die unmöglich glauben konnte, daß der alte Mann neben ihr wirklich so etwas Ungeheuerliches von sich zu geben imstande war, daß der Gottesfürchtige solch einer Blasphemie fähig wäre, noch dazu mitten in einer Gedenkstunde für den Warschauer Aufstand, vergaß alles, was sie als Linguistin bisher gelernt hatte, blieb unverdrossen bei ihren Erwartungen und ließ sich nicht befremden, sondern übersetzte, wie tapfer die Kämpfer gewesen waren, wie heldenhaft, wie klug auch und wie vernünftig. Die Partisanen, fuhr Elijahu Blumental fort, mit ihrem Anführer Mordechai Anilewitsch, sie seien gar nicht gewesen nicht keine Heroen und keine Geistesgrößen, worauf seine Dolmetscherin verkündete, was für Heroen und Genies die Rebellen gewesen waren.

Während die ultraorthodoxe Fraktion der Wissenschaftlerin nicht zuhörte, sondern bloß ihrem religiösen Leitstern, ihrem Gelehrten lauschte, folgten die Nichtjuden im Raum alleinig den pathetischen Ausschmückungen der Frau, und derweil die Frommen sich an der Weisheit ihres Rabbis berauschten und zu jedem seiner Sätze mit leisem Lächeln nickten, schauten die anderen sehr weihevoll drein, aber beide Seiten bekundeten, wie zufrieden sie waren.

Bloß jene, die nicht zur einen und nicht zur anderen Gruppe ganz gehörten, bemerkten, wie die zwei Versionen des Vortrages, jiddisches Original und deutsche Kopie, sich verzweigten, vernahmen die Dissonanz, ein Knirschen, als drohe ein Zug aus den Schienen zu springen, weil die Geleise mit einemmal auseinanderliefen. Unter den nicht gesetzestreuen Juden schwärmte ein Tuscheln aus. Lydia Rosenheck schaute zu Lew Feininger, der den Kopf schüttelte, und beide prusteten sie los. Stefan Sandtner stieß seinen Freund an, da er nicht begriff, weshalb der auflachte. Paul Guttmanns Augen verengten sich. Fritz Löwy schüttelte den Kopf. Doch vielleicht wäre es bei dieser kleinen Unruhe geblieben, wenn sich die Dolmetscherin Frieda Bruch nicht im Raum befunden hätte. Frieda Bruch konnte nicht still ausharren. Sie war in ihrer Kindheit von einem Land ins nächste gejagt worden, alles war den Ihren geraubt worden, doch um so größer war ihr Stolz auf die eigene Ausbildung. An dem Haus, in dem sie lebte, prangte ein goldgerahmtes weißes Schild, auf dem mit goldenen Lettern geschrieben stand: »Fachübersetzungsbüro für alle Sprachen. Doktor Frieda Bruch«, und als die Studentin mit sinkender Stimme und steigender Unsicherheit wieder anfing, just das Gegenteil dessen wiederzugeben, was der Rabbiner erklärte, sprang Doktor Frieda Bruch auf und schrie: »Das ist eine Frechheit, kwod ha raw. Die Ausführungen des ehrwürdigen Rabbiners werden verfälscht. Ich bin Übersetzerin, und ich werde mich nun auf das Podium begeben und einspringen.«

Sie packte ihre riesige Handtasche und wollte hinaufsteigen, als ein junger jüdischer Student, David Salzmann, ihr nachrief, ihr Benehmen wäre eine Unverschämtheit. Frieda Bruch brüllte daraufhin: »Der junge Salzmann braucht nicht zu glauben, er könne sich alles erlauben, bloß weil er der Sohn eines Kultusvorstehers ist.« Fritz Löwy schlug die Hände zusammen, deutete mit seinem Kopf auf die Nichtjuden und sagte zu seinen Schicksalsgenossen gewendet: »Was für eine Schande! Schrecklich!« Lydia Rosenheck kicherte: »Aber sie hat doch recht.« Auf der Bühne bat der

Rabbiner, die Judaistin möge ihm erklären, was geschehen sei, worauf die bloß mit den Achseln zuckte.

Die christlichen Gäste blickten verwirrt umher, schauten von Frieda Bruch zu David Salzmann, von Fritz Löwy zu Lydia Rosenheck, von Lew Feininger zum Rabbiner Elijahu Blumenthal. Sie waren herbeigekommen, um ihre Gesinnung gegen den Judenhaß zu bekunden, und was mußten sie nun mit ansehen, Judenhaß im eigentlichen Sinne des Wortes.

Die Leiterin des Vereins gegen den Antisemitismus faßte sich ein Herz, ging auf Doktor Bruch zu und flehte leise: »Liebe Frieda, bitte, liebe Frau Doktor Bruch, das geht doch wirklich nicht. Das kannst du dem armen Mädchen nicht antun.« War es diese respektvolle Anrede, aufgrund deren die Übersetzerin sich beruhigte? Sie verstummte, schaute in die Runde, dann gefror ihr Antlitz zu einem Lächeln, und ohne ein weiteres Wort zu verlieren, verließ sie den Saal.

Der Rabbiner sprach weiter; die Judaistin übersetzte ihn unverdrossen falsch. Die Nichtjuden blickten wieder weihevoll. Die Ultraorthodoxen nickten zu den Ausführungen ihres seidenschwarzen Gurus. Manche der liberaleren Juden schmunzelten leise vor sich hin. Jede Gruppe hörte etwas vollkommen anderes, doch vielleicht schienen alle ebendeshalb in ihren Anschauungen gleichermaßen bestätigt. Selbst Lew Feininger freute sich, denn eifrig konnte er aufschreiben, was geschehen war, und es für seine Studien festhalten.

Nach dem Vortrag näherte er sich dem Rabbiner in einem ruhigen Augenblick, erläuterte dem Greis in Hebräisch, was vorgefallen war, und fragte, ob er denn nicht gemerkt habe, daß seine Darstellungen im Deutschen verzerrt worden waren. Da lächelte der Alte verschmitzt, stieß ein Glucksen hervor, ein Meckern, und antwortete auf jiddisch: »Jetzt, wo Sie sagen ...«

Nachher trafen sie Flora und Sophie in einem Innenstadtlokal, und ein Zirpen ging durch Stefans Bauch, als er Floras Augen aufkochen sah, dabei erkannte, wie sehr er sie nach diesen letzten zwei Tagen vermißt hatte. Sie erzählten den Frauen von der Veranstaltung. »Wahrscheinlich horcht bei solchen Gedenkstunden ohnehin kaum jemand zu, was verkündet wird«, meinte Sophie und fügte hinzu: »Frei nach dem Motto: Schlafen gegen Faschismus.«

Doch einige Tage später mußten sie eingestehen, sich geirrt zu haben, denn Feiningers Rede in Bärnberg hatte durchaus einen nachhaltigen Eindruck hinterlassen, wenn auch vielleicht nicht just jenen, den er angestrebt hatte, aber wer wollte so kleinlich sein, sich darüber zu beschweren, da doch das führende Provinzblatt Lew Feininger zwei Artikel widmete, obschon sein Name nicht ganz richtig wiedergegeben war. Von einem Lev Weininger war hier zu lesen, dem Vertreter der Juden, der die sonntägliche Trauerstunde ausgenutzt hatte, um sich zu Haßtiraden gegen Grundl zu versteigen. In einem Kommentar hieß es gar, die Juden würden durch solche Aussagen »in den Kindern der einstigen Täter die Bereitschaft zu neuerlicher Täterschaft wecken«.

Mit diesem Satz aber war der Journalist zu weit gegangen, denn er bewirkte das Gegenteil dessen, was er bezweckt hatte, und entfachte einen Sturm der Empörung. Dutzende Briefe erreichten die Redaktion, worauf die Zeitung sich bei ihren Lesern entschuldigte und die Vorfälle selbst in einem Wiener Blatt Erwähnung fanden. Auf eine paradoxe Art war die Einweihung der Trauerstätte für die ermordeten Juden doch nicht so besinnlich und stumm verlaufen, wie die Honoratioren der Gemeinde Bärnberg bei Grundl gehofft hatten.

Der Bürgermeister des kleinen Ortes schrieb Feininger, er bedaure dessen Auftritt. »Sie machen es den Menschen nicht leicht, Herr Weininger«, und anders als der Politiker gemeint hatte, wollte Stefan in diesen Zeilen bloß ein unfreiwilliges Lob seines Freundes erkennen. »Alle Achtung«, sagte er: »Ich hätte nicht geglaubt, daß du mit wenigen Worten so viel Effekt erzielst.«

Lew hingegen konnte sich über diese Bemerkung Sandtners nicht recht freuen, und insgeheim dachte er, ihm selbst wäre solch ein Sarkasmus besser zu Gesichte gestanden, doch nun war Stefan ihm damit zuvorgekommen. »Na ja«, sagte er gallig zu Sandtner, »das ist nicht der Punkt, der Punkt ist der Brief des Bürgermeisters, schau mal, das Datum, er wurde am Tag vor dem ersten Artikel abgeschickt. Merkst du, daß er meinen Namen genauso falsch buchstabiert hat wie der Redakteur. Siehst du? Lev Weininger. Würde mich nicht wundern, wenn er den Journalisten erst auf die Idee zu seinem Kommentar brachte. Ja, so wird es wohl gewesen sein.«

5 Es war an der Zeit, seine Garçonnière zu verlassen. Um elf Uhr war er mit Bärbl verabredet. In drei Minuten hätte er bei ihr sein sollen. Mit dem Auto ließe sich die Lehárgasse in dieser Zeit erreichen, aber er mußte noch zu seinem Wagen laufen, in der Nähe des Café Sperl einen Parkplatz finden und in die Wohnung der Kerbers hinaufsteigen. Selbst mit einem Taxi würde er nicht pünktlich sein. Bei diesem Regen konnte nicht so schnell eines gerufen werden. Am schnellsten wäre er wohl zu Fuß gewesen, aber er trödelte herum, verirrte sich auf seinen zwanzig Quadratmetern.

Stefan Sandtner erschien zu beinah jedem Termin verspätet. Nicht viel, doch genug, um dadurch aufzufallen. Hatte er sich in ein Problem vertieft, dann konnte er sich nicht mehr loseisen. Er vergaß alles um sich herum, vergaß zu essen, zu frühstücken, zu trinken; vergaß sich.

Spät war er aufgewacht. Wieso war er nach dem Schlaf immerzu müder als davor? Nachts blieb er munter und ruhelos, saß am Schreibtisch fest. Morgens fiel es ihm schwer, die Augen offenzuhalten. Nach dem Frühstück hatte er Briefe und Mails beantwortet, und im letzten Augenblick war ihm eingefallen, daß er Bärbl versprochen hatte, eine Abhandlung über Korsakow mitzubringen. Er suchte danach in der ganzen Wohnung, durchstreifte die Bibliothek, bis er den Band vor der Tür entdeckte, ebendort, wo er ihn hingelegt hatte, damit er nicht vergaß, ihn mitzunehmen. Er war schon bei der Tür, als das Telefon läutete, und er konnte nicht anders, mußte nach dem Hörer greifen. Es war wieder sein Vater, der ihn fragte, ob er sich bereits entschieden hatte, Professor Kahlbauer anzurufen.

Es kam vor, obschon nicht oft, daß Stefan sein Quartier verlassen wollte und eigentlich zu früh drangewesen wäre. In solchen Momenten machte er kehrt, um die überschüssigen zwanzig Minuten zu nutzen. Der Mist mußte entsorgt, die

Waschmaschine entleert oder neu gefüllt, das Geschirr gespült, abgetrocknet oder eingeräumt, der Tisch abgewischt, die Schreibwaren geordnet, die Zeitung durchgeblättert, ein Artikel unbedingt gelesen werden. Noch war nicht alles erledigt, da mußte er erkennen, daß er sich wieder heillos verspäten würde.

Lew sagte zuweilen: »Ist doch egal. Pünktlich, Schmünktlich ... Ich gehe immer davon aus, daß du eine Viertelstunde zu spät kommst. Besorgt bin ich, wenn du einmal rechtzeitig auftauchst.« Stefan war es peinlich, überall als Letzter einzutrödeln, und er entschuldigte sich ohne Ende für seine Unzuverlässigkeit, betonte gleichzeitig, daß sein Verhalten unverzeihlich sei. Seine Selbstvorwürfe konnten gar nicht übertroffen werden. Er sprach das Urteil gegen sich, übertrieb dabei so sehr, daß ihn die anderen zu trösten begannen, ihm versicherten, so schlimm sei es nicht gewesen, auf ihn zu warten, sie hätten sich im Gegenteil ein wenig entspannt, einen Kaffee genossen oder köstlich amüsiert. Lew sagte ihm: »Gratuliere, das ist dein doppelter Rittberger, dein ganz persönlicher Dreh. Wer eine Sitzung mit solchen Selbstbezichtigungen betritt, wird auch nicht mehr wegen seiner Ideen oder einer therapeutischen Praktik kritisiert werden.« Nur Sonja Kramar hatte ihm während ihrer gemeinsamen Beziehung nie verziehen, war im Laufe der Jahre immer ärgerlicher geworden: »Ich halte es nicht mehr aus. Das ist eine ungeheure Rücksichtslosigkeit. Du läßt mich jedesmal warten. Es ist unerträglich.« Er hatte ihr zugestimmt, ihre Vorwürfe beinah dankbar entgegengenommen.

Lew erschien ebenfalls zu jeder Zusammenkunft verschwitzt und mit schlechtem Gewissen, erklärte, ein Stau habe ihn aufgehalten, die Müllabfuhr den Weg versperrt, doch was Lew Feininger von Stefan Sandtner unterschied, war, daß er gar nicht zu spät kam. Seine Rechtfertigungen brachte er ohne Not vor. Er brauchte keine Schuld, um sich zu entschuldigen. »Verzeihung«, so lautete sein Gruß, »ich komme abermals in der letzten Minute, aber die Straßenbahn ist ausgefallen.«

Stefan hatte beschlossen, seinen Urlaub nicht sinnlos zu vertun, vielmehr sich Ruhe zu gönnen, um endlich über seine Zukunft nachzudenken. Ebenso hoffte er, in dieser Zwischenzeit das Forschungsprojekt zu entwerfen, sein Experiment zu beginnen, wenngleich er nicht wußte, ob er überhaupt Neurologe sein wollte. Außerdem hatte er begonnen, unzähligen anderen Beschäftigungen nachzugehen, neue Aufgaben zu übernehmen, nicht bloß Herbert Kerber zu versorgen, sondern etwa alte Freunde aufzustöbern, sie auf einen Kaffee einzuladen, mit Lew Feininger irgendwelche Gedenkveranstaltungen aufzusuchen. Seine Nächte durchlebte er mit Flora. Er nutzte jede Minute, um mit ihr zusammenzusein. Sie sahen sich Filme an, besuchten Ausstellungen. Flora sprach kaum über ihre Arbeit. Statt dessen fragte sie ihn aus. Sie redete nicht von sich, sondern wollte mehr von seiner Familie, von seiner Kindheit erfahren, interessierte sich für seine Patienten. Die Krankengeschichten begeisterten sie, aber immer wieder meinte sie: »Wieso weißt du nicht mehr über sie?«

»Was meinst du?«

»Deshalb bist du dir auch nicht sicher.«

»Ich bin mir nicht sicher?«

»Ob du Medizin weiter machen sollst.«

»Vielleicht.«

Flora lachte. Sie sagte: »Du hast einen guten Charakter, aber nicht sehr viel davon«, strich ihm übers Haar und küßte ihn.

Während der freien Wochen hätte er sein Konzept abschließen und über seine Zukunft nachdenken können. Doch er nahm statt dessen immer neue Verpflichtungen auf. Zudem glaubte er, seine neue Liebe genießen zu dürfen. Er bemühte sich. Er wollte nicht schon wieder eine Trennung erleben.

Anders als seiner ehemaligen Geliebten Sonja Kramar war es aber Flora Dema gleich, wenn Stefan zu einem Rendezvous nicht pünktlich erschien, denn sie übertraf ihn auf jeden Fall, kam noch später als er. War es so schlimm, wenn sie nicht um zwölf, sondern halb eins das Café betrat? Was änderte es, wenn sie einen Film nicht sahen? Es gab Ärgeres, und Stefan, der, solange er gewartet hatte, ungeduldig gewesen war, vergaß allen Mißmut, sobald er sie sah, und es kam ihm nicht in den Sinn, sich zu beschweren, sondern er umarmte sie.

Zudem gab es zwischen ihnen eine Gleichzeitigkeit, die nichts mit Pünktlichkeit zu tun hatte, nichts mit Pflicht und Genauigkeit. Ehe Flora zu einem Treffen auftauchte, bevor sie endlich die Glastür ins Kaffeehaus aufdrückte, vor dem Kino anlangte, hatte Stefan bereits aufgeschaut. Noch war sie nicht um die Ecke gebogen, da lächelte er schon, sah ihr entgegen. Wenn er sie anrief, ihre Nummer in sein Mobiltelefon eintippte, danach mit einem Tastendruck die Verbindung herstellen wollte, zirpte im selben Moment das Gerät, rief sie an.

Es war an der Zeit; an der Zeit, seine Garçonnière zu verlassen. Er schnappte seinen alten Arztkoffer und seine Regenjacke, um durch den Wolkenbruch zu rennen, doch kaum war er auf der Straße, sah er, daß der Schauer aufgehört hatte, die Sonne brannte, und der nasse Asphalt spiegelte. Er jagte über den Naschmarkt.

»Verzeihung«, keuchte Stefan, als Bärbl Kerber ihm die Tür öffnete: »Ich weiß, ich bin zu spät dran. Ich bin unmöglich.«

Sie führte ihn in die Küche. »Kein Problem. Der Vater schläft ohnehin wieder seit Stunden.«

»Dennoch. Ich hätte pünktlich sein sollen.«

»Ich sitze hier an Übersetzungen. Es ist mir vollkommen gleichgültig, ob du eine Viertelstunde später erscheinst. Und er bemerkt es gewiß nicht. Im Gegenteil. Wenn ich ihm eine Freude bereite, vergißt er es sofort wieder. Gestern habe ich ihm einen Kuchen gebacken, danach frage ich ihn, ob er noch ein Stück möchte. Darauf sagt er: ›Jö, einen Himbeerkuchen habe ich seit Jahren nicht gegessen.‹ Nein, es ist sinnlos mit ihm. Ob ich um acht oder um neun zu ihm komme, er ist auf jeden Fall davon überzeugt, daß ihn nie jemand besucht.«

»Die Regelmäßigkeit ist dennoch wichtig.«

»Er schläft ja nur.«

»Das liegt an den Medikamenten.«

»Ich hätte ihm aber gerne Fragen gestellt.«

»Erst muß er gesund werden.«

Sie lächelte: »Wenn er erst gesund ist, wird er mir nichts mehr erzählen. Er wird ganz der alte sein.«

»Das wäre doch gut.«

»Was soll daran gut sein? Herbert Kerber, der Frontkämpfer, der Veteran aus dem Osten, wie er leibt und lebt. Ich kenne ihn. Er wird sein, wie alle seine Kameraden, die reden und reden, sie reden alles fort, reden alles tot, singen ihre alten Lieder. So wie er sie grölte, wenn er besoffen nach Hause kam. Der ewige Heimkehrer.«

»Du willst nicht, daß er gesund wird?«

»Du hast es ja nicht miterlebt. Dieses Gejohle von den Kameraden und der Ehre und Treue. Du weißt nicht, wie es gewesen ist. Du warst nicht dabei. Du hast es ja nicht erlebt.«

»Du klingst ja schon ganz wie einer dieser Kameraden, wie ein Veteran.«

»Ich möchte bloß meine Fragen loswerden. Ob er gesund wird oder nicht.«

»Ich soll ihn für dich vernehmungsfähig machen, nicht wahr? Bei Folterungen können Ärzte ja äußerst hilfreich sein.« Sie stellte ihm einen Teller mit Keksen auf den Tisch.

Er schob die Kekse fort und wollte aufstehen.

Sie trat ihm in den Weg: »Was weißt denn du?«

»Ja ja, schon klar, ich war nicht dabei, habe es nicht erlebt ...«

»Doch! Ihr wart alle dabei, ihr werten Nachbarn. Oder habt ihr sein Brüllen nie gehört? Den Kasernenton im eigenen Bürgershaus? Nein, dazu wart ihr zu vornehm. Ihr habt wohl bloß gedacht, da geht sie, die nette Frau Kerber, die so verheult aussieht. Die arme Person; sie hat es gewiß nicht leicht mit ihrem Mann, diesem Säufer, der durchs ganze Haus grölt. Hat keiner geahnt, was er ihr antat? Deine Eltern etwa; sie kannten doch meine Mutter, und ebenso Frau Guttmann, die mit ihr sogar recht gut war? Haben die alle nichts bemerkt? Nein? Gab es keinen Grund, diese verweinte, zittrige Dame aus der Beletage darauf anzusprechen, was ihr zugestoßen sei, woran es ihr fehle? Weshalb stellten sie nie Fragen? Was ist denn an ein paar harmlosen Fragen so schlimm, Stefan? Warum machen sie dir solche Angst? Ich will ihn nicht foltern ... Was stört dich daran? Die Gesundheit meines Vaters ist dir doch gleichgültig.«

Sie drehte sich um und ging aus der Küche.

»Na klar, du mußt es ja wissen.« Er folgte ihr.

Sie eilte in den Wirtschaftsraum, als habe sie mit ihm nichts mehr zu bereden, sortierte die Wäsche des Alten, warf seine verdreckten Unterhosen und die benutzten Handtücher in die Maschinentrommel. Dann schaute sie auf, sagte: »Erzähl mir doch nichts. Er ist für dich nichts als ein Versuchskaninchen, nicht wahr?«

Sie löffelte das Waschmittel ins Gerät: »Vor mir kannst du es ja ruhig zugeben. Ich kenne dich doch. Habe mit dir Verstecken gespielt, als du noch rot wurdest, jedesmal, wenn ich in den Hof kam. Stefan, der Musterschüler von unserem lieben Paul Guttmann. Du pflegst meinen Vater bloß, um die Wirkung deiner neuen Wunderdroge auszuprobieren.«

»Welch ein ausgemachter Blödsinn«, murmelte Stefan, während sie den Schalter an der Waschmaschine drehte. Er merkte, wie vage er dabei klang. Es stimmte, daß kaum Heilungschancen für Herbert Kerber bestanden.

Er schüttelte den Kopf: »Ich will deinen Vater gar nicht mehr behandeln. Ich nicht. Sucht euch doch einen anderen für eure Verrücktheiten. Für euren ganz persönlichen Familienroman. Das ist nicht meine Geschichte.«

Bärbl sagte: »Stefan, ich bin es, die ihn bekocht, seine stinkenden Unterhosen wäscht. Das ist meine Chance, mein Mondfenster.«

Wenn Doktor Herbert Kerber je genesen sollte, dachte Stefan, würde er seine Vergangenheit wohl wieder ableugnen. Sandtner konnte bereits hören, was der einstige SS-Mann dann von sich gäbe. »Na, und«, würde er brummen, »wollen Sie, Herr Doktor, mir mit meinem Irrlichtern heimleuchten? Wissen Sie was: Damit können Sie sich brausen gehen. Ja, ja, brausen, Herr Doktor, brausen. Sie brauchen gar nicht so zu schauen.«

Doch Herbert Kerber schlief in einem Zimmer nebenan, schlummerte der Medikamente wegen, die Stefan ihm verschrieben hatte, ruhig und tief. »Bärbl«, fragte Stefan Sandtner laut und faßte sie an der Schulter: »Wieviel verbindet diesen greisen Patienten im Nebenraum noch mit dem einstigen Nazimörder Herbert Kerber?«

Sie schaute ins Leere, legte ihren Kopf seitwärts auf seine Hand, stieß bitter auf: »Ganz einfach, dieser Patient ist der Nazimörder Kerber.«

Bereits als Jugendliche ist sie, ohne davon zu wissen, irgendwie überzeugt, ihr eigener, ganz persönlicher Haustyrann sei einer jener berüchtigten Naziverbrecher gewesen. Mehr noch, sie ist von dem Gedanken, diesem Mädchentraum, besessen, wenn nicht insgeheim begeistert. In der Schule erzählt die Zwölfjährige der besten Freundin, der Hanni, von ihren Phantastereien, will damit Eindruck schinden. »Weißt du, ich glaube, mein Vati ist ein Mörder. Bei der SS«, flüstert sie, schaut dabei auf den Boden, nickt und preßt daraufhin den Zeigefinger an die Lippen. Sogleich läuft Hanni mit dieser Geschichte zu ihren Eltern, und das Gerücht erreicht die Lehrerin. Am Sprechtag verständigt der Klassenvorstand die Mutter, was das Töchterchen sich da zusammenreime. Es sei unerträglich, was das Kind den anderen zumute. Gewiß sei daran kein Wort wahr! Unglaublich, was die Kleine sich für Greuel ausdenke! Zu Bärbls Erstaunen schreit die Mutti sie am Nachmittag nicht an, verpetzt sie sie nicht bei Vati, sondern würgt nur hervor: »Bist du verrückt geworden? Was denkst du dir dabei? Weißt du denn nicht, was geschehen kann?«

Einmal wagt die Jugendliche ihre Mutter zu fragen, wie es gewesen sei. Damals. Franziska Kerber sieht ihre Tochter aus den Augenwinkeln an. Sie kratzt sich mit der Hand über die Stirn, bis die Haut rot anläuft: »Es war eine schreckliche Zeit. Die Bomben, der Hunger, die Russen ... Das kannst du dir ja nicht vorstellen, Bärbl.«

Und dann: »Ich habe mich eben für Politik nicht interessiert.« Und dann: »Nein, wir persönlich haben ja keine Juden gekannt.« Und dann: »Vati hat bloß seine Pflicht erfüllt. Wie hunderttausend andere auch.« Und dann: »Was hätten wir denn tun sollen?« Und dann: »Du hast es ja nicht erlebt.«

Und dann: »Das kannst du dir ja nicht vorstellen, Bärbl. Wir sind aufs Land geflohen. Vati kam aus dem Krieg zurück, suchte uns hier in der Stadt und kam dann ins Salzburgische nach. Erst Jahre später haben wir uns nach Wien zurückgetraut.«

Bärbl griff nach Stefans Hand, zog ihn hinter sich her in die Küche, hieß ihn, sich hinzusetzen, dann öffnete sie eine Flasche Rotwein, ließ ihn in die Gläser gurgeln, brach ein Baguette, holte eine Käseplatte und Trauben aus dem Kühlschrank. Sie rissen beide ein Stück vom Brot herunter, strichen den Chambrol auf. »An meinem siebzehnten Geburtstag, ich weiß nicht, welcher Teufel mich ritt, wagte ich ihn auf den Krieg anzusprechen. Hier an diesem Eßtisch.« Sie biß in den Käse. »Es sind gar nicht die Momente, da er mich niederschrie. Jede Gutenachtgeschichte, alles Nette an ihm wirkt nun hohl, gemein, verlogen. Alles hat mit einemmal eine neue Bedeutung. Sein ganzer Rausch aus Zärtlichkeit und Kälte ...«

Im Hinterzimmer knarrten Schritte. Herbert Kerber war aufgewacht, und Bärbl räumte die Flasche vom Tisch, setzte einen Tee auf und begann ein Mittagessen für ihren Vater zu bereiten, eine Gemüsesuppe zu kochen. »Sollen wir nicht nachschauen, wie es ihm geht?« fragte Stefan, doch sie meinte bloß: »Mach dir keine Sorgen. Es ist immer dasselbe mit ihm. Er wacht auf, findet neben seinem Bett Mamas Jugendalbum. Er glaubt es seit Jahren nicht gesehen zu haben. Blättert darin voller Rührung und Sehnsucht. Wenn ich eintrete, will er wissen, wer ich bin. Darauf ich, ob er nicht die Ähnlichkeit zwischen mir und Franzi erkenne. Ich sei Franzis Nichte. Er ist dann immer ganz hingerissen, erkundigt sich nach seiner Frau. Wie es ihr gehe? Wann sie endlich nach Wien käme? Er liebt sie sehr, dieser leidenschaftliche junge Mann von achtzig Jahren. Später war das anders.«

»Später?«

»Ja, vor einigen Jahren. Als sie noch lebte.« Sie faßte nach dem Glas Rotwein, leerte es in einem Zug, dann griff sie nach den Zigaretten.

Die Suppe kochte. Bärbl wollte sie dem Alten bringen, aber Stefan nahm sie ihr aus der Hand, ging ins Nebenzimmer. Sandtner klopfte an, trat ein, und Kerber, im Pyjama, fragte wie immer, ob sie einander kennen würden. Stefan sagte, nein, er sei ein Nachbar und aus Sorge vorbeigekommen, ein Essen heraufzubringen. Er freue sich, den Bewohner dieser Wohnung wohlauf zu sehen. »Fühlen Sie sich gut?«

»Ja, danke. Prächtig«, sagte der Alte, und Stefan mußte zugeben, daß der Kranke einen sehr guten Eindruck machte. Bärbl hatte ihn aufgepäppelt. Er hatte ein wenig zugenommen, schien ruhiger und ausgeglichener. Der Alkoholentzug und der Schlaf hatten das Ihre getan.

Stefan lächelte den Greis an, forderte ihn auf, die Suppe zu essen, solange sie warm war. Ob sie ihm denn schmecke. Kerber kostete: »Wunderbar. Was hätte ich vor wenigen Wochen noch für so eine Spezialität gegeben? Unsere Speisen im Lag… ich meine, im Osten waren durchaus nicht karg, aber eher eintönig.«

»Was Sie nicht sagen …«

Zurück in der Küche, rief er Bärbl zu: »Mit den neuen Tabletten, die ich ihm verschreibe, wird er weniger schlafen. Du kannst ihm deine Fragen stellen, Bärbl.«

Er war mit Lew Feininger im Café Museum verabredet und würde wie so oft zu spät zu einem Treffen gelangen. Es war an der Zeit, sich auf den Weg zu machen, doch als er ankündigte, aufbrechen zu wollen, meinte Bärbl, sie verlasse ohnehin die Wohnung, weil sie in die Stadt müsse. Sie hatte in einem Laden einige Bücher bestellt, und wenn er kurz warte, könnten sie gemeinsam aus der Wohnung gehen.

Sie eilte voran, und als er ihren Schritt sah, entsann er sich jener Zeit, da er im stillen von ihr geschwärmt hatte. In merkwürdiger Eintracht liefen sie nun hinunter, und vor der Treppe lächelte sie ihn schelmisch an, tanzte über die einzelnen Stufen, so beschwingt wie seit langem nicht mehr. Welch ein Abgang.

Er erinnerte sich wieder an das eigentümliche Gefühl, das ihn als Bub beschlichen hatte, wenn der Arzt Herbert Kerber in diesen Hausflur getreten war. Nicht das zumeist mürrische Gesicht hatte ihn als Kind so verstört, sondern jene wenigen Male, da der besoffene Kerber versucht gewesen war, eine höfliche Freundlichkeit durchscheinen zu lassen. Das Mienenspiel des betrunkenen Mannes war dann nicht entspannt, sondern von einer schrillen Disharmonie verzerrt, und den kleinen Jungen hatte gefröstelt.

Stefan drückte das schwere Holztor auf, ließ sie vorangehen. Die Sonne knallte herab, und sie schlenderten zum Getreidemarkt. Schweigend. Vorbei an Geschäften, in denen ihre Eltern eingekauft hatten, an Betrieben, die seither eröffnet worden waren. Hier war der alte Haushaltsladen gewesen, in ihren Schubfächern hatten die Kaufleute, das alte Ehepaar Branders, unzählige Schrauben, Ösen, Klammern in allen Größen gehortet.

Wenn Franziska Kerber in den neuen Baumärkten vergeblich nach einer ganz bestimmten Schraube gesucht hatte, war sie mit Bärbl zu den Brandners gegangen: »Hätten sie so eines in dieser Größe?« Der dicke Brandner war im grauen Arbeitsmantel zwischen einem Tisch und einem Kasten mit unzähligen Laden gestanden, hatte das spiralige Metall in die Hand genommen, mit der anderen sogleich das richtige Fach aufgezogen, in einer der Dutzenden Abteilungen gefischt, in denen genau die gleichen Stücke lagen, sie hervorgeholt und gefragt: »Brauchen Sie eine Schraube oder zwei?« Das Geschäft war längst geschlossen worden, nun befand sich hier eine Vinothek mit Restaurant, und Franziska Kerber war vor drei Jahren gestorben. Beim Begräbnis war die Familie ein letztes Mal zusammengekommen.

Sie standen mitten auf dem Friedhof, in der prallen Hitze. Der Priester sprach tröstende Worte. Die Leichenträger rollten den Sarg heran, seilten ihn in die Grube ab, schaufelten sie zu. Danach standen sie zu fünft vor dem Erdhaufen. Hans und seine Frau Susi starrten auf Pauli, den Sohn. Der Bub konnte sich des Lachens nicht erwehren und begann zu kichern. Susi frisierte ihm mit einem Schlag den Hinterkopf. Der Bub plärrte: »Was denn?« Hans zischte: »Bist jetzt ruhig!« Der Alte aber trat mit einemmal vor, bückte sich, strich mit seiner Hand über den Hügel. Es war das erste Mal seit Jahren, daß Bärbl eine zärtliche Geste zwischen den Eltern, eine liebevolle Bewegung ihres Vaters sah.

Da Stefan Bargeld für das Café brauchte, machten sie an einem Bankomat halt. Er zog seine Plastikkarte aus dem Portemonnaie, klemmte die Arzttasche zwischen die Beine, und Bärbl wandte sich diskret ab. Er tippte die Nummer ein, ohne nachzudenken, doch während er die Knöpfe drückte, wurde er von einem vorbeilaufenden Passanten gestoßen, und so kam er aus dem Rhythmus, wußte nicht mehr weiter, wollte fortfahren, aber er hatte sich bereits vertan. Die Maschine gab ein Quieken von sich, und durch einen Text wurde er belehrt, daß er sich geirrt hatte. Es war ihm nie ein Problem gewesen, die richtige Tastenfolge zu drücken. Im Gegenteil, wenn Stefan das tat, war ihm, als spiele er die Noten eines Klavierstückes; die Knöpfe der Maschine gaben unterschiedliche Töne von sich, und die kleine Melodie klang ihm vertraut, die Ziffernfolge war ihm geläufig, er hatte sie gleichsam bei der Hand. Doch nun, da er darüber nachdachte, stockte er. Wie ging seine Zahlenkombination bloß? Lautete sie vierfünfneunsechs oder fünfvierneunsechs? Auf keinen Fall war es sechsfünfvierneun gewesen. Oder? Stefan zögerte, Bärbl seufzte, und er sagte: »Verzeihung. Gleich bin ich soweit«, darauf sie: »Laß dir ruhig Zeit. Ich bin nicht in Eile«, aber da räusperte sich jemand, und als er sich umschaute, standen hinter ihm schon zwei weitere Kunden, ein angegrauter Rocker mit Bierbauch in schwarzer Kluft und eine junge Frau mit blitzblauem Bubikopf, eine Studentin aus der nahen Technischen Universität.

Wenn er nun einfach wieder vergessen hätte, daß er sich an seine Geheimnummer erinnern wollte, wäre er wohl ohne Schwierigkeiten an Bargeld gekommen, doch nun rätselte er hin und her, und als er die Alkoholfahne des Lederkerls roch, der auch noch sagte: »Brauchst Hilfe, oder was …«, entschied er sich für eine der beiden Varianten, die ihm denkbar schienen, aber dieser zweite Anlauf schlug ebenso fehl, worauf er nun die andere Version wählen wollte, bloß nicht mehr genau wußte, welche er eben ausprobiert hatte. Der Apparat quiekte zum dritten Mal, zeigte an, daß die Karte leider eingezogen werde, er sich an einen Bankbeamten wenden solle. Er tippte auf die Abbruchtaste, aber es war zu spät.

Die Filiale hatte soeben ihre Mittagspause begonnen. Stefan ließ sich nichts anmerken. Er entschuldigte sich bei dem Rocker, der Studentin und einem älteren Herren.

Erst im Café Museum, nachdem er Lew Feininger mehrfach um Verzeihung gebeten hatte: »Ich weiß, ich bin zu spät dran. Ich bin unmöglich«, sagte er: »Kannst du mich, obwohl ich dich warten ließ, heute einladen? Ich bin vollkommen blank.«

»Aber du hast doch eben Geld abgehoben«, entfuhr es Bärbl. Erst jetzt gestand ihr Stefan, was geschehen war. Sie schüttelte den Kopf. Lew sagte: »Typisch, ein Doktor, ein Nervenarzt ...«

Er stellte Bärbl und Lew Feininger einander vor, und sie stockte kurz, als sie den Namen hörte, lächelte dann, ein wenig bemüht, wie Stefan zu erkennen meinte, und wisperte: »Sehr erfreut.« Sie setzte sich zu Lew, als sei sie mit ihm verabredet, hätte nichts anderes zu erledigen, keine Bücher abzuholen, und bestellte einen kleinen Braunen nebst Apfelstrudel. Lew wiederum war von ihr so beeindruckt, daß er sogleich an sie heranrückte. Stefan Sandtner erklärte, daß Bärbl Kerber ein Nachbarsmädchen gewesen war.

Für Lew war nicht schwer, zu erraten, um wen es sich hier handelte. Bärbls Vater, soviel schien klar, war der Naziverbrecher, dessen Gedächtnis zersplittert, dessen Merkfähigkeit zerstört war. Stefan hatte die Einzelheiten des Falles ausgeplaudert, ehe er von den Kindern gebeten worden war, den Patienten zu übernehmen.

Lew gab sich unbedarft, fragte vorsichtig, wie Stefan und Bärbl wieder aufeinandergestoßen waren, fragte nach der gemeinsamen Kinderzeit, nach den Familien, nach der Krankheit des Vaters, und in diesem Moment sah er Stefans Augen, sah in ihnen die Angst. Der Neurologe erkannte, daß er ein

Dienstgeheimnis gebrochen hatte. Er fürchtete, sein Freund würde sich verplappern. Lew lächelte genüßlich und meinte: »Sie vertrauen also unserem Freund Stefan, vertrauen ihren Herrn Papa diesem ein wenig jungen Herrn Doktor an?«

»Halb so schlimm«, parierte Bärbl: »Der Patient vergißt ja alle Kunstfehler Stefans ohnehin sofort wieder.« Sie berichtete ihm vom Korsakow-Syndrom, und Lew ließ sich schildern, was allen dreien ohnehin bekannt war. »Du hast mir nie von diesem unglaublichen Fall gesprochen, Stefan. Warum denn?«

»Ärztliche Schweigepflicht«, knurrte der Arzt. »Ich kann ja nicht reden, wie ich will.« Die letzten Worte sprach er ganz langsam, ließ die Doppeldeutigkeit in ihnen ausschwingen und blitzte dabei vielsagend zu Lew hinüber, doch dann, als wäre Stefan wieder ein Bub von zwölf Jahren, hielt er mit einemmal Bärbls Blick nicht stand, schaute zu Boden und lief dabei so rot an wie seit Jahren nicht. Sie schien hingerissen, schürzte die Lippen, ergriff seine Hand und summte: »Er ist so süß, unser Stefan!«

»Und ob«, stimmte Lew zu: »Sehen Sie nur, er verwandelt sich gerade in eine Erdbeere! Zum Anbeißen.« Bärbl schlug vor, sich nicht mehr zu siezen, und Lew Feininger freute sich so sehr, daß er sogleich fortfuhr. »In welches Jahr fühlt sich dein armer Vater denn zurückversetzt?«

»Fünfundvierzig.«

»Na, dann steckt er wohl zumindest in einem glücklichen Moment fest, im Zeitpunkt der Befreiung, des Sieges über die Nazis.«

»Soll das ein Witz sein?«

»Meine Familie sehnte die Kapitulation Deutschlands herbei.«

»So? Alles aufrechte Antifaschisten?«

»Nein, aber alles Juden.«

»Verzeihung.«

»Was denn?«

»Ich vergaß, Weininger, das ist ein jüdischer Name, nicht wahr?«

»Feininger. Lew Feininger.«

»Entschuldigung?«

»Was denn?«

Bärbl war alles so peinlich. Stefan schien, als höre er ein Schrammen und Qietschen, ein Bremsen kurz vor der Karambolage. Die sonst schlagfertige Frau verhedderte sich, fing ohne Grund an, aufzuzählen, wie viele Juden sie kannte, zu schwärmen, wie wunderbar doch der einstige Nachbar, der Jude im Haus, sie sagte tatsächlich, »unser Hausjude«, zu allen Kindern immer gewesen sei, was für ein liebevoller Mensch, ob er ihn kenne, den Paul Guttmann.

Sie erzählte von ihrem Vater, verschwieg nicht, daß er vor wenigen Wochen verraten hatte, bei der SS gewesen zu sein, sagte dann, sie hege eine Schwäche für Juden, fühle sich ihnen verbunden. Sie sagte, sie verspüre diese Nähe auch ihm, Lew, gegenüber, weil doch in den Familien der Überlebenden ebenfalls nicht geredet worden sei. Sie sagte, vielleicht wolle er ihr helfen, in ihrem Umgang mit ihrem Alten. »Die Kinder von Tätern und Opfern haben ja viele Gemeinsamkeiten.«

Keineswegs, antwortete Lew, und er lächelte dabei, sprach ganz leise, er empfinde eine Sympathie nur für einzelne Menschen, aber gar keine Neugier auf eine sogenannte Generation, auf die Nachkommen von Tätern, und um nicht mißverstanden zu werden, er habe ebensowenig Lust, die Abkömmlinge der Mörder zu hassen. Wozu denn auch? Weshalb sollte er? Wie käme er dazu? Er könne ihrer Schwäche für das gemeinhin Jüdische nichts abgewinnen. Denke sie, weil ihr Vater Juden gehaßt habe, sei es ihr Auftrag, Juden auf Teufel komm raus zu lieben? Für sie mochte es ja etwas Seltenes sein, einen echten Juden, gleichsam den letzten Mohikaner, ein Überbleibsel einer beinah ausgerotteten Spezies, eine Art menschlichen Pandabär, kennenzulernen, aber für ihn war es in Österreich nicht so außergewöhnlich, den Sohn oder die Tochter eines Nazis zu treffen. Da brauchte er doch bloß zum Greißler nebenan oder auf eine Party zu gehen.

Der Ober fragte, ob er kassieren dürfe, und Lew wollte, da er ja ohnehin für Stefan zahlen mußte, die ganze Rechnung übernehmen, doch Bärbl bestand nun darauf, sehr entschieden, nicht eingeladen zu werden. Dann sagte sie: »Ich weiß sehr genau, daß mein Vater ein Verbrecher war, daß seine Ausflüchte und Lügen nichts mit der Pein von Überlebenden zu tun haben.«

Sie trank von der Melange, zündete sich eine Zigarette an, versuchte sich zu beruhigen, und Stefan empfand Mitleid mit seiner einstigen Kinderfreundin. Dann warf sie ein Lächeln aus: »Verstehst du nicht? Wir beide sind Kinder von Opfern und Tätern.«

»Ich bin kein Kind mehr.«

»Sind wir nicht alle immer auch Kinder? Zeit unseres Lebens?«

»Sicher, und nicht nur das, ich bin immer auch ein Tier, dennoch bestehe ich darauf, ein Mensch zu sein, und zwar ein erwachsener«, sagte Lew.

Sie faßte seine Hand: »Aber vielleicht war mein Vater der Mörder deiner Verwandten. Wir beide, wir zwei Kinder von Opfern und Tätern, leiden bis heute unter den Untaten solcher Männer, wie er es war. Ich will meinen Vater aushorchen, ihn verhören. Aber ich habe das Gefühl, alles falsch zu machen. Auch hier. Auch jetzt. Hast du denn nicht Lust, mir zu helfen?«

Lew schüttelte den Kopf, murmelte: »Du eine Leidtragende der Vernichtung? Ein Opfer deines Familiennazis? Du eine Geschädigte des SS-Untersturmführers Doktor Herbert Kerber?«

Bärbl schreckte hoch: »Woher weißt du seinen Namen? Woher seinen Rang?« Lew antwortete bloß: »Du bist kein SS-Opfer.« Stefan errötete wieder, und sie sagte: »Du hast ihm alles verraten …«

Aber Feininger fuhr fort, wurde dabei immer lauter: »Du würdest am liebsten eine antifaschistische Pyjamapartie veranstalten und in Häftlingskleidern herumlaufen. Du bist kein SS-Opfer. Hörst du? Und mich wirst du auch zu keinem machen. Ich bin kein Opfer. Meine Verwandten waren welche, gewiß. Ich nicht. Verstehst du? Ich nicht. Was hast du gesagt? ›Wir Kinder von Opfern und Tätern‹? Meinst du, wir wären eine einzige große Familie? Eine Art Mischehe aus Juden und Nazis? Eine Täteropfermischkulanz … Die Mischpoche von Auschwitz? Wir Kinder? Ich will kein Kind mehr sein. Ich bin erwachsen. Du auch. Es ist an der Zeit.«

Sie schwieg, zündete sich noch eine Zigarette an.

»Es ist an der Zeit, sich auf den Weg zu machen«, meinte Stefan leise. Er wollte den Tisch und dieses unangenehme Gespräch schnell auflösen. Er müsse in die Bank, um seine Karte einzufordern, und Bärbl habe wohl vergessen, daß sie ihre neuen Bücher besorgen wollte. Der Abschied zwischen Feininger und Bärbl blieb klamm. Stefan flüsterte ihr zu: »Bis bald. Ich schaue in den nächsten Tagen vorbei«, und dann: »Er wollte dich nicht verletzen.« Sie zuckte mit den Achseln und ging. Die beiden Freunde schauten ihr nach, und Lew meinte: »Ich könnte ja mit meinen Verwandtengeschichten auch mehrere Analytiker unterhalten, und zwar in jeder Bedeutung des Wortes. Aber mit deiner Bärbl da tauschen will ich nicht.«

Sie ging an diesem Nachmittag nicht mehr in die Buchhandlung und auch an den folgenden nicht. Die historischen Bände von Eugen Kogon und Raul Hilberg, von Yehuda Bauer und Ernst Klee holte Bärbl nicht mehr ab. Statt dessen kehrte sie in die Lehárgasse zurück. Morgen wollte sie ihren Vater befragen. In der Früh sollte er ihr Rede und Antwort stehen. Sie mußte einen Raum dafür finden, und sie wählte das einstige Kinderzimmer. Bärbl, die in den letzten Wochen hier übernachtet hatte, raffte ihre Kleider, Zeitungen und

Bücher zusammen. Sie würde von nun an im früheren Privatbüro des Alten schlafen. Sie schob ihr altes Klappbett hinüber. Machte es sich dort gemütlich. Die alten Spielsachen und Schulhefte schaffte sie in den Wirtschaftsraum. Die Regale räumte sie leer, Bilder und Poster der Jugendzeit hängte sie ab, nur das Pinnbrett verbannte sie nicht, nahm jedoch alles herunter, was noch angeheftet war. Dann schleppte sie aus der Küche ein Paket heran, holte eine alte Landkarte des Dritten Reiches hervor, die sie in einem Antiquariat auf der Gumpendorferstraße erstanden hatte. Bärbl heftete sie an die Wand. Die Stereoanlage mußte abgebaut werden. Ein Aufnahmegerät samt Mikrofon versteckte sie im Schreibtisch, den sie in die Mitte der Stube rückte. Dahinter stellte sie einen Polstersessel, davor einen Holzhocker. Hier auf diesem Schemel sollte der Alte sitzen. Die Fenster verbarrikadierte sie. In der Ecke lehnte ihr alter, kleiner Wandspiegel. Wenn der Greis sein Abbild sähe, seinem Alter ins Gesicht blicken müßte, würde er verfallen. Sie drehte den Spiegel um und schob ihn hinters Regal. Nichts sollte von außen, nichts von der Gegenwart zu ihm dringen. Nichts ihn ablenken. Nichts ihn stören.

Sie ging im Zimmer auf und ab, betrat es nochmals von außen. Irgend etwas fehlte oder paßte nicht hierher. Was war es bloß? Ihr Blick fiel auf die Hängelampe, die Stachelkugel aus den Siebzigern. Bärbl karrte die Leiter heran, schaltete den Strom aus, schraubte den Leuchter ab.

Danach der nackte Schein der Glühbirne. Das Licht ein Fallbeil. Es machte sich gut. Er würde ihr Rede und Antwort stehen. Abends würde Hans vorbeischauen und nach dem Alten sehen. Über Nacht, wenn er gegangen war, wollte sie sich ausdenken, wie sie den Vater zu einer Aussage bringen konnte. Er sollte ihr Rechenschaft ablegen. Endlich. Morgen. Gleich nach dem Frühstück.

An jedem Abend dieser spätsommerlichen Wochen ging Stefan mit Flora essen. Er führte sie aus. Er war nicht geizig und genoß es, Flora Dema, seine Geliebte aus dem Osten, die Künstlerin aus Ex-Jugoslawien, einzuladen. Er lockte sie in feinere und in ausgefallenere Lokale. Suchte Plätze auf, die Flora verzaubern sollten, mied dabei auch nicht jene, die er mit Sonja frequentiert hatte. Wichtig war die Abwechslung; an einem Tag aßen sie Sushi, am nächsten marokkanische Tajine, dann italienische Pasti, chinesisches Dimsum oder indisches Tandoori.

Solange das Septemberwetter mild war, wollte Stefan zuweilen zu seinem Heurigen, wanderte mit ihr zu einer kleinen Hütte jenseits der Grinzinger Touristenströme; auf einen einsamen Hügel. Hier saßen sie an grasgrünen Holztischen, schauten auf die Weinberge, auf Wiens Panorama hinab. Flora kaute an einer knallroten Pepperoni, und Stefan sagte: »Das Riesenrad«, und: »Der Stephansdom«, und: »Die Hofburg«, und: »Die Gasometer«, und dann: »Ja, es gibt nur eine Stadt, in der man wirklich leben kann«, er machte eine Pause, seufzte: »In Paris«, worauf Flora auflachte und ihn schotenscharf küßte.

Da er in der Früh ohnehin nicht ins Spital mußte, konnte er die Nächte durchmachen. Zudem waren alle Pläne, die er mit Sonja geschmiedet hatte, dahin. Er hatte genug Geld für eine gemeinsame Zukunft mit ihr gespart. Er kassierte weiterhin sein Einkommen, und so konnte er es sich durchaus leisten, in Wien einen langen Urlaub zu machen, täglich außer Haus zu speisen, Flora ins Theater und ins Kino zu verführen, danach mit ihr von einer Bar zur nächsten zu ziehen.

Stefan Sandtner stellte keine Fragen, bohrte nicht in ihren Wunden. Eines Nachts war sie mit einem Schrei erwacht, und ihr erster Gedanke war gewesen, er würde wissen wollen, was sie aufriß, doch Stefan hatte sie bloß umarmt, sie in den Nacken geküßt und gegurrt: »Nichts, nur ein dummer Traum.«

Und eben weil er nicht verstehen wollte, fühlte sie sich verstanden. Er ahnte nicht, welche Mühe es ihr bereitete, trotz ihrer Daseinsnöte, ungeachtet der Enge ihrer Bleibe, des Gewimmels und Gedränges in diesen zwei Zimmern, schön gekleidet zu ihren Verabredungen zu erscheinen, aber ebendeshalb konnte auch sie es vergessen.

Nein, Stefan begriff nichts von diesen Unannehmlichkeiten. Er hatte seine Geliebte noch nie besucht, noch nie gesehen, wie sie wohnte, denn Flora Dema selbst hielt ihn davon ab, erklärte, daß sie eben nicht alleine hause und es deswegen besser wäre, bei ihm zu übernachten. Er sollte sie nie abholen und nie heimbegleiten. Er versuchte nicht, sie umzustimmen, und nicht etwa, weil er engherzig oder egoistisch gewesen wäre, denn Stefan dachte viel an Flora, sehnte sich während des Tages nach ihr, kaufte alle paar Tage Blumen, Musik oder Bücher für sie, und wenn er in der Zeitung einen Artikel über neue Dokumentarfilme las, schnitt er den Beitrag aus, um ihn ihr zu bringen, doch er rührte nicht an die Probleme, mit denen sie sich herumzuschlagen hatte, und sie wiederum weigerte sich, sie ihm zu erklären.

An diesem Abend trafen sie einander im Amacord. Das Lokal war nach Fellinis Film Amarcord benannt, dessen Titel aus dem in der Mundart der Romagna zusammengezogenen Satz »Io mi ricordo« entstanden war, was im Deutschen bedeutete: »Ich erinnere mich«. In diesem Wiener Restaurant war jedoch ein Buchstabe einfach vergessen worden, und so klang im Namen nun ein wenig das italienische Wort für Lieben durch. Stefan saß im Schanigarten auf der Schleifmühlgasse und wartete auf Flora, die sich wie immer verspätete. Er las in einem internationalen medizinischen Journal. Plötzlich sah er auf, und im selben Augenblick schlenderte sie um die Ecke.

Stefan bestellte einen Rotwein, sie wählten gemeinsam ein Essen aus, und er schlug vor, nachher einen alten Film anzuschauen. Im Burgkino zeigten sie wieder »Der dritte Mann«

mit Orson Welles, einen Streifen, den er sich nicht oft genug ansehen konnte.

An diesem Tag hatte Flora endlich beschlossen, sich zu überwinden und den Geliebten auf ihre Situation aufmerksam zu machen. Für sie könnte es eng werden in Österreich, sagte sie. Was nutzte ihr, sagte sie, daß Thomas Wandruschka ihr geholfen hatte, ihre Arbeit in der Akademie zu präsentieren? Was brachte es, so Flora, daß Hanno Geiss ihr Video ausstellen wollte? Über kurz oder lang, spätestens im Winter, würde sie aus dem Land gewiesen werden, wenn sie nicht irgend jemanden vorweisen könnte, der für sie bürgte, wenn sie niemanden fände, der ihr half. Sie könne, sagte sie, nicht in ihrem Quartier bleiben. Bald würde sie diese Zuflucht verlassen müssen.

Gewiß, murmelte Stefan, und er säbelte an seinem Filet, hatte dabei ein wenig Schwierigkeiten, weil das Messer nicht scharf war, aber seine Garçonnière sei nicht größer als dreißig Quadratmeter; für einen kaum erträglich, doch viel zu klein für zwei. Verstohlen schaute er sich um. Er hatte irgendwie das ungute Gefühl, vor einer Prüfung zu stehen, und ihm war beinah, als lauere irgendwo der Wuschelkopf, Goran, Floras Kameramann, und drehe mit, nehme auf, was er sage. Doch Goran war nirgends zu sehen. An der Bar stand ein Mann mit rotem Haar und Schnauzbart, der Stefan wie immer grüßte. Stefan nickte. Er hatte wieder keine Ahnung, wer dieser andere war. Es wäre wohl das Beste, sagte er zu Flora, wenn er eine neue Wohnung fände. Er denke bereits seit längerem daran, kaute er hervor. Wie ihr das Fleisch schmecke? Es sei doch vorzüglich.

Ja, würgte sie hervor, wunderbar. Und verstummte.

Er sah sie an, nahm sich vor, im Internet die Immobilienanzeigen durchzuschauen. Er wollte es nicht vergessen. Morgen früh würde er sich auf den Weg machen und die ersten Wohnungen besichtigen. Er mußte seine Garçonnière verlassen. Es war an der Zeit.

6 Wie lange noch? Hier saß er, der Alte, rührte sich nicht und entschwand ihr dennoch, ehe eine Frage beantwortet war. Zuweilen war es, als werde er allmählich verweht, die Sätze verblaßten, und sein Gesichtsausdruck löste sich auf, irgendein Gedanke funkelte nach, um von einem anderen überblendet zu werden. Bärbl fühlte sich an die Lieblingsserie ihrer Jugend erinnert, in der Kämpfer einer zukünftigen Sternenflotte von einem Ort zum anderen übertragen oder gebeamt werden konnten. Herbert Kerber zerrann jedoch nicht in einen fernen Raum. Er verschimmerte von einem Zeitenloch zum nächsten.

Die Gespräche drehten sich im Kreis, obwohl Stefans Behandlung die Aufmerksamkeit des Patienten verstärkt, die Umlaufbahn seiner Gedanken und den Radius seiner Geistesgegenwart ausgedehnt hatte. Es dauerte nun nicht mehr fünfzehn, sondern zuweilen dreißig, wenn nicht gar vierzig Minuten, ehe er vergessen hatte, was mit ihm bereits besprochen worden war. Die Dramaturgie ihrer Gespräche änderte sich kaum. Der Vater fragte, ob sie einander bereits kannten, sie gab sich als Cousine ihrer Mutter aus, heiße Barbara, worauf er strahlte, begeistert war, eine Verwandte seiner Frau zu sehen, und anmerkte, wie ähnlich sie seiner Franzi sei. Er wollte wissen, wie es seiner Gattin gehe. Dann erkundigte sie sich nach seinem Wehrdienst, bohrte nach, doch irgendwann tauchte er ab, sah sie freundlich an und fragte neuerlich, wer sie sei. Danach: »Was? Du bist Franzis Cousine? Nein, wie schön! Wie geht es meiner Franzi denn?«

Ihr gelang es nicht, ihn festzuhalten. Sie konnte ihren Vater nicht einfach erzählen lassen, unterbrach ihn bei seinen Ausführungen. Ihr fiel es schwer, sich als eine andere auszugeben. Irgendwann in ihrer Kindheit war dieser Greis noch ihr Held gewesen. Letztlich zürnte sie ihm, weil er sie zu dieser Verstellung, zu dieser Vorstellung und zu diesem Verhör zwang.

Sie erinnerte sich daran, daß er es geliebt hatte, die Kinder, Hans und sie, zur Rede zu stellen, wenn sie irgend etwas angestellt hatten. Sie zu vernehmen, als wären sie Verbrecher, Sträflinge, Häftlinge im eigenen Elternhaus. Seine Stimme war bei solchen Gelegenheiten dünn geworden und scharf, und wenn er gesoffen hatte, vibrierte sie, beinah wie eine singende Säge. Jetzt stand sie vor ihm, und nun war sie es, die ein Geständnis seiner Schuld wollte. Sie konnte es nicht mehr hören, wenn er wieder beschönigte, was er getan hatte. Wenn er neuerlich anhob, seine Vergangenheit zu verdrehen, war ihr, als werde ihr Innerstes dabei ausgewrungen. Sie fuhr auf und konnte sich nicht zufriedengeben mit seinen Angaben und seiner Angeberei. Aber sie erschrak, wenn sie bemerkte, wie spitz und laut sie dann wurde, gar eine Erleichterung dabei verspürte; ihn am liebsten angeschrieen hätte, er möge endlich die Wahrheit sagen, möge seine Schuld gestehen und irgendeine Scham, doch schauderte ihr zugleich davor, ihn, den alten, kranken Vater, hart anzugehen, und so wußte sie nicht hin und nicht her, litt an ihren Fragen und an seinen Antworten, hielt kaum aus, was er ihr erzählte, und weniger noch, was er ihr nicht erzählte. Ganz ruhig, so nahm sie sich vor, wollte sie sprechen, eher sanft als streng. Sie erkundigte sich, wie es ihm ergangen war, dort im Osten, und ob er an der Front gekämpft hatte. Kerber begann von seinem Dienst zu erzählen. Ob er seine medizinische Ausbildung nutzen konnte, wollte sie wissen. Er bestritt nicht, in der SS gewesen zu sein. Er wähnte ja, vor einem Familienmitglied seiner Gattin zu sitzen, und diese Vermutung war nicht einmal falsch, doch obgleich er stolz andeutete, wieviel er erfahren und durchlebt hatte, betonte er, zum Schweigen verurteilt zu sein; den Kameraden zuliebe.

Letztlich sei er nichts als ein kleines Rädchen gewesen, ein junger Mitarbeiter von Ranghöheren. Er nannte Vorgesetzte, nannte Titel, zählte Dörfer und Städtchen auf, aber obgleich Bärbl die Namen nachsprach und sogar alles auf Tonband aufnahm, vergaß sie alles bald wieder, weil sie sich die Bänder nicht wieder anhörte. Sie konnte sich einfach nicht merken, wie ein Kommandant oder ein Oberarzt, wie ein Lager geheißen hatte. Die Wörter blieben ihr fremd, und ihr war zuweilen, als plaudere der Vater von einer Ferienreise.

Sie erinnerte sich an seltene Abende, da er ihr, der Jugendlichen, Schnurren aus der Kriegszeit erzählt hatte. Sie war aufmerksam daneben gesessen, doch bereits anderntags waren ihr die Einzelheiten entfallen. Sie entsann sich der Märchen, die er den Kindern vor dem Schlafen vorgelesen hatte. An seine Gutenachtküsse auf ihre Stirn. Die Geschichten des Wilhelm Hauff waren ihr, der Kleinen, nicht aus dem Gedächtnis entschwunden, die hatte sie sich jeden Abend wieder gewünscht. Sie konnte nie genug von der Verwünschung des Kalifen und seines Wesirs hören, von der Verwandlung der beiden in Störche, und sie litt immer mit, wenn die beiden vor Lachen das Losungswort verschwitzt hatten. »Mutabor«, hatte sie damals mit heißen Lippen geflüstert, es den Gestalten aus dem Morgenland vorzusagen versucht. »Mutabor!«

Auch diesmal, beinah zwei Jahrzehnte später, sprach er wieder zu ihr, als wäre sie ein Mädchen, kein erwachsener Mensch. Sie versuchte nachzuhaken, umgarnte ihn, warf ihr Lächeln aus. Nun, da der Krieg vorbei sei, dürfe er ihr, der Verwandten seiner Frau, doch offenbaren, was er für die Heimat geleistet hatte, sagte sie und empfand einen leichten Ekel dabei. Er schmunzelte: »Da gibt es nicht viel zu sagen.« Sie fragte leise, ob er dort Juden begegnet sei, und der Alte grinste, gewiß, er habe sie gesehen in ihrem Dreck. »Unvorstellbar für unsereins«, so Kerber, »wie die lebten. Das Straßenbild stand unter dem Motto, es leuchten die Sterne. Jeder einzelne dieser Juden, ganz gleich, ob Kinder oder Erwachsene, trug vorn und hinten einen gelben Flecken. Im ganzen

Judenviertel, immerhin eine kleine Großstadt, waren die Juden ganz alleine. Wir griffen uns lediglich vormittags einige von ihnen. Diese Auserwählten«, sagte er, »mußten dann zur Arbeit. Am Abend wurden sie wieder ins Ghetto entlassen, und um für Tempo zu sorgen, wurde für jede Gruppe jeweils ein Jude zum Aufseher ernannt. Wir durften dann zuschauen, wie diese Rassegenossen miteinander fuhrwerkten, damit das Pensum erbracht wurde. Das hättest du sehen müssen, wie sie noch schacherten und mauschelten um den letzten Bissen Brot. Mir braucht jetzt keiner kommen. Ich habe sie kennengelernt.«

Stefan Sandtner hätte in solchen Augenblicken wohl kühl oder zumindest sarkastisch bleiben können, doch Bärbl Kerber, die Tochter, schrie ihn an. Ob er sie denn glauben machen wolle, diese Menschen hätten freiwillig in solchen Bedingungen gelebt. Kerber lehnte sich zurück, seufzte und rollte die Augen. Er schien ihr, der Verwandten seiner Frau, nicht einmal böse zu sein, und es war, als rede er zu ihr wie in früheren Tagen, wie zu einer Halbwüchsigen: »Ja, ja, du hast es leicht. Du sitzt hier, hast es nicht erlebt. Aber noch vor einem Jahr, wenn ich in meiner Uniform aufkreuzte, da wurde ich nicht mit Vorwürfen empfangen, von niemandem, sondern mit Komplimenten. Wie schmuck die Montur aussehe. Wie schön die Orden seien. Da war ich ein Held. Jeder sprach vom Endsieg, hoffte darauf, aber wer nicht selbst vor den Leichen stand, hundert, fünfhundert nebeneinander, ahnt ja nicht, was wir durchgemacht haben.«

»Ihr? Ihr habt es durchgemacht?« fragte sie, und darauf er: »Lach nicht!«

Doch sie lachte gar nicht.

Bärbl wußte nicht weiter. Sie mußte warten, bis er diesen Wortwechsel vergessen haben würde, nicht lange wohl, allenfalls fünfzehn Minuten, unter Umständen zwanzig, und dann von neuem beginnen.

Sie lenkte ihn ab, fragte ihn, ob er sich nach Franzi sehne, was er für sie empfinde, wo er sich ansiedeln wolle, und er antwortete ihr, einsilbig erst, glitt dann aber zurück in seine verwirrte Freundlichkeit, seinen merkwürdigen Übereifer, wollte zum sechsten Mal in den drei Stunden, die sie miteinander verbrachten, wissen, ob sie einander kennen würden. »Wirklich? Eine Verwandte von Franzi? Du schaust ihr aber auch sehr ähnlich. Franzi hat mir gar nicht erzählt, daß sie eine so hübsche Cousine hat. Hat mir dich glatt vorenthalten. Wie geht es meiner Franzi? Wo ist sie denn?«

Dann wiederum Bärbls Fragen nach seinen Untaten, ihr Versuch, dabei ruhig zu bleiben, und auch diesmal verlor er sich in allgemeinen Betrachtungen, bis er meinte: »Ich kann sagen, wir konnten sehr interessante Experimente durchführen, einmalige Forschungen unter unvergleichlichen Bedingungen. Die Ergebnisse sind nun natürlich hoffnungslos verloren. Alles vorbei. Es ist eine Schande ...«

Sie saß da, sprachlos erst, doch mit einemmal hatte sie vergessen, daß ein Kranker vor ihr saß, und als wäre sie wieder ein Kind, sein Kind, eine junge Schülerin im Streit mit dem mächtigen Vater, wogte ihre Stimme hoch. Ob er denn glaube, sie wisse nichts von den Eingriffen bei lebendigem Leibe, nichts von dem, was geschehen sei in den Lagern? Doch Herbert Kerber lächelte bloß: »Red doch nicht, nichts weißt du! Du bist ja nicht dabeigewesen.« Da sprang sie auf, schrie auf ihn ein, faßte ihn am Kragen, sah nicht, wie sein Blick gläsern wurde, er nicht mehr ahnte, wer sie war, nun nicht nett nach ihrem Namen fragte, sondern sie fortstieß. Unter normalen Umständen hätte sie seinem Ruck wohl leicht standgehalten. Er war zu schwach und zu alt, um ihr gefährlich zu werden. Doch sie taumelte zurück, stolperte dabei über einen Hocker und fiel zu Boden, knallte mit dem Hinterkopf auf. Sie verlor kurz die Besinnung, und als sie benommen aus ihrer kleinen Ohnmacht aufwachte, sah sie den Vater, sah ihn an seinem Gürtel nesteln.

Zum Schweigen bringen wollte er sie, diese Göre, weil,

von einer Frau schlagen lassen mußte er sich nicht, das wär ja noch schöner, wobei das Mädel so übel gar nicht aussah, diese Fremde. Sie erinnerte ihn an eines jener feindlichen Flintenweiber. Er würde sie schon fertigmachen …

Bärbl sah, daß er längst vergessen hatte, wer sie war, wer sie zu sein vorgegeben hatte. Ihr wurde übel vor Angst. Sie schrie: »Vati«, doch er bloß: »Der kann dir auch nicht mehr helfen …«

Sie versuchte, die Panik zu überwinden, und rief, mühte sich, mit fester Stimme zu sprechen: »Herbert, erkennst du mich nicht mehr!« Er hielt inne. Stutzte. Diese Frau hatte ihn bei seinem Vornamen gerufen. Hatte in klarem Deutsch gesprochen. Für einen Augenblick schien ihm, als schaue er plötzlich in Franzis Antlitz, da schnellte sie hoch und trat dem Alten gegen sein Schienbein, trat ihn fort, und Herbert Kerber wimmerte auf, streckte die Hände hoch, die zittrigen Spinnenfinger wuchsen ihr entgegen. Der Kriegsheimkehrer SS-Untersturmführer Doktor Kerber verwandelte sich zurück in den achtzigjährigen Opa. Er krümmte sich im Schmerz. Sie brüllte auf ihn ein, hastete zum Regal, zog ihren alten kleinen Wandspiegel hervor, richtete ihn gegen den Vater, richtete ihn auf seine Glatze, auf sein verrunzeltes Gesicht, seine verwitterte Gestalt, und er schrie, schrie: »Was ist das«, doch sie: »Schau genau. Schau genau hin. Das bist du!« Sie stieß ihn: »Schau hin, sag ich! Da! Ich bin es; Bärbl. Deine Tochter. Hörst du? Dein Kind, du …«

Kerber starrte ins Leere. Er griff sich ans Herz und stöhnte. »Franzi?«

Sie riß den Spiegel hoch, schnitt sich dabei, eilte hinaus, sperrte die Zimmertür zu, floh in die Küche, setzte sich an den Tisch. Ihr Körper war eingefroren. Ein Finger blutete. Sie band sich eine Papierserviette darum, bebte vor Kälte, wollte sich wärmen, ging auf und ab, dann nahm sie wieder Platz. Ihr liefen die Tränen hinunter. Der Mund zuckte, und durch die Wände drang das Wimmern des Alten zu ihr durch, mischte sich in ihr Weinen. Sie schneuzte sich in die blutige Serviette.

War das eben ihr Vater gewesen, der mit ihr, dem Mädchen, einst eisgelaufen war, sie schwimmen gelehrt hatte? Ihr war, als hätte sie erstmals dem SS-Mann Herbert Kerber ins Auge gesehen. Sie mußte ihn zur Rede stellen. Hatte sie nicht ein Anrecht darauf?

Vielleicht lag es an der Inszenierung, an ihrer Verstellung, wenn sie nicht zu ihm vordrang. Sie mußte ihn zu einer Aussage zwingen. Er war Soldat gewesen, und sie wollte ihm befehlen, Meldung zu erstatten, was er getan hatte. In ihr keimte ein Plan. Sie stand auf, räumte ihr Glas ab, kehrte zum Verhörzimmer zurück, sperrte die Türe auf und fragte: »Wie geht es?«

»Gut«, sagte er: »Verzeihung, kennen wir einander?«

»Mein Name ist Barbara, ich bin Franzis Cousine.«

Sie führte ihn zu seinem Bett, bereitete ihm das Essen, mischte die Medizin in den Tee. Am Nachmittag verließ sie die Wohnung, ging in die Stadt, suchte ein Antiquariat auf, in dem alte Nazireliquien verkauft wurden. Sie erwarb einen Kalender mit Führersprüchen für jeden Tag und eine Hakenkreuzflagge. Danach staffierte sie das Verhörzimmer aus, sperrte es ab. Abends würde Hans wieder vorbeikommen, und der sollte nichts sehen von ihrem kleinen Verlies, ihrer ganz persönlichen Dienststube.

Am nächsten Morgen saß er wieder vor ihr, rührte sich nicht und entschwand ihr abermals, ehe eine Frage beantwortet war. Sie gab vor, er befände sich in einem Geheimlager der Bewegung, in einem letzten Hort seines tausendjährigen Reiches. Wiederum fiel es ihr schwer, sich zu verstellen, aber sie spielte eine aufrechte Kämpferin, eine Agentin der Partei oder jenes lächerlichen Rests, der davon im Jahre fünfundvierzig noch übrig gewesen sein mochte. Er müsse, sagte sie im Befehlston, ihr erklären, was seine Aufgaben waren. So könne er an den richtigen Platz eingefügt werden. Der

Kampf gehe weiter. Noch sei der Krieg nicht verloren. Herbert Kerber blieb wortkarg. Ob er denn am Endsieg zweifle, fuhr sie ihn an, und merkte, wie schwer ihr dieser Satz über die Lippen ging. Kerber grinste spöttisch, sagte: »Wer könnte das wagen«, doch dann: »Kommen Sie, Fräulein, es ist vorbei. Ich habe alles gegeben«, und dann: »alles und mehr«, und: »Mir braucht keiner zu kommen. Was wissen Sie? Ich habe gekämpft, habe Menschen sterben sehen, Tausende, doch wir haben verloren, und nun will ich zu meiner Frau. Wissen Sie, Fräulein, einmal muß Schluß sein.«

Am nächsten Tag versuchte sie eine andere Verkleidung. Sie täuschte vor, eine Mitarbeiterin der alliierten Militärbehörde zu sein. Es fiel ihr, der Übersetzerin für moderne Literatur der Vereinigten Staaten, nicht schwer, ihre Rolle zu spielen. Sie untermischte ihre Sätze zuweilen mit englischen Phrasen. Diesmal hatte sie den Raum umgestaltet, das Sternenbanner aufgetrieben. Sie selbst fühlte sich dabei verändert, sicherer mit einemmal. Ja, sie schämte sich ein wenig, eine gewisse Lust an ihrer Maskerade zu empfinden. Sie sprach ruhig, drohte ihm mit Haft, falls er nicht zum vollständigen Geständnis bereit sei. Nicht eher werde sie ihn zu seiner Frau, zu seiner Franzi, lassen.

Anders als in den Tagen zuvor, verlachte er Bärbl diesmal nicht, versprach ihr vielmehr, alles zu erzählen, was sie hören wolle. Er sei, erklärte Kerber, doch bloß ein subalterner SS-Offizier gewesen, habe Befehle ausgeführt, nichts mehr.

»Tischen Sie mir doch keine Märchen auf, Kerber. Wir wissen alles über Sie, und wenn Sie nicht bereit sind, Ihre Schuld zu bekennen, werden wir Sie sehr lange festhalten.« Wie sicher ihre Stimme bei diesen Sätzen klang.

»Ich weiß nicht, was Sie hören wollen. Ich möchte ja aussagen, aber da gibt es nicht viel zu berichten«, doch Bärbl wußte es besser, denn allmählich fügten sich die Fetzen der einzelnen Verhöre zu einem Mosaik, sie brauchte ihn bloß auf die Mitarbeit bei diesem oder jenem Verbrechen anzusprechen, auf Vorfälle, mit denen er vor der Cousine seiner Frau geprahlt, die er vor der Naziagentin nicht verschwiegen hatte, und Kerber knickte ein, leugnete nichts, gestand aber ebensowenig Neues.

Nachmittags rief ihr Bruder Hans an und teilte mit, daß er an diesem Abend nicht in die Lehárgasse kommen könne, und nicht am Wochenende, doch montags seien sie mit Stefan verabredet, da müsse er ohnehin vorbeischauen.

Sie ging zum Friseur, zu einem neuen auf der Wienzeile, der seinen Betrieb Hairgott genannt hatte. Sie ließ sich ihre Locken abschneiden, herrschte den Angestellten an. »Nein, ich will keinen Bubikopf, sondern gefälligst einen strengen Herrenschnitt. Rechts den Scheitel.«

Danach kaufte sie ein weißes Männerhemd. Wieder zu Hause, durchstöberte sie die alten Kleiderkästen, räumte die Blusen und Röcke der Mutter zur Seite, sah die Schuhe des Alten, ihre Jeans aus den Siebzigern, dann die unzähligen Gürtel. Einen schwarzen zog sie hervor. Sie ging die Anzüge ihres Vaters durch, fingerte an ihnen entlang, blieb an einem grauen hängen, holte ihn heraus, hielt ihn an ihren Körper. Sie schlüpfte hinein. Er fühlte sich derb an, war ihr ein wenig zu weit. Sie mußte ihn zurechtstutzen und abnähen. Nun wählte sie eine passende dunkelblaue Krawatte.

Ihre Aufmachung verfehlte nicht die Wirkung, schüchterte Herbert Kerber ein, und sie erkannte an seinem Blick, daß er immer wieder vergaß, ja, innerlich darüber rätselte, welchen Geschlechts sie war. Diese Irritation machte ihn endlich so unsicher, wie sie es angestrebt hatte. Sie mußte beinah auflachen, als er mitten im Verhör begann, ihre Befehle mit »Jawohl, Herr Hauptmann« zu beantworten. In diesen Momenten dachte er wohl, sie wäre ein Offizier der Alliierten, und in seiner Verwirrtheit fragte er plötzlich: »Sie sprechen fließend Deutsch, Herr Hauptmann, mit einer Wiener Färbung. Stammen Sie aus Österreich?«

»Ich stelle hier die Fragen«, sagte sie, frohlockte aber,

fühlte sich mit einemmal wie ein Jude, der vertrieben worden war und nun mit der amerikanischen Armee nach Europa heimkehrte, fühlte sich wie einer, der gegen Nazis gekämpft, wie einer, der sie besiegt hatte, und fühlte sich sehr wohl dabei.

Wiederum schauderte sie vor der eigenen Lust, ihn zu verhören, doch gleichzeitig genoß sie den Ekel, den sie empfand. Sie versuchte, kalt zu bleiben. Zudem bemühte sie sich, ihn nicht allzu sehr zu ängstigen. Sie wollte ihn nicht zusätzlich quälen, sondern bloß ausfragen, so beruhigte sie ihr Gewissen und schwankte zwischen Mitleid für den kranken Vater und Wut gegen ihn.

Doch auch in dieser Maskerade erfuhr sie nicht, worauf sie wartete. Sie verzehrte sich danach, endlich zu sehen, wie dieser Greis, der einst ihr Märchenvati und der besoffene Familientyrann gewesen war, seine Schmach beichtete. Aber obgleich sie ihn mit allem konfrontierte, was sie bereits wußte, ihn zuweilen anschrie, ihm gar drohte, wich Kerber aus, beteuerte, bloß Befehlen nachgekommen zu sein. Ja, gewiß sei er der SS beigetreten, doch letztlich bloß, um sein Medizinstudium, in dem er beinah gescheitert war, erfolgreich abzuschließen. So trudelte der Kranke von einer Erklärung zur nächsten. Wie lange noch?

Montag, abends um sieben Uhr, betrat Hans die elterliche Wohnung. Er war überpünktlich erschienen. Kaum war die Wohnungstür aufgeschlossen, da vernahm er ein Schreien. Die Stimme erinnerte ihn nicht an jene seines Vaters. Klang auch nicht nach seiner Schwester. Jemand brüllte voller Haß. Er schlich die Wände lang. Aus dem Kinderzimmer drangen die Worte: »Ich werde mir diese Lügen nicht mehr anhören. Du wirst von deiner Schuld sprechen, von deiner, und nicht von irgendwelchen Befehlen! Ist das klar?«

Und dann der Alte: »Jawohl, Herr Hauptmann. Ich kann Ihnen da aber wirklich nichts weiter sagen.«

Hans klopfte zaghaft gegen die Tür. Drinnen blieb es still, dann hörte er ein Murmeln, ein Schaben, schließlich Bärbl: »Wer ist da?«

»Was ist denn los? Wer ist da bei euch?«

»Niemand.«

»Erzähl mir keine Märchen. Laß mich sofort hinein.«

Bärbl öffnete die Tür einen Spalt weit, sagte: »Es ist nichts. Alles in Ordnung, Hans. Kein Grund zur Aufregung, bloß eine kleine Unterhaltung.« Hans sah sie an. Den alten Anzug, die Krawatte, die Frisur. Er hätte sie beinah nicht wiedererkannt.

»Bist du noch ganz normal? Was soll diese Travestie?«

»Wieso?«

Sie schob den Greis hinaus, der verwirrt zu Hans aufblickte und ihm die Hände entgegenstreckte, als erwarte er, gefesselt zu werden. Hans drängte hinein, stieß Bärbl zur Seite, dann sah er das Zimmer, das Sternenbanner, die Pinnwand, die Landkarte …

Sie führte den Vater zu seinem Bett, sagte laut, damit es bis in den Nebenraum zu Hans durchdringe: »Es ist alles in Ordnung. Es ist uns ja nichts geschehen, und jetzt wird alles wieder gut. Wir sind sehr müde, nicht wahr? Zum Einschlafen bringe ich noch einen köstlichen Himbeerkuchen vorbei.«

»Himbeerkuchen! Das klingt ja wunderbar. Kann ich auch einen bekommen?« Stefan hatte die Wohnung betreten. Die Tür war offen. Er sah Bärbl aus dem Schlafzimmer kommen und rief: »Deine neue Frisur sieht urcool aus. Und der Anzug ist richtig retro. Du wirkst rundum erneuert. Darf ich raten? Ein neuer Mann?«

»Ein alter«, fuhr Hans dazwischen, »und zwar der eigene Vater.« Dieser Spuk, sagte Hans, müsse ein Ende haben, und zwar sofort. Er plädiere dafür, die Kur, falls, was hier geschehe, den Namen überhaupt verdiene, sogleich abzubrechen.

Da habe sie wohl ein Wörtchen mitzureden, sagte Bärbl.

Es gäbe keinen Grund, ihre Fragestunden mit dem Vater zu verteufeln. Sie verstehe, daß ihre Inszenierung merkwürdig wirke, doch wie sollte sie den Greis sonst zum Reden bringen. Schließlich kenne er die eigene Tochter nicht, und jeder, der mit dem Patienten spreche, ob es Stefan oder Hans war, müsse in eine Maske schlüpfen, ihm ein Märchen auftischen. Warum nicht auch sie? Sie konnte ihn bloß zur Aussage bewegen, wenn sie vorgab, den alliierten Truppen anzugehören. Was sei daran verwerflich?

Hans schlug die Hände zusammen und sah zu Stefan: »Bitte schau dir das an, Stefan«, und dann: »Ich bin dafür, die ganze Therapie zu vergessen. Wir stellen eine ausgebildete Pflegerin ein, die bringt ihm Essen, räumt die Wohnung auf, verabreicht ihm einige Schlafpillen, und nichts sonst.«

Stefan strich durch Bärbls Verhörraum, sah die Fahne, die Landkarte. Ob Hans denn nichts wissen wolle über die Vergangenheit seines Vaters, fragte Bärbl. Habe ihn seine SS-Mitgliedschaft nicht überrascht? »Nein«, erklärte Hans und ging in die Küche, holte sich einen Tee hervor, setzte Wasser auf. Er schnitt ein Stück vom Himbeerkuchen ab. Sie lehnte an der Anrichte, verschränkte die Arme und legte den Kopf schief. Stefan folgte den Geschwistern nach. »Nein«, wiederholte Hans: »Ich wußte doch, daß er SS-Untersturmführer war.«

»Was? Seit wann«, wollte Bärbl wissen.

»Seit langem, seit Jahren.«

Sie stieß ein Lachen auf, schüttelte den Kopf.

Hans räumte eine Tasse aus dem Kasten und stellte sie auf den Tisch, sagte zur Schwester gewandt: »Was weißt denn du? Hast du nicht gemerkt, daß ich mit Vater gebrochen hatte? Du warst noch ein halbes Kind, da stellte ich ihn bereits zur Rede. Ich bin ausgezogen. Weißt du das nicht mehr?« Am Herd pfiff die Kanne auf. Er drehte das Gas ab. »Der Krieg gegen Hitler ist vorbei, Bärbl. Vater ist ein Greis, und ich bin kein Student mehr. Es reicht.«

»Seit wann wußtest du es?«

»Irgendwann nach der Matura suchte ich im Keller nach meinen Schulbüchern und Heften. Ich wollte alles wegwerfen. Da fand ich eine Fotomappe aus dem Krieg. Leichenhaufen. Juden, die durch ein Dorf getrieben wurden ... Vater, der inmitten seiner Kameraden posierte. Außerdem, die tätowierte Nummer in seiner Achsel war ja auch keine Fata Morgana. Wieso hast du dich nie über sie gewundert?«

»Und du hast einfach geschwiegen?«

»Ich? Geschwiegen? Nein, ich legte ihm die Bilder vor. Ich brüllte ihn an. Ich sagte, daß er ein Mörder sei. Du warst damals gerade zu sehr mit irgendeiner deiner Mädchenschwärmereien beschäftigt, um es zu bemerken. Ich zog danach aus dem Haus in die Wohngemeinschaft. Das war der Bruch.«

»Wieso verstehst du dann nicht, was ich jetzt mache?«

»Wir sind keine Jugendlichen mehr, Bärbl.«

»Willst du ihn denn nichts fragen?«

»Wozu denn?«

Stefan fragte, was Bärbl in den letzten Tagen ans Licht gebracht hatte. Hans redete dazwischen: »Warum willst du das eigentlich wissen, Stefan? Du bist ja nicht sein Kind.«

»Wenn du willst, kannst du dich an einen anderen Arzt wenden. Ich dränge mich nicht darum, euren Vater zu behandeln. Ihr wolltet meine Hilfe. Glaubst du, ich kann sein Gedächtnis heilen, ohne zu kontrollieren, woran er sich erinnert? Wie stellst du dir das vor?«

Hans sog die Luft ein, strich an seinen Hosenfalten herum, putzte Fäden von seinem Anzug und zuckte mit den Achseln. Bärbl räusperte sich, erzählte von der Arbeit ihres Vaters, klaubte dabei die Kuchenreste auf dem Tisch zusammen, rollte sie zu einem Kügelchen, spielte wie ein kleines Mädchen damit und berichtete von Kerbers medizinischer Mitarbeit an Experimenten, erwähnte seine statistischen Arbeiten, danach seinen Einsatz in jenen Kommissionen, die zu befinden hatten, wer noch arbeitsfähig, wer zur Ermordung bestimmt war, konnte jedoch nichts genauer datieren, nicht die Orte voneinander unterscheiden, wußte auf Stefans Nachfragen nicht weiter, wurde zusehends unruhiger, je mehr er wissen wollte, bis sie losbrach: »Aber darum geht es ja gar nicht!«

»Worum dann?«

Bärbl sagte: »Ich will bloß einmal hören, einmal sehen, daß er den Punkt der Reue erreicht. Einmal, daß er seine Schuld zugibt. Nicht von seiner Pflicht und Befehlen schwadroniert. Um Himmels willen, du gibst ihm dein Mnemocin, und ich verabreiche ihm halt eine kleine Dosis Tribunal.«

»Tribunal? Du willst den Punkt der Reue«, wiederholte Hans, er streifte sein Sakko ab und fuhr fort: »Du bist vollkommen verrückt geworden. Vater und Tochter. Zwei Patienten. Ihr steckt beide fest. Im Jahr fünfundvierzig.«

Stefan sagte: »Hast du seine Angaben überprüft? Was er erzählt, sind ja nicht seine Erinnerungen aus der, sondern allenfalls jene an die Kriegszeit. Weißt du nicht mehr, wie leicht ich ihm suggerierte, was er am Vortag gegessen hatte? Was immer du ihm vorsetzt, kaut er nach.«

»Ich setze ihm gar nichts vor. Er mag ja nicht mehr wissen, was er gestern aß, aber an die Zeit vor fünfzig Jahren besinnt er sich recht gut.«

Der Bruder schnitt sich ein zweites Stück vom Kuchen herunter. »Er sprach erst vor einem Jahr wieder darüber. Er hatte Angst. Er war betrunken an jenem Abend.« Hans aß eifrig, während er sprach: »Wir waren aufs Land gefahren. Traudl, Pauli und ich. Nachts, Traudl und der Junge waren bereits im Bett, saßen wir noch zu zweit beim Wacholderschnaps. Der Alte meinte, nun, nach der Öffnung des Ostens, würden die Archive durchforstet. Jetzt könnte seine Vergangenheit zum Vorschein kommen. Er fürchtete sich davor ...«, es klang, als kupple er den Satz aus.

Bärbl setzte sich an den Tisch, wollte sich ein Stück vom Himbeerkuchen abtrennen, zögerte, hievte statt dessen den ganzen Rest auf einen Teller, nahm ein Gäbelchen, trieb die Zinken in den Teig, schaufelte einen Bissen nach dem anderen in den Schlund, malmte heftig und schmatzte dabei. Stefan richtete sich auf, er konnte nicht mehr stillhalten, ging in der Küche auf und ab, wollte irgend etwas sagen und wußte doch nicht, was, sah sich gefangen in dieser Familiengeschichte, in dieser Triade aus Vater, Sohn und Tochter.

Die beste Lösung, so Stefan, wäre die Einweisung ins Spital. Aber wieder lehnten beide Geschwister diesen Vorschlag ab. Hans wollte den Vater auf keinen Fall außer Haus lassen. »Bloß nicht. Es ist schon schlimm genug. Soll das zu einem öffentlichen Fall werden? Das fehlt mir noch.«

Bärbl müsse dieses Theater abbrechen, sagte Stefan. Das Jahr fünfundvierzig sei vorbei. Wenn sie weitermache, drohte Stefan, werde er sich an den Amtsarzt und die Polizei wenden.

»Bist du normal«, rief Hans: »Was soll denn das bringen?«

»Herbert Kerber hat ein Recht auf Heilung«, versetzte Stefan.

»Und danach? Was dann?« fragte Hans: »Hat dieser Patient denn kein Recht, in Frieden gelassen zu werden? Könnt ihr euch nicht ein wenig zurückhalten?« Nach so vielen Jahren wäre es ein Zeichen von Pietät, so Hans, die Toten ruhen zu lassen.

»Wo willst du sie denn ruhen lassen?« fragte Bärbl, und sie wischte die Kuchenreste zu einem Haufen: »Vaters Opfer wurden doch nie bestattet.«

Stefan Sandtner suchte in diesen Wochen nach einer neuen Wohnung, um mit Flora zusammenzuziehen, doch keine gefiel ihm so, daß er sich entschließen konnte, die nächsten Jahre darin zu verbringen. Wenn er doch ein schönes Objekt sah, griff er nicht zu, sondern ließ es erst auf sich wirken, verglich es mit anderen, und mit der Zeit entdeckte er den einen oder anderen Nachteil daran, schien ihm das Schlafzimmer zu laut, weil es zur Hauptstraße ging, die Küche zu klein, das Haus zu ärmlich oder das Viertel schlicht unangenehm. In einer Straße wollte er nicht leben, weil sie ihm zu abgeschieden war, und in der nächsten nicht, weil sie seinem Gefühl nach zu zentral lag.

Einmal konnte er sich zwischen zwei Alternativen so lange nicht entscheiden, bis beide an andere Interessenten vergeben waren. Der Markt verharrte in einem merkwürdigen Ruhezustand. Überall wurde davon gesprochen, daß viele Häuser leerstünden, die Eigentümer, Meister der Haushaltung im wahrsten Sinne des Wortes, sie nicht anbieten wollten, weil sie auf bessere Zeiten hofften und eine Wende erwarteten, einen Befreiungsschlag.

Ungeachtet der freien Wohnungen wurden die Dächer ausgebaut, um neuen Raum zu schaffen. Eine Stadt wollte hoch hinaus. Manchen schien es, als sei der Plafond des Möglichen längst erreicht, doch die Sehnsucht nach weiterem Aufstieg kannte kein Ende. Stefan wurde von solchen Aussichten ebenfalls angezogen und begann die Zeitungsinserate nach Angeboten zu durchsuchen, doch die Appartements mit Terrasse ähnelten beileibe nicht einem Penthouse, vielmehr wurden den alten Bürgershäusern aus der Gründerzeit winzige Maisonetten aufgesetzt. Der Weg von der Küche ins Eßzimmer führte über eine Stiege und der vom Speisetisch ins Freie über eine Wendeltreppe. Jeder Ausblick reichte bis ins Schlafzimmer des Nachbarn. Die Terrassen waren unter den Mietern oder Eigentümern aufgeteilt und zumeist nur durch Balustraden voneinander getrennt. Wer da oben, in diesen luftigen Höhen, grillte, konnte, falls Wind und Wetter es gestatteten, die Würstel dem ganzen Stockwerk hinüberstrecken. Derart eng waren diese Wolkenkuckucksheime angeordnet.

Manche der Annoncen wirkten so einladend, daß Stefan zusammen mit Flora hingehen wollte. Eine Maklerin zeigte ihnen eine Wohnung, die mit kitschigen Nacktbildern und plüschigen Möbeln vollgeräumt war. Sie zeigte auf eine rote Couch, die einer Vagina ähnelte, und juchzte: »Dieses Sofa erhalten Sie gratis dazu. Dieses Stück existiert nur zweimal auf der Welt.« Stefan murmelte: »Zum Glück!« Flora wäre gerne bereit gewesen, aus ihrer überbelegten Bleibe im Souterrain in eines jener Appartements zu wechseln, die ihnen angeboten wurden, doch dann begann Stefan, die Aufteilung, die Lage, die Heizung, die Ausstattung zu kritisieren, brachte ästhetische Kritik vor, der sie kaum widersprechen konnte, ja, sie hätte seinem Zorn gegen die spießige Architektur am liebsten zugestimmt, wenn es ihr nicht einfach um die nächstbeste Unterkunft, um irgendeinen sicheren Halt in diesem Land gegangen wäre.

»Das ist es nicht«, sagte Stefan jedesmal. Bloß in ein Objekt hatte er sich verguckt. Es war eine Wohnung in einem Altbau, deren Salon mit einem Erker auf einen ruhigen Platz und deren Schlafzimmer in den Innenhof des Hauses ging. Eine Adresse im siebenten Bezirk, am Spittelberg. Zudem war geplant, eine Wand zu durchbrechen, um den Zugang auf ein kleines Vordach zu ermöglichen. Eine winzige Terrasse mit Blick auf das Museumsviertel und die Hofburg. Eine Woche lang hoffte Stefan auf diese einmalige Gelegenheit, bis er beschloß, daß ihm die Miete zu hoch sei.

»Das ist es nicht«, sagte Stefan, und Flora schwieg. Er schien vergessen zu haben, weshalb sie ein neues Obdach brauchte. Sie sprach ihn nicht wieder auf ihre Not an. »Macht nichts«, antwortete sie bloß. Sie sei ohnehin nicht die Frau für Träume vom trauten Heim, und er habe eben erst eine Trennung hinter sich.

»Du darfst nicht zu schnell aufgeben«, versetzte Stefan: »Das wird noch.«

In dieser Nacht kehrten sie in seine Garçonnière ein. Zu Mitternacht schaltete er den Fernseher an, um Nachrichten zu schauen. Beide starrten sie in Massengräber, Leichen mit verrenkten Gliedmaßen, ineinander verkeilt, sahen zu Gerippen abgemagerte Gefangene, hörten, wie es Verwandten die Sprache verschlagen hatte, horchten den Erklärungen eines Reporters, dem Gerede eines Generals nach. Westliche Flieger seien aufgestiegen, um Frieden herbeizubomben. Zu sehen waren Menschen, die vor jenen einstigen Nachbarn flohen, die kürzlich selbst noch vertrieben worden waren. Eine Frau stand vor einem Karren, schrie in die Kamera. Sie suche ihr Kind.

Stefan und Flora saßen vor dem Gerät. Das Schweigen war zwischen sie getreten; im Dunkel des Zimmers loderte ein Krieg. Er wagte nicht, ihr ins Gesicht zu blicken. Flora setzte sich auf, als wollte sie gehen. Aber sie blieb, und nach dem Beitrag wurde von Innenpolitischem gesprochen. Stefan griff zur Fernbedienung und schaltete zu einem anderen Kanal. Hier spielte »Some like it hot«, und allmählich tauten sie wieder auf.

Danach sank sie zu ihm hinüber, fingerte unter sein Hemd, während seine Beine zu den ihren tappten. Zaghaft strich er über ihren Rücken, über den Nacken, und allmählich lösten sich die Spannungen. Alles zwischen ihnen war eine Lockerungsübung.

Floras Filmarbeit stockte. Es gelang ihr und Goran nicht mehr, die Passanten mit einer Flüchtlingsgeschichte einzufangen. Die Leute hasteten an ihnen vorbei, lächelten oder sahen durch sie hindurch und eilten weiter. Beide fürchteten sie in den letzten Tagen, zu aufdringlich und auffällig zu erscheinen. Irgendwie hatte sich die Stimmung auf der Mariahilferstraße verändert. Vielleicht war es der Herbst, der sich auf die Stadt senkte.

Goran schaffte es nie, die richtige Distanz zum Geschehen zu finden. Zu nah durfte er anfangs nicht sein, da die Kamera ansonsten zu früh gesehen wurde, doch wenn er weit entfernt stand, konnte er Flora nicht schnell genug nachfolgen. Und immer häufiger drohten manche: »Gleich hol ich die Polizei!« Sie hielten Ausschau, blieben vorsichtig, denn sie hatten ausgemacht, eine Szene lieber abzubrechen, als irgend etwas zu riskieren. Bei Gefahr hatten sie vereinbart, in verschiedene Richtungen zu verschwinden.

Flora sah sie zuerst. Ein Uniformierter löste sich aus dem Gedränge, preschte auf sie zu, und sie versuchte Goran ein Zeichen zu machen, nicht zu bestimmt, damit er nicht entdeckt würde, doch deutlich genug, um ihn zu warnen. Sie begann Grimassen zu schneiden, und er, der überhaupt nichts verstand, lachte auf, glaubte an einen ihrer Späße, näherte sich gar, um alles aufzunehmen, und erst als sie den Kopf schüttelte, die Augen geweitet, setzte er den Apparat ab. In diesem Moment erblickte Flora noch drei weitere Beamte, die hinter Goran auftauchten. Sie waren eingekesselt.

Sie mußte an Stefan denken, an all die Wohnungen, die er besichtigt, aber verschmäht hatte, an die romantischen Abendessen mit ihm, und diese ach so köstlichen Speisen stiegen gallig in ihr auf.

Gemächlich näherte sich die Truppe, zog den Kreis enger. Die Polizisten wußten, daß ihnen die Beute sicher war, da erkannte Flora Thomas Wandruschka. Sie hatte von Anfang an mit Denunziation gerechnet, obschon nicht von dieser Seite. Hanno Geiss hatte aber mit seiner Begeisterung für ihre Arbeit vielleicht den Neid des Kollegen geweckt. Der Professor wollte Floras Arbeit ins Zentrum einer Ausstellung stellen, Wandruschkas Video hingegen nicht.

In diesem Moment trafen sich ihre Blicke, und Tom Wandruschka eilte voran, rief einem der Uniformierten irgend etwas zu. Die Gruppe hielt inne, und Flora hörte: »Eine Studentin der Akademie, wirklich, eine Kollegin von dir?«, da winkte sie Goran heran, formte mit Daumen und Zeigefinger ein Objektiv, und so gingen sie auf den Hauptmann zu, die Kamera geschultert. Sie stellte sich hin, breitbeinig, frischte ihr Lächeln auf und sagte, nicht ohne einen Anflug von Spott: »Verzeihung, sind Sie bereit, unseren Zuschauern zu sagen, ob Sie illegalen Flüchtlingen helfen würden?«

Der Einsatzleiter linste unter der Kappe hervor, auf die Frau blickte er von oben herab. Er kostete eine Schrecksekunde aus, dann: »Sehr lustig.« Danach trat er auf Goran zu, besah die Kamera und stutzte über die Plakette »Filmakademie Wien«. Nun war der Polizist überzeugt, auf Studierende der Universität gestoßen zu sein. Flora sagte: »Hallo, Tom, könnten die Herren in Grün uns nicht vielleicht ein Interview geben?«

Der Polizist beachtete sie nicht mehr, wies seine Untergebenen auf ein Paar hin, das vor dem Aufgang der U-Bahn stand, und die ganze Einheit setzte sich in Bewegung, lief los, Tom folgte, nicht ohne ihre Schulter mit der Hand zu streifen. Ein letzter Gruß.

Danach kehrten sie heim, zittrig. Flora konnte nicht mehr aufhören zu lachen, doch Goran stierte stumm vor sich hin. Dann schrie er sie an, sie solle endlich still sein, ja, diesmal hätten sie noch einmal Glück gehabt, und zwar mehr als Verstand, aber wie sollte es weitergehen, was, denke sie, werde das nächste Mal geschehen? Ja, er habe Angst, wenn er Uniformierte sehe. Er übergab sich, keuchte in die Klomuschel. Nachher sagte er, nein, er müsse nicht zum Arzt. Er fühle sich nicht schlecht. Er fühle sich überhaupt nicht mehr. In ihm sei alles leer. Es sei, als verschwinde er, als löse er sich bei lebendigem Leib auf. Wie lange noch?

In dieser Nacht begann er wieder vom Krieg zu träumen, sah sich vor den Leichenhaufen, zwischen denen er sich einst verirrt hatte, hörte seine Schwester nach ihm rufen, wachte auf mit einem Schrei, und die anderen, die im Raum schliefen, schreckten hoch und brüllten, er möge ruhig sein. Flora rekelte sich aus ihrem Bett, schlich zu ihm hinüber, streichelte ihn, deckte ihn zu, sagte, es sei nichts, bloß ein Traum. Aber Goran schüttelte den Kopf, umfaßte sie, und sie fuhr durch seine Locken, während er weinte, von den Gruben stammelte, ausgehoben von Dorfbewohnern, vom Schaufeln der eigenen Gräber, von zwei Schwestern am Rande, Mädchen, an denen sich die Mörder vergangen hatten, einer nach dem anderen, vom verblutenden Vater, der noch gezwungen worden war, der Vergewaltigung seiner Töchter zuzuschauen …

In dieser Woche weigerte sich sein Chef, ihm den versprochenen Lohn auszuzahlen, und speiste ihn mit einem Bruchteil ab. Goran war über die Hilfsarbeiten in einem kleinen Fotoshop glücklich gewesen, aber wie sollte er, der Fremde, der Illegale, nun gegen den Betrug protestieren?

Niemand, so Goran, habe im Betrieb für ihn Partei ergriffen, nicht die Frau des Besitzers und ebensowenig ein junger Angestellter, Herwig, der bisher freundlich zu ihm gewesen war. Als Goran sich beschwerte, dabei den Chef ein Arschloch nannte, fuhr ihn Herwig an: »Bei uns in Österreich wird nicht geschimpft.«

»Scheiß auf Österreich«, antwortete Goran, worauf der Chef donnerte, wenn es ihm hier nicht passe, dann könne er ja zuschauen, wo er bleibe; er brauche sich im Fotoshop gar nicht mehr blicken lassen, auf, auf, er solle abhauen. Einmal müsse Schluß sein.

Bloß den Hund dort, so Goran, vermisse er. Big dog, so heiße er, habe ihn täglich in der Früh umtanzt und ihn an seinen Meda erinnert, den er in Serbien hatte zurücklassen müssen. Vielleicht hätte ihn so eine Promenadenmischung ein wenig über seine Verluste hinwegtrösten können. Aber wie sollte er, ein Illegaler, sich ein Haustier halten?

Flora konnte nichts mehr hören, nichts von Gorans Alpträumen, nichts von seinen Geschichten, nicht, wie er auf den Hund gekommen war, nichts von seinen schrecklichen Erinnerungen und nicht sein Schreien in der Nacht.

Stefan gegenüber erzählte sie kein Wort über ihre Erlebnisse oder ihre Sorgen, denn sie hoffte, er würde von sich aus begreifen, daß sie seine Hilfe brauchte. Sie wartete auf seine

Fragen, wartete, er möge sich erkundigen nach ihren Ängsten und nach ihrer Situation. Stefan hingegen blieb still. Er wollte nicht indiskret erscheinen und dachte, sie werde ihm schon mitteilen, was sie ihn wissen lassen wollte. Im übrigen gingen ihnen die Gesprächsthemen nicht aus. Immer wieder berichtete er ihr von Herbert Kerber, und sie konnte nicht genug hören von seinem Patienten.

Flora sagte: »Wo ich herkomme, würde der Alte gar nicht auffallen. Die Krankheit ist dort jetzt eine Epidemie. Alle sind da eingefroren in der Vergangenheit.«

Sie redeten vom Krieg.

»Warum erzählst du nie von dir?« wollte er wissen.

»Warum fragst du nie?«

»Jetzt frage ich.«

»Wozu?«

Er zuckte mit den Schultern.

Es sei eng im Land, sagte er, und sie glaubte, er würde jetzt von ihren Schwierigkeiten reden, von Ausländergesetzen, von der Hetze, doch Stefan sagte, die Regierung stecke fest, die Rechten seien im Aufwind. Ein Minister habe angekündigt, an einer Gedenkfeier ehemaliger SS-Verbände teilzunehmen. Sie hörte ihm zu, und es war, was er ihr erzählte, durchaus nicht uninteressant. Wie lange noch?

7 »Das ist Geschichte. Das läßt sich nicht ändern.« Hans Kerber riß den Zuckerbeutel auf, ließ den Inhalt in den Schwarztee rieseln. Um sie das Treiben des Kaffeehauses. Beamte aus den nahen Ministerien in der Mittagspause, vereinzelt Studenten in Bücher vertieft, ein Liebespaar ineinander verschränkt, feine Damen, die sich bei einer Melange von ihren Einkäufen in der Inneren Stadt erholten. Drei Ober hasteten zwischen ihnen umher, nahmen Bestellungen auf, jonglierten ihr vollgeräumtes Tablett von einem Tisch zum anderen. Die Espressomaschine fauchte. »An der Vergangenheit hege ich keinen Zweifel. Vater war SS-Untersturmführer. Über seine Gegenwart bin ich mir nicht im klaren.« Hans griff zum Milchkännchen und sagte, er habe nicht zu Hause und keinesfalls vor Bärbl reden wollen. Ihr fehle die notwendige Gelassenheit. Deswegen seine Bitte, Stefan möge ins Café kommen.

In jüngster Zeit, sagte Hans, suche er den Vater täglich auf, um nach dem Rechten zu schauen. Abends, nach der Arbeit. Der Alte schien in guter Verfassung zu sein, deshalb sei Hans sicher gewesen, daß seine Schwester ihre Verhöre aufgegeben habe. Aber vorgestern war er morgens nicht ins Ministerium gegangen, sondern unangemeldet in der Lehárgasse aufgetaucht. Er überraschte Bärbl und den Vater wieder im Vernehmungszimmer.

Es sei schrecklicher gewesen als beim letzten Treffen. Sie habe nun ein Brusthalfter umgeschnallt, darin eine Pistole. Keine Attrappe, kein Plastikspielzeug, nein, eine alte Browning, ungeladen zwar, doch immerhin. Allein die Art, wie sie die Waffe trug, sei eine Drohung; die Vorwegnahme einer Hinrichtung.

Der Ober wollte abkassieren. Hans reichte dem Kellner die Scheine, ohne ihn eines Blickes zu würdigen. »Nicht deshalb jedoch bat ich dich hierher«, er nahm einen Schluck vom Tee. »Gestern besuchte ich Vater wieder. Er lächelte, als er mich sah, und sagte: ›Grüß dich, Hans.‹ Er grinste dabei.«

Stefan schrägte den Blick. Ob er sich nicht verhört habe?

»Nein, ich fragte, ob er mich erkenne, worauf er schmunzelte. ›Glaubst du etwa, ich leide an Gedächtnisschwund?‹ In diesem Moment trat Bärbl ins Zimmer, und er fragte, wie jedesmal, wer sie sei, freute sich, die Cousine seiner Franzi kennenzulernen … Alles wie gehabt. Aber als sie aus dem Raum ging, sprach er wieder zu mir, sprach mich neuerlich als Hans an.«

»Er hat dich also erkannt.«

»Vater sagte: ›Jetzt sind wir in Sicherheit, Hans.‹«

»In Sicherheit?«

»Ich fragte: ›Willst du mich für dumm verkaufen? War das alles nur eine Lüge?‹«

»Wozu ihm Vorwürfe machen? Begreifst du denn nicht? Das Mnemocin beginnt zu wirken. Er weiß, wer du bist, Hans«, erklärte Stefan: »Bärbl ist ihm noch fremd, womöglich wegen ihrer Frisur. Das wird sich bessern …«

Hans winkte ab: »Hör zu. Er fragte, weshalb ich ihn der Lüge bezichtige.«

»Zu Recht.«

»Unterbrich mich nicht. Im selben Augenblick kam Bärbl wieder herein, und er sagte: ›Das wichtigste ist die Familie, Hans‹, worauf sie beinah ihr Tablett zu Boden fallen ließ. Er meinte bloß: ›Kennt ihr einander bereits? Das ist Hans, mein Cousin.‹ Verstehst du? ›Mein Cousin‹. Er benahm sich, als hielte er mich für seinen Vetter. Der hieß Hans. Er kehrte aus der Kriegsgefangenschaft nie mehr heim. Ich bin nach ihm benannt.«

Stefan Sandtner schob die Unterlippe vor, schwieg. Er zuckte die Achseln und löffelte seine Melange, sah dabei an Hans vorbei. Dann sagte er: »Womöglich tauchen in ihm bereits Bilder der Gegenwart auf, die sogleich von Figuren der

Vergangenheit überblendet werden«, und dann: »Zumindest eine Veränderung.«

Hans nippte vom Tee, schüttelte den Kopf. Nein, er glaube nicht an eine wundersame Genesung. »Du hättest ihn sehen sollen. Sein Schmunzeln, als er mich ansprach. Der Wechsel in der Stimme, sobald Bärbl dabeistand. Er simuliert.«

Aber, wandte Stefan ein, weshalb sollte Herbert Kerber lügen. Er leugne seine SS-Zeit ja nicht, im Gegenteil; er stecke eben im Jahr neunzehnhundertfünfundvierzig fest und rede fortwährend von seinen Verbrechen, von seiner Vergangenheit.

Hans schwenkte leichthin den Kopf: »Du kennst ihn eben nicht. So ein Schwindel wäre ganz nach seinem Geschmack. Indem er bereitwillig von seinen Untaten zu plaudern vorgibt, kann er den Verdacht zerstreuen, bloß eine Krankheit vorzutäuschen. Dann kann keiner auf die Idee kommen, er verstelle sich. Und bei einem etwaigen Verfahren wirkt er um so weniger verhandlungsfähig. Wenn er als Kranker seine Rolle im Massenmord beschönigt und seine Verantwortung verkleinert, lügt er nicht einmal, sondern deliriert nur.«

Stefan verzog den Mund: »Die Vorstellung, er hätte alles, was wir an ihm beobachten, bloß arrangiert, ist mir allzu billig. Bärbl und du, euch wundert nicht so sehr, daß euer Vater ein SS-Mann war, sondern ihr unterstellt ihm noch schlimmeres, als er zugibt. Es ist, als wäret ihr ein wenig enttäuscht, daß er nur ein Mörder war und keine wahre Nazigröße.«

»Blödsinn.« Hans rümpfte die Nase. Er blickte auf die Uhr, nahm einen weiteren Schluck Tee. Er müsse bald wieder ins Ministerium. Der Druck im Büro nehme zu, seitdem bekannt sei, daß sein Vorgesetzter in Pension gehen und der Posten frei werde. »Als wir aufs Land fuhren ... mit Vater. Ich erzählte dir davon. Traudl und der Junge schliefen bereits, und wir saßen noch zu zweit ...«

»Beim Wacholderschnaps«, setzte Stefan hinzu.

»Genau. Vater war panisch vor Angst. Wegen neuerer Forschungen. In jener Nacht sprach er davon. Er, als Arzt, könnte ja verrückt spielen, meinte er. Verstehst du? Er zog in Betracht, ein geistiges Gebrechen vorzutäuschen. Bereits damals.«

»Blödsinn«, sagte Stefan.

»Na klar. Dieser Gedanke schmeckt dir nicht. Denn dann könntest du deine ganze Untersuchung vergessen.«

»Dein Vater ist krank. Finde dich damit ab, Hans. Der Übergang zwischen Simulation und Ausbruch einer psychischen Krankheit kann fließend sein. Aber sein Gedächtnisschwund ist deswegen nicht weniger real.« Möglich, daß der Greis gefühlt hatte, wie er vom Vergessen allmählich erobert worden war. In diesem Falle, meinte Stefan, sei es verständlich, wenn ein alter Mensch die Angst vor dem Gedächtnisschwund negieren und sich statt dessen einreden wolle, daß seine Fähigkeiten gar nicht schwinden würden, er vielmehr bloß absichtlich vortäuschte, sich nichts merken zu können.

Hans zuckte die Achseln: »Gewiß, das ist alles nicht gänzlich auszuschließen.«

»Auf jeden Fall«, so Stefan, »muß die Therapie fortgesetzt werden. Er braucht regelmäßig die vorgeschriebene Dosis und viel Ruhe. Du mußt dafür sorgen. Wenn Bärbl ihn unter Druck setzt, ihn überanstrengt, ihm in ihrer Ungeduld zu viel von dem Mnemocin einflößt, kann das schädlich sein.«

»Ich verstehe.« Hans mußte ins Ministerium zurückkehren. Stefan blieb im Café Bräunerhof sitzen, las Zeitungen. Nach einer halben Stunde brach auch er auf. Als er durch die Bräunerstraße schlenderte, kam ihm Paul Guttmann entgegen. »Herr Doktor, wie geht es Ihnen?«

Stefan erzählte, daß er den alten Kerber behandle und sich mit den beiden Geschwistern herumplage.

»Noch immer? Wieso denn? Ich hoffte, Sie würden sich nicht in deren Familienwirren verstricken. Konnten Sie wieder nicht nein sagen, Herr Doktor?« Er legte den Kopf schief: »Versuchen Sie doch nicht, zu gut zu sein.«

»Ich? Zu gut? Wo denken Sie hin?«

Guttmann faßte Stefan am Arm, und er sprach langsam, als diktiere er ihm einen Satz: »Hören Sie, Herr Doktor. ›Zu – gut‹ ist im Winter nur die Tür!«

Paul Guttmann blickte auf die Uhr, schlug sich mit der Hand gegen die Wange, dann: »Bereits so spät. Ich muß weiter. Bleiben Sie mir gesund, Herr Doktor.« Guttmann eilte los, drehte sich nach einigen Schritten wieder um, winkte Stefan noch einmal zu, danach bog er in eine Gasse, hastete dem Auktionshaus, dem Dorotheum, entgegen. Lief die hohen Räume entlang an alten Vitrinen, in denen ausgestellt wurde, was versteigert werden würde. Er mühte sich die breiten Treppen hoch.

Hierher war er früher nie allein, sondern nur gemeinsam mit Dinah gegangen. Zusammen hatten sie die Broschüre, die ihnen das Dorotheum zugesandt hatte, durchgeblättert und jene Bilder angekreuzt, die sie ersteigern wollten. Anfangs war er von Naturszenen angezogen gewesen, und Dinah, froh über seine neue Leidenschaft, hatte sich nicht eingemengt, ihn vielmehr gewähren lassen. Sie war nicht einmal eingeschritten, als er mit ihr eine Galerie besucht und den Sammler gefragt hatte: »Wieviel kostet dieses kleine Bild hier?«

»Wir verlangen dafür zwanzigtausend.«

»Zwanzigtausend für ein Stück, das so klein ist. Was müßte ich dann erst für eines der großen hier bezahlen. Etwa für jenes.«

»Zweitausend.«

»Wirklich?« hatte Paul Guttmann, der Grossist, frohlockt und Dinah zugezwinkert, als habe er soeben ein ungeheures Schnäppchen, eine Mezie entdeckt, »dann geben Sie mir fünf davon.« Ihm war nicht entgangen, daß ihre Wangen sich gerötet hatten. Sie waren beide darüber hinweggegangen. Sie, um zu ihrem Mann zu stehen und um ihn nicht dem Spott des Kunsthändlers auszuliefern. Er hingegen aus Trotz und Stolz gegenüber dem Dünkel des Verkäufers.

Bald waren die Wände ihrer Wohnung mit Hirschen und Förstern, mit üppigen Mägden und kernigen Knechten ausgekleidet. Manche ihrer Freunde, welche die Familie Guttmann in jenen Monaten des Jahres neunundsechzig besuchten, wunderten sich über das Wohnzimmer, über das merkwürdige Gemisch aus Channukahleuchter und Schabbathkerzen, aus Dinahs Designmöbel im amerikanischen Stil der Sechziger und aus seinen eigentümlich zünftigen Einkäufen.

Ohne ihr Zutun wandelte sich sein Geschmack, und sie beobachtete, wie eine neue Leidenschaft in ihm aufloderte, er von einer Ausstellung zur nächsten dampfte. In Hochdruck. Seine Vorlieben durchliefen die Kulturgeschichte, und ehe er sich versehen hatte, begeisterte er sich für flämische Meister, studierte die Impressionisten und geriet an den Wiener Jugendstil. In diesen Wochen verweilte er nicht wie sonst bloß in seinem Geschäft. Ein Bild, das er in einer Galerie erblickt hatte, wollte ihm nicht mehr aus dem Sinn. Er begann es zu umschwirren, in jeder freien Minute anzupeilen, suchte es immer wieder von neuem auf, bis er erkannt hatte, daß er es um sich haben mußte.

Als er es erstanden und heimgebracht hatte, stellte er es auf, rief Dinah heran, zeigte ihr, was ihm da eingefallen war. Sie betrat zögerlich den Raum. Worin hatte er sich diesmal bloß hineingesteigert? Guttmann erwartete das Urteil seiner Frau, und insgeheim schwor er sich, daß, falls sie seine Wahl mißbilligte, er nie wieder ein Gemälde kaufen, nicht mehr in eine Kunsthandlung gehen und seine neue Passion ein für alle Mal aufgeben werde. Beim Erwerb der anderen Werke hatte er nicht viel darauf gegeben, was sie von ihnen hielt. Erst jetzt, da er kein Geld, sondern Gefühle investiert hatte, wollte er ihren und nur ihren Richtspruch hören.

Dinah schaute auf das Bild, dann auf ihren Paul, blickte hin und her. Er wäre beinah erstickt an ihrem Schweigen.

Dinah sagte: »Wunderschön.« Sie setzten sich beide davor, auf das Sofa, sahen gemeinsam hinauf, besprachen die Farben, die Linienführung. Er erzählte ihr, was er sich über Leben und Denken des Malers angelesen hatte, trug ihr vor, was ihr, der einstigen Kunststudentin, ohnehin bekannt war, und sie lauschte ihm, ließ ihn zu Ende reden, um dann zu sagen: »So, und jetzt, da du gute Bilder kaufen willst, sag mir, was mit dem restlichen Schund hier geschehen soll.«

Das war Jahrzehnte her, und Guttmann war im Laufe der Zeit durchaus zu einem Liebhaber der Wiener Moderne geworden. Er hatte dabei nie beansprucht, ein Kunstexperte zu sein, aber niemand lächelte mehr über seine Auswahl, seine Gemälde, über die Ausstattung der Wohnung. Im Gegenteil. Wer seinen Salon betrat, dämpfte die Stimme, flüsterte, als könne jedes allzu schrille Wort die Werke beleidigen. Was ihn in den Augen vieler beliebt machte, war seine bescheidene und stille Art. Er protzte nicht mit seinem Geld, wurde nicht hochmütig. In Wahrheit, so dachte Guttmann, würde er in den Augen der Wiener Szenerie ohnehin nie zu einem wahren Kenner werden, sondern letztlich ein kleiner Ostjude bleiben.

Mischa verachtete dieses Gemenge aus Anmaßung und Ignoranz. Um dieser Gesellschaft zu entkommen, um nicht hinter jeder Freundlichkeit und nicht hinter jedem Ärger ein Vorurteil vermuten zu müssen, hatte er seine Geburtsstadt verlassen. Er war im Jahre sechsundachtzig ausgewandert, kurz nach dem Wahlkampf um Kurt Waldheim, aber nicht der antisemitischen Töne wegen, die in jener Zeit zu hören und zu lesen waren. Mischa hatte in Österreich promoviert und sich um eine Stelle an der Kardiologie beworben; zum Entzücken seiner Eltern war er sogleich angenommen worden, doch als er, um letzte Formalitäten abzuklären, ins

Krankenhaus geeilt kam, hatte ihn die zuständige Dozentin beschieden: »Ich freue mich so sehr. Endlich werden wir hier wieder einen guten jüdischen Arzt haben.« Zwei Wochen später hatte er den Flug nach Israel gebucht.

Mischa war ein Kleinkind gewesen, als sein Vater von Dinah zur Leidenschaft für die Malerei und zum Sammeln angesteckt worden war, doch obgleich der Tel Aviver Kardiologe die Bilder der Eltern schätzte, wäre er nie auf die Idee gekommen, ebenfalls Werke der Wiener Jahrhundertwende in seine Zimmer zu hängen. Er schmückte seine Wohnung mit Gemälden junger israelischer Künstler, mit den Studien jener, die er kannte, deren Arbeit, Ausdruck und Ernsthaftigkeit er respektierte. Stefan Sandtner ahnte nicht, daß eine seiner Jugendskizzen, die bei seiner ersten und letzten Ausstellung präsentiert und gekauft worden war, nun ein Zimmer im Nahen Osten zierte, einen Raum, der im vormals jemenitischen Viertel der Küstenstadt lag. Zuweilen, wenn etwa ein Maler Mischa besuchte, wurde gefragt, von wem diese interessante Zeichnung stamme. »Stefan Sandtner«, antwortete hierauf Mischa, aber niemand hier kannte diesen Namen.

Paul Guttmann hatte in den letzten Tagen wiederholt mit seinem Sohn telefoniert, ihm erzählt, was er im Katalog des Dorotheums entdeckt hatte. Er wollte nicht hinter dem Rücken Mischas, sondern im Einverständnis mit seinem künftigen Erben handeln. Mischa hatte zögerlich erst, doch dann um so bestimmter eingewilligt. Der Vater möge seinem Wunsch nachgeben. Es sei richtig und gut so.

Paul Guttmann wollte sich jedoch erst kundig machen. Es ging um ein Bild, das ihm beim Durchblättern der Broschüre ins Auge gefallen war. »Es ist doch wohl lückenlos bekannt, wer es besessen hat«, fragte er den Sachverständigen des Auktionshauses, einen hageren Mann, der bei jedem Satz eifrig nickte, und er sah ein wenig aus, als schlucke er dabei. Seine Hände hielt er vor der Brust gefaltet, als bete er unaufhörlich: »Gewiß, zweifellos. Sie werden damit Freude haben.«

»Schön, daß Sie an mein Glück denken, aber es geht gar nicht um mich«, sagte der Alte.

»Nicht«, nickte der andere und nochmals: »Sie wollen es nicht?«

»Ich möchte es gerne erstehen, aber für eine Bekannte.«

»Soso? Das ist aber ein freizügiges Präsent.«

»Freizügig?«

»Großherzig, meinte ich, Herr Gutmann«, stotterte der Jüngere.

»Soso? Meinten Sie?« Guttmanns Gesicht gerann in ein Lächeln. »Er«, der Alte zeigte auf das Gemälde, »war mit einer Wiener jüdischen Familie befreundet. Sie besaß gleich mehrere seiner Bilder. Lange nachher wurde dann alles arisiert … die Familie deportiert … ermordet … Was soll ich erzählen … Das ist Geschichte.«

»Schrecklich«, sagte der andere.

»Aber«, sagte Guttmann, »meine Bekannte konnte flüchten. Als einzige.«

»Was, die lebt noch?«

Hinter dem Erstaunen dieses Mannes war keine Freude zu vernehmen gewesen, bloß die Irritation eines Experten, dem es allein um Ordnung ging und der alles haßte, was die Regeln bedroht, denn die Tatsache, daß Ada Herz, verehelichte Levinson, dem Morden entronnen und nicht gestorben war, konnte Verwirrung stiften im Ablauf der Geschäfte. »Es ist alles überprüft. Das ist rechtmäßiges Eigentum.«

Guttmann ballte sein Gesicht, verengte seine Augen, grinste seiden: »Davon bin ich restlos überzeugt.«

Guttmann schaute auf das Gemälde, atmete durch: »Sie mißverstehen. Dieses Werk gehörte nicht der Familie meiner Bekannten. Darum geht es mir gar nicht. Das ist doch das Dorotheum? Hier werden Versteigerungen durchgeführt?«

»Gewiß.«

»Na eben. Da bin ich beruhigt. Es handelt sich hier um nichts anderes, als daß es sich hier mit Bildern handelt.«

Mischa hatte erst nicht verstanden, weshalb er Ada mit solch Teurem aufwarten wollte. »Papa, Masel Tov, hast du vor zu heiraten? Nein? Warum dann dieses Hochzeitsgeschenk? Mir ist, als sollten wir eine Chuppah bestellen.« Doch dann, als von Adas Familie, von der Vergangenheit die Rede gewesen war, hatte er seinen Vater beinah dazu gedrängt, denn Mischa kannte Ada Levinson. Mit ihrem Mann war sie vor Jahren nach Wien gekommen, und er, damals Medizinstudent, hatte sie herumgeführt, ihnen die Straßen und Gassen jener Stadt gezeigt, in der sie aufgewachsen waren. »Papa, mach es, ich bitte dich. Deswegen brauchst du mich nicht zu fragen. Was soll ich dagegen haben. Im Gegenteil. Bei so einer Gelegenheit mußt du zugreifen.«

Er hatte Ada seit Wochen nicht angerufen, obwohl sie in loser Verbindung standen, seit ihr Ehemann David Levinson nicht mehr lebte. Er mußte in letzter Zeit häufig an sie denken, an die Zeit mit ihr nach dem Krieg. In wenigen Wochen würde sie ihren siebzigsten Geburtstag feiern, und er wollte sie überraschen, ihr seine Entdeckung, das Bild jenes Malers, präsentieren, dessen brüderlicher Vertrauter und Mäzen ihr Vater gewesen war. Guttmann wollte ihr das Werk gleichsam als Geschenk eines alten Freundes nach London mitbringen, vielleicht ebenso als Bestätigung seines Erfolges, seiner Karriere in ihrer Geburtsstadt Wien. Er war nicht bloß in diesem Land geblieben, um seinen Geschäften weiter nachzugehen. Er konnte dem Verbrechen ohnehin nicht mehr entkommen. An diesem Platz zu wohnen hatte für Guttmann geheißen, auf der Lauer zu bleiben, sich täglich der Niederlage der Mörder zu vergewissern und des eigenen Überlebens. Und warum sollte er das Gemälde denn nicht für sie erwerben? Er konnte es sich doch leisten.

Allein die Frage des Kunstexperten, »Was, die lebt noch?«, bestärkte ihn in seinem Vorhaben. Er würde diesem Schnösel zeigen, daß Ada und er, Paul Guttmann, noch lebten. Und wie. Paul Guttmann konnte zahlen, und mit ihm war weiterhin zu rechnen. Was einer wie er hier verloren habe, hatte Ada ihn damals gefragt, ehe sie ihn verließ. Was er von diesem Ort noch erhoffe? Das Kunstwerk sollte seine Antwort sein.

Sie hatten sich auf dem Naschmarkt verabredet. Nicht in jenem verglasten Stand, wo sie samstags zumeist einen Hühnersalat aßen und eine Melange tranken, sondern in einem türkischen Lokal genau gegenüber. In diesen zwei Pavillons fühlten sich Patrique Mutabo und Stefan Sandtner wohl und gut aufgehoben.

Vor Wochen waren sie an der U-Bahnhaltestelle Karlsplatz verabredet gewesen. Patrique hatte vor dem Aufgang unweit der Secession gestanden, und wie immer war Stefan zu spät dahergekommen und hatte sich vielmals entschuldigt.

Patrique war der einzige seiner Freunde, der auf sein Flehen um Verzeihung einfach nicht reagierte, sondern immer wartete, bis Stefan damit aufgehört hatte. Im Grunde empfand er die Unpünktlichkeit Stefans als Respektlosigkeit, die es nicht zu beschönigen galt, aber er wußte, daß es sinnlos war, Stefan deshalb Vorwürfe zu machen oder ihm gar zu versichern, wie es die meisten anderen taten, daß seine Nachlässigkeit nichts ausmachte. Mutabo wollte sich an Stefans Gesellschaftsspiel einfach nicht beteiligen, und deshalb überging er es normalerweise, feixte bloß ein wenig, aber diesmal, bei jenem Treffen am Karlsplatz hatte er gemeint: »Wenn du nicht zur rechten Zeit kommen kannst, dann mach dir keinen Treffpunkt auf der Straße mehr mit mir aus. Schon gar nicht an einem U-Bahnschacht vor dem Resselpark.« Der Platz war seit Jahren eine überaus unangenehme Gegend, ein Zentrum der Drogen und ein Ort einschlägiger Polizeiübergriffe. Stefan hatte versichert, wie peinlich es ihm wäre, aber der Freund hatte bloß den Kopf geschüttelt und abgewinkt. Es gehe hier, sagte Patrique, einmal nicht um Stefans Neurosen. Er möge gefälligst auf seine Situation in dieser Stadt Rücksicht nehmen.

Die Sommerwärme war dahin. Sie bestellten Adana-Sandwiches. Stefan erzählte von seiner Wohnungssuche, und Mutabo schmunzelte, meinte, es freue ihn, daß Flora und er zusammengefunden hatten, doch Stefan widersprach, es gehe nicht um eine gemeinsame Zukunft, vielmehr suche er bloß eine Wohnung. Flora brauche nur eine vorübergehende Bleibe.

»Sie ist das Beste, was dir je geschehen ist«, flüsterte Patrique, und als Stefan ihn erstaunt anblickte, dabei die Stirn runzelte, fuhr er fort: »Sonja paßte nicht zu dir. Du bist widersprüchlicher, als sie es je war.«

Das Essen wurde serviert. Stefan sagte: »Nun, ich hoffte mich an ihrer Seite ein wenig zu normalisieren, was immer das sein soll ... sie scheint überhaupt kein Problem damit zu haben, sich in diese Welt einzufügen.«

Patrique nickte. Er wußte, daß Stefan in dieser Stadt zwar aufgewachsen war, doch nicht in sie hineinwachsen konnte, und in gewisser Weise beruhigte ihn die bloße Gegenwart des Freundes. Stefan war hier geboren, war ein Einheimischer, nicht bloß ein Staatsbürger wie etwa Patrique, sondern einer, dessen Zugehörigkeit zu diesem Land von niemandem hätte angezweifelt werden können, und dennoch schien er ein Fremder zu bleiben. Nicht seines Geburtsortes wegen und nicht aufgrund der Vorstellungen anderer Landsleute, wie ein echter Österreicher auszusehen hatte.

Patrique war als Kind in dieses Land geraten, als Sohn eines Diplomaten, und der kleine Junge aus Kinshasa war nicht auf Ablehnung gestoßen in jenen frühen Jahren, eher war es eine merkwürdige Einfalt, ein kindliches Erstaunen gewesen, die ihm und seiner Familie entgegengeschlagen waren. Die Einheimischen, die Eingeborenen dieses binneneuropäischen Landes, hatten den kleinen Patrique umtanzt, einander kichernd angestoßen, mit Fingern auf ihn gezeigt, und es war gar vorgekommen, daß Älpler in der Straßenbahn das krause Haar und die Haut befühlt hatten, als wären sie auf ein kleines schönes Tier, auf eine niedliche Affenart getroffen. Es war eine Begegnung mit Großwild, eine zoologische Exkursion, eine Safari auf der Kärntnerstraße gewesen.

Damals hatten alle ungeniert vom Neger geredet und sich nichts Böses, ja, gar nichts dabei gedacht. Er war für sie ein putziger Negerjunge gewesen.

Eben weil Patrique Mutabo hier aufgewachsen war, die Sprache kannte, wußte er um ihre Nuancen, kostete aus, was die verschiedenen Worte bedeuteten, was in ihnen mitklang. Er verstand wohl, was auf gut deutsch gemeint war, wenn etwa einer dem anderen sagte, er sei doch nicht dessen Neger, sei kurzum nicht sein Sklave, keiner der niedlichen Diener in Livree mit blütenweißen Handschuhen und filzrotem Fes.

Vor kurzem erst; ein Mann hatte den Kellner im Lokal herangeherrscht, hatte in Patriques Anwesenheit gegrölt: »Hören S', Herr Ober, was soll denn der Negerschweiß in meiner Tasse?«, und Mutabo, unfähig, sich zurückzuhalten, war aufgesprungen, um den Mann zur Rede zu stellen; im heimischen Tonfall: »Was haben S' g'sagt?«, doch der Ober hatte ihn aufgefordert, kein Aufsehen zu machen: »Ich bitt' Sie. Das ist halt so ein blöder Spruch.«

»Ein sehr blöder Spruch«, so Patrique daraufhin, aber ihm war nicht entgangen, daß niemand im Lokal sich aufgerafft hatte, ihn zu unterstützen.

»Was weißt du von Flora? Du tust ja gerade so, als wärst du mein Vater und meine Mutter in einem. Was ist denn mit deiner Liebe? Was ist mit Alice? Zieht ihr etwa zusammen? Solange deine Freundin in Brüssel lebt, solltest du dich mit Ratschlägen zurückhalten.«

»Ich würde sofort mit Alice zusammenwohnen, wenn

ich könnte. Aber sie will nicht nach Wien und ich nicht nach Brüssel.«

»Pech auch, was«, lachte er über das merkwürdige Dilemma, in das Patrique Mutabo geraten war, obschon Stefan begriff, daß er gewiß nicht konsequenter wirken mochte, denn je enger die Beziehung zu Flora Dema wurde, um so heftiger dachte er wieder an Sonja Kramar, sehnte er sich danach, sie anzurufen. Womöglich war die Affäre mit Professor Kahlbauer bereits ausgestanden. Vielleicht bedauerte sie es mittlerweile, ihn verlassen zu haben. Es war ein wenig wie mit den Wohnungen, die er besichtigte. Gefiel ihm eine, trat er innerlich zurück, als brauche er mehr Distanz, um sie besser sehen zu können. Wenn er besonders begeistert war, erinnerte er sich an eine zweite, die ihm ebenfalls zugesagt hatte. War es ihm mit der Malerei und der Medizin anders ergangen?

Alice, Patriques Freundin, arbeitete als klassische Sängerin in Brüssel, aber ausgerechnet diese Stadt mied er, denn dort lebten zwei Schwestern, eine Tante und zwei Neffen, ja, mehr oder weniger die halbe Familie, und er wollte nicht in ihren Bannkreis gelangen.

Die Mutabos waren vor mehr als hundert Jahren aus dem Süden Afrikas in den Kongo eingewandert, hatten sich in den Minen des Landes hochgearbeitet, es zu Ansehen und Geld gebracht, aber erst Patriques Vater war in Staatsämter aufgestiegen, hatte die ganze Verwandtschaft mitgerissen auf seinem Weg nach oben. In den siebziger Jahren war er nach Wien aufgebrochen, um den jungen Staat als Diplomat zu repräsentieren, hatte die Frau, seine Kinder, eine Schwester und ihren Mann mitgenommen. Wie begeistert war Joseph Mutabo von dem sozialen Wohlfahrtssystem, von der Republik, von der Persönlichkeit des damaligen Kanzlers Bruno Kreisky gewesen!

Ende der siebziger Jahre hatte Joseph Mutabo es gewagt, Kritisches über die Verhältnisse in Kinshasa zu äußern. Von einer Rückkehr war ihm eindringlich abgeraten worden, weil ihm Kerker, vielleicht gar Schlimmeres drohte, und später, als ihm von offizieller Seite, von einstigen Kameraden im Kongo, versichert worden war, er müsse um seine Sicherheit nicht mehr fürchten, hatte er dennoch die Rückkehr vermieden, um nicht von der Gnade niederträchtiger Schufte abzuhängen. Deshalb das Verweilen der Familie in Wien, in einem provisorischen Exil, doch in diesem Land war die Stimmung während der Achtziger umgeschlagen und der Haß auf alles, was nicht bodenständig schien, aufgeschäumt.

Dann der Umzug nach Brüssel, der verzweifelte Versuch, dort Fuß zu fassen, bloß Patrique blieb in Österreich, um die Schule zu beenden. Der Vater aber überlebte den gesellschaftlichen Absturz nicht, er erlag in Belgien, in der Fremde, einem Schlaganfall, und so stürzte Joseph Mutabo die Familie, die er einst zu Ehre und Macht emporgetragen hatte, mit seinem Tod ins Elend. Patrique konnte mit seinem Vater vor dessen Tod nicht noch einmal sprechen, er reiste erst zum Begräbnis an.

Nein, er wollte nicht mehr nach Brüssel; nicht einmal Alice zuliebe. »Vielleicht wäre es das beste, wir würden zu zweit nach Paris ziehen«, meinte er. Theo Alexandrus, der jüngere Sohn des griechischen Gemüsehändlers, stürmte herein. Nicht wenige gingen zum Stand dieser Marktfamilie und kauften hier ein, um den Vater, Georgios Alexandrus, zu treffen, um sich eine seiner alten Geschichten erzählen zu lassen, um zu hören, wie einst ein Mann oder eine Frau in Griechenland mit einem Problem fertig geworden war, das jenem ähnelte, welches sie nun quälte. Die Tomaten oder Gurken, die ihnen Georgios dabei auflud, nahmen sie in Kauf. Die Alexandrus stammten aus einem Dorf in Zypern. Hier hatten sie seit jeher gelebt, und der Großvater war Bürgermeister gewesen, der Vater Schuldirektor, doch vor wenigen Jahrzehnten waren eines Tages türkische Truppen in den Ort eingefallen, hatten alle Griechen mit einemmal vertrieben; in Friedenszeiten, wie Georgios hinzuzufügen nie unterließ. Sie hatten die Leute aus den Häusern gejagt, hatten jene, die sich zu wehren wagten, niedergemacht. Dabei, so meinten manche Standler, sei wohl Georgios zum Krüppel geprügelt, ihm sein Unterschenkel zerschmettert worden. Seit jener Zeit humpele er und müsse eine Prothese tragen. Seit jener Zeit hatten die Alexandrus den Boden unter den Füßen verloren, waren sie aus dem Tritt gekommen und in die Fremde verschlagen worden. Seit jener Zeit lag ein Fluch auf dem einstigen Heimatdorf, nichts konnte hier gedeihen, nichts mehr hier reifen, die Heimat war zu einer einsamen Ödnis verdammt, zum Niemandsland verhext worden, zur Geisterstadt.

Der Geschäftsmann der Familie war Theo, und allein dessen Charme wegen kamen viele, nicht bloß Frauen, um in dem Laden einzukaufen, doch anders als sein Vater verlor der Sohn sich nicht in Plaudereien, sondern wußte zu handeln, sorgte bereits am klammen Morgen für die beste Ware, richtete die Bude aus, lockte mit seinen Späßen die Kunden an, zog noch nachts durch die Lokale der Stadt, um Spezialitäten an feine Restaurants zu liefern und Partys mit frischen Lebensmitteln auszustatten. Wer zu Georgios, dem Einbeinigen, kam, lauschte dem Alten, kostete von seinen Erinnerungen, doch jene, die Theo aufsuchten, wollten vergessen, wollten verführt werden vom Zauber des jungen Mannes.

Ob er sich hinsetzen dürfe, fragte Theo. »Wir bitten darum«, rief Stefan, und Patrique machte Platz. Im Herbst suche er gerne dieses türkische Restaurant auf, sagte Theo. Im Sommer hingegen, klettere er zuweilen auf das Dach ihres Markstandes. Hier lag er in der Sonne; unter freiem Himmel und doch im Verborgenen. Er hatte eine Matratze, ein kleines Tischchen und sogar einen Klappsessel hinaufgestellt. Von dort konnte er auf das Treiben hinunterschauen, ohne daß ihn irgend jemand bemerkte. Er sah Frauen auf seinen Stand zugehen, sah Verkäufer der anderen Geschäfte, beobachtete, wie sie untereinander stritten, hörte, wer nach ihm fragte, horchte den Anpreisungen seiner Kollegen zu, lauschte dem Feilschen und Flirten unter ihm, den Worttrümmern der Masse und bekam manch nahes Gespräch von oben mit. Niemand bemerkte ihn dort, keiner ahnte, wo er war, außer manche seiner Freunde, die er manchmal heraufgeholt hatte. Schon als Junge hatte er oft hier oben gesessen – wie Şirin, die Tochter des türkischen Nachbarstandes. Sie hatten einander von Kupferdach zu Kupferdach Nachrichten zugeworfen, Grimassen geschnitten, den Menschen unter ihnen, Bekannten und Unbekannten, Verwandten und Fremden, Streiche gespielt.

Er mochte diesen Flecken, sagte Theo, hier fehle ihm nichts. Nein, er wollte nicht nach Paris und nicht nach Brüssel, nicht nach Athen und nicht nach Saloniki. Diese Essensmeile, dieser Tummelplatz, war seine eigentliche Heimat, »komplett sogar«, und nicht Griechenland und nicht Österreich.

Hier herrschten eigene Gesetze; seit Generationen. Nichts wußten Stefan, Patrique und Theo von den Fratschlerinnen, den Handelsfrauen, die im neunzehnten Jahrhundert die Herrscherinnen des Marktes gewesen waren. Nichts von der Krawall-Minnerl, von der Haverschesser Mariedl. Einst hatten die kleinbürgerlichen Greißler gewettert gegen diese proletarischen Obstlerinnen und Kräutlerinnen, die frühmorgens zur Stadtgrenze gehastet waren, den Bauern entgegen, um ihnen ihre Ware billig abzunehmen, während die niedergelassenen Krämer noch unter ihrer warmen Tuchent gelegen hatten.

Die damaligen Standlerinnen kannte Theo zwar nicht, aber als ihn Stefan Sandtner nicht ohne einen zweideutigen Unterton nach Şirin fragte, tat der junge Alexandrus, als habe er die Anzüglichkeit überhört, und erklärte statt dessen, um sie müsse sich niemand Sorgen machen, sie werde sich nicht unterkriegen lassen. Auf sie sei Verlaß, sagte Theo, und während er sprach, wurde er von seinen eigenen Worten mitgerissen, glitzerte hindurch, was er für seine einstige Spielkameradin empfand. Stefan nickte bei jedem seiner Sätze und lächelte dabei ein wenig zu schräg, doch Theo fuhr ungeachtet dessen fort, er zweifle nicht daran, daß die türkische Nachbarsfamilie Ertekin ohne Şirins Einsatz und Klugheit, nicht ihren Platz, nicht den Laden behalten hätte. Der Vater vertrat zwar, trotz säkularer und sozialistischer Überzeugungen, die Autorität der Tradition und die Tradition der Autorität; die Söhne wiederum gebärdeten sich gerne als seine Stellvertreter, und die Mutter fügte sich dem Diktat der Männer, doch es war Şirin, die Tochter, die das Geschäft leitete, die den Kontakt zum Marktamt pflegte, die alle Briefe an Behörden schrieb, die jeden Auftrag vermerkte, die es auf sich genommen hatte, die Bücher zu führen.

»Şirin«, fragte Patrique, »ist das die, mit der du letztens abgerauscht bist?«

»Komplett sogar«, meinte Stefan, und Theo schaute ihn erstaunt an und schüttelte den Kopf dabei: »Na, hallo, kümmere du dich lieber um deine Flora.«

»Siehst du, das ist genau, was ich ihm sagte, bevor du hereinkamst«, versetzte Patrique, worauf Stefan fragte: »Habt ihr euch beide abgesprochen?«

»So sind wir Ausländer eben. Wir picken immer so zusammen«, sagte Theo, aber Patrique verkündete: »Bitte, ich bin ein Österreicher. Ein echter. Ein waschechter.«

Lew und Sophie waren schon seit längerem nicht mehr auf den Naschmarkt gekommen. Lew Feininger bereitete das Rahmenprogramm für die Ausstellung über die Todesmärsche vor, doch machte es ihm Mühe sich auf seine Arbeit zu konzentrieren. Der Wahlkampf war entflammt.

Zwei Tage vor der feierlichen Eröffnung der Ausstellung wurden wieder Bomben durchs Land gesandt. Per Post. Am nächsten Morgen ging Lew Feininger nicht ins Büro. Er sog alle Nachrichten über die Attentate auf, durchstöberte die Zeitungen nach Neuigkeiten. Ein Brief explodierte in den Fingern eines aus Syrien stammenden Arztes und verwundete seine rechte Hand. Eine weitere Adressatin war eine fromme katholische Sozialarbeiterin und Flüchtlingshelferin, eine einundsiebzigjährige Dame, die alleine auf dem Lande lebte und dort Menschen aufnahm, die Asyl suchten. Der Sprengkörper verletzte die alte Frau schwer. Doch wenige Stunden nach dem Anschlag, so las Lew ungläubig, war sie bereits zu einem Interview gebeten worden und sagte, sie sei dem Täter nicht böse.

Am Abend mußte Lew an einem Podiumsgespräch teilnehmen, in dem die Ausstellung bereits diskutiert werden sollte, ehe sie noch der Öffentlichkeit präsentiert worden war. Ein Parlamentsabgeordneter der rechten Bewegung meldete sich zu Wort, um die Ehre der Soldatengeneration zu verteidigen. Da stand ein älterer Herr auf, gab sich als jüdischer Überlebender zu erkennen. Die Stimme des einstigen Lagerhäftlings zitterte leicht, als er den Zeigefinger hob, seine Frage zu stellen. Ob der Politiker etwa leugnen wolle, daß Menschen vernichtet worden waren? »Gaskammern?« feixte der halbseiden: »Ich halte mich da raus! Ich glaube alles, was dogmatisch vorgeschrieben ist.«

Sophie hatte sich in den Wahlkampf verstrickt. Die Journalistin mußte über die innenpolitischen Umwälzungen berichten, raste von einer Kundgebung zur nächsten, und wenn sie jemanden aus der Clique traf, dann war es allenfalls Flora Dema, der sie ihre Geheimnisse anvertraute, mit der sie über ihre Beziehung mit Lew redete. Es stand wieder einmal schlecht um die beiden.

Trotz der Arbeit für die Ausstellung mußte Lew auch noch eine Forschungsstudie fertigstellen. Es galt, so schnell wie möglich einige Interviews nachzuholen, die ihm noch fehlten. Er mied es, Sophie zu treffen, verweigerte jegliche Auseinandersetzung. Er sprach nicht über die Erlebnisse, die ihn verfolgten. Sie war nicht die Frau, mit der er sich ausmalen hätte können, eine Ehe zu führen, eine Familie zu gründen wie jene, in der er aufgewachsen war. Patrique sagte: »Aber du selbst hast doch immer behauptet, du möchtest gar nicht so leben wie deine Verwandten in Wien, in Israel oder in Moskau.« Im Laufe seiner wandersamen Kindheit von einem Land zum nächsten hatte Lew viele Formen des Zusammenspiels kennengelernt, und mit jeder neuen Spielart, die ihm vorgeführt worden war, hatte sein Zweifel an all diesen Versuchen der Zweisamkeit zugenommen. »Womöglich wäre Sophie ohnehin bereit, für dich zum Judentum überzutreten«, hatte Stefan gemeint. Aber wollte Lew dies überhaupt? Weshalb sollte sie diese Maskerade auf sich nehmen, wo er selbst an nichts Heiliges und an keine höhere Macht glaubte? »Wenn du partout eine Jüdin willst, warum verliebst du dich um Gottes und Gettos willen nicht endlich in eine?« hatte ihn Stefan gefragt.

Sophie fragte nichts mehr. Wenn er sie abends anrief, wartete sie gar nicht mehr seine Erklärungen ab, sondern sagte bloß: »Ich weiß. Du mußt heute nacht durcharbeiten.«

»Verzeih«, flüsterte er.

»Klar doch. Wir sehen uns morgen«, verabschiedete sie sich, und er wußte, daß sie daran nicht glaubte. Sophie und Lew; sie kannten jeglichen Einwand des jeweils anderen bereits zur Genüge; hörten jedes Wort im voraus, und diese anfangs knisternde Übereinstimmung war zur Vorwegnahme jeder Überraschung geworden. Was sie einst verbunden hatte, durchschnitt sie nun. Deshalb wußte Lew Feininger gar nicht mehr, ob er Sophie mied, weil er fürchtete, daß sie ihn wieder entflammen oder sich von ihm neuerlich trennen würde, und merkwürdigerweise schien es ihm, als wäre das eine vom anderen irgendwie nicht mehr zu unterscheiden.

Seine Eltern sahen in ihm ihre Erfüllung, ihre Rechtfertigung vor den Ermordeten, und Lew wußte, daß er für sie die Zusammenfassung ihrer Existenz darstellte. Er war die

Summe all ihres Guthabens und Liebhabens, aber er würde letztlich, davon war er überzeugt, sie für die Verluste nie entschädigen können, und es wäre wohl vergeblich gewesen, dies zu versuchen.

Dennoch konnte er nicht leugnen, daß seine Beschäftigung mit der Vergangenheit und ihrer Erinnerung nichts anderem entsprungen sein mochte, als dem aussichtslosen Bemühen um eine Art Wiedergutmachung. Lange Zeit war kaum beachtet worden, was Menschen, die der Vernichtung entronnen waren, erinnerten. Erst in den letzten Jahren hatten sie Aufmerksamkeit errungen. Lew hatte vor kurzem einen neuen Roman entdeckt, den der Autor als außergewöhnliche Liebesgeschichte angepriesen hatte, als Mischung aus Fiktion und Fakten, und außergewöhnlich war daran gewesen, daß Romantik vor dem Hintergrund von Ghettos und Vernichtungslagern verheißen worden war. Die Geschichte des Massenmordes alleine genügte hier, schien es, nicht mehr, nein, sie mußte für den Markt aufgeputzt werden, in der dramatisch düsteren Todeskulisse sollten die Erzählungen von Treue bis in den Tod, bis in den Gastod, greller aufleuchten. Lew waren solche Shoaromanzen, wie er sie nannte, kaum erträglich.

Wenn Lew Feininger Überlebende interviewte, war er voller Mißtrauen gegen sich selbst, versuchte er, den einstigen Opfern nicht seine eigenen Phantasien aufzupfropfen, sie nicht unter Druck zu setzen. Er bereitete sich auf das Gespräch vor, stellte Fragen, deren Antwort er schon kannte, erkundigte sich nach anderem, das historisch noch nicht gesichert war, überprüfte die Aussagen. Nicht, weil er an der Ehrlichkeit der Zeitzeugen gezweifelt hätte, sondern um sie vor Irrtümern und vor seinen eigenen Einflüsterungen zu schützen. Doch obwohl er sich jedesmal vornahm, bloß seinem Leitfaden folgen zu wollen, um jene Punkte zu klären, die er erforschen mußte, verlor er sich in ihre Geschichten, in ihre Sorgen und knüpfte eine Beziehung zu ihnen an. Es war ihm nicht möglich, die Bindungen einfach zu kappen. Eine ältere Dame, die bei Nichtjuden Untergetauchten geholfen, ihnen Essen und Kleider herangeschmuggelt hatte, steckte ihm Kuchen und Kekse zu, wenn er sie besuchte. Oder sie tischte ihm Butterbrote auf. Die groben Scheiben, dick bestrichen, glänzten fett und waren ihm viel zu üppig, doch sie verlangte, daß er alles verspeise. Wenn er den Teller leergeräumt hatte, rollte sie mit einer neuen Portion heran. Auf den Heimweg gab sie ihm noch einen Strudel mit. Er liebte die Alte und fürchtete jeden Termin bei ihr.

Für sein Projekt, das er eigentlich im Sommer hatte fertigstellen wollen, fehlten ihm die Auskünfte eines ehemaligen Arztes, der im Wiener jüdischen Krankenhaus, im Rothschildspital, gearbeitet hatte. Lew war an einem linden Herbsttag mit dem Mann verabredet. Seine Wohnung lag im Karmeliterviertel, und hier hatte er bereits als Kind gelebt. Ein kleiner Greis, ein kräftiger Zwerg riß die Tür auf, als Lew läutete. »Herr Feininger? Folgen Sie mir«, rief er und scharrte voran, ein kompakter menschlicher Kugelblitz in Pantoffeln, der ihn ins Wohnzimmer geleitete, auf einen Sessel wies: »Da«, sich gegenüber setzte und Feininger anherrschte: »Na, was soll ich Ihnen erzählen?«

Lew war von dem winzigen Glatzkopf voller Kraft, von diesem handlichen Energiepaket, begeistert. Hier würde er nicht lange herumreden müssen, um zu den Fakten vorzustoßen, die er wissen wollte. Der Greis schien ohne große Einleitung auf das Eigentliche loszugehen, und so erklärte Lew, worum es ihm gehe, doch zunächst brauche er die wichtigsten Daten des Herrn Doktor Walter Herz.

»Schauen Sie, da gibt es nicht viel zu berichten«, begann Herz und hörte die nächsten zwei Stunden nicht mehr auf zu reden. Feininger konnte ihn nicht unterbrechen, nicht bloß, weil es ihm gefühlskalt erschienen wäre, vielmehr riß ihn mit, wovon Herz sprach. Während des ersten Weltkriegs geboren, war der junge Herz ein Hansdampf in allen Gassen der Mazzesinsel gewesen, jenes zweiten Bezirks, in dem früher viele Juden gelebt hatten.

»Ich hätte das Land verlassen können«, sagte Herz, »ich war Schweizer. Wie mein damals bereits verstorbener Vater, wie meine Schwester. Aber ich wollte meine Mutter nicht allein lassen. Verstehen Sie? Bin ich eben bei ihr geblieben.«

Draußen die Judenhatz. Mit dem Fahrrad sei er hindurchgefahren, so Herz. »Ich habe mir gedacht, wer vermutet einen Juden mitten im nationalsozialistischen Wien auf einem Rad? Sie verstehen?«

Lew nickte erst und schüttelte dann ungläubig den Kopf. Herz schilderte die Pogrome, seine Arbeit als, wie es damals geheißen hatte, jüdischer Krankenbehandler, und letztlich die Sorge um die betagte Mutter. Bis zum Herbst zweiundvierzig, hörte Lew, war Herz als Arzt von den Deportationen verschont gewesen; vorläufig. Dann das Angebot: »Ich kann noch in Wien sein, meine Mutter hingegen nicht. Sie muß ins Lager. Habe ich mir gedacht, ich bin doch nicht hiergeblieben, damit ich sie jetzt alleine nach Theresienstadt lasse. Bin ich mitgefahren. Verstehen Sie?«

Und wieder nickte Lew und schüttelte beinah im selben Augenblick den Kopf, und nickte daraufhin wieder, aber Herz redete weiter, redete vom Lager, von der Zwangsarbeit, von den Zügen in den Tod, meinte, er könne das Wort Transport seither nicht mehr hören. Dann sprach er Lew von einer Frau, einer Jüdin, erzählte dem jungen Wissenschaftler, der schweigend lauschte, daß er sich in sie verliebt habe und sie sich in ihn, und von ihrer Hochzeit, einer illegalen, mitten in Theresienstadt, im verborgenen. Im Herbst neunzehnhundertdreiundvierzig sei er, so Herz, auf die Liste gesetzt worden nach Auschwitz, aber sie, seine Liebe, hatte nicht alleine bleiben wollen. »Sie ist zum Judenrat gegangen und hat gebeten, mit mir fahren zu dürfen. Sei doch nicht verrückt, Mädchen, haben die gesagt. Aber sie hat darauf bestanden. Verstehen Sie?«

Doktor Walter Herz zählte auf, er zählte vor, wie viele Menschen, wie viele Frauen, wie viele Männer an jenem Tag im Zug gewesen, wie viele sogleich ermordet worden waren, und Lew rechnete mit, rechnete aus, wie unwahrscheinlich es war, daß Herz und seine Gerti, daß beide die erste Selektion überstanden, wie schier unmöglich, daß sie die Befreiung erlebt hatten. Gemeinsam.

Doch nicht bloß Herz, sondern auch Gerti war der Vernichtung entronnen. In Wien dann das Wiedersehen und danach der Weg zum Standesamt, der gesetzlich erlaubten Trauung. Und selbst die Mutter war aus Theresienstadt zurückgekehrt.

»Unglaublich«, stieß Lew Feininger hervor, und der Alte lächelte, zuckte dabei mit den Achseln. Lew schüttelte den Kopf, suchte nach Worten, vergessen waren sein Leitfaden und das Interview, ja, die ganze Forschung.

»Verzeihen Sie, Herr Doktor Herz«, setzte Lew an, ohne weiterzusprechen.

»Ja, was denn?«

»Verstehen Sie mich nicht falsch, aber ich sehe hier nirgends eine Spur Ihrer Frau ... Ist sie ...?«

»Gestorben?« sagte Herz leichthin: »Nein. Wir haben uns dreiundfünfzig scheiden lassen.«

»Wie bitte? Scheiden?« entfuhr es Lew, und das ganze Gefühl, das sich in ihm wie ein Ballon entfaltet hatte, platzte mit einemmal: »Entschuldigung, Herr Doktor Herz, aber wieso denn?«

»Sie war jähzornig. Eine Cholerikerin. Glauben Sie mir. Es war wirklich schwer auszuhalten.«

»Und vorher?«

»Aber ja, auch vorher schon. Im Lager. Aber damals glaubten wir noch beide, es liegt am Hitler!« Feininger entglitt sein Kugelschreiber, konnte kaum an sich halten, doch der Alte kicherte leise und nickte: »Ja, ja, verstehen Sie, wir dachten, es liege am Hitler!«

In dieser Nacht beschloß Lew, bei Sophie zu übernachten, bei ihr unter die Decke zu schlüpfen, sich an sie zu kuscheln. Wo er denn herkäme, wollte sie wissen, und er berichtete vom Gespräch mit Doktor Walter Herz, von seiner Frau Gerti und ihrer gemeinsamen, unglaublichen Geschichte, von ihrer zweifach unwahrscheinlichen Errettung.

Aber zu seinem Erstaunen gähnte Sophie: »So ein Schwein!«

»Wieso denn ein Schwein?«

»Ein Muttersöhnchen, der alles für seine Mama macht, dann die Frau zwingt, mit ihm nach Auschwitz zu gehen, und sie nach dem Krieg einfach stehenläßt.«

»Woher willst du das wieder wissen? Wahrscheinlich war es eher umgekehrt. Dieser kleine, häßliche Mann hat diese gewiß zumindest ein bißchen schönere, aber selbstzerstörerische Frau mit seiner Energie angesteckt. Sie brauchte die Liebe, um zu überleben, aber als sie gerettet war, wollte sie ihn nicht mehr.«

In Wahrheit, dachte Lew Feininger, nachdem Sophie eingeschlummert war, wußten sie beide nicht, was nach fünfundvierzig mit Walter und Gerti Herz geschehen war. Womöglich hatte das Paar einfach nicht mehr ertragen, nebeneinander einzuschlafen. Vielleicht hatten sie den Augenblick des Aufwachens gefürchtet; gefürchtet, die andere Person sehen und bei diesem Anblick wieder an das Lager denken zu müssen. Sie hatten die Todesgefahr gemeinsam durchgestanden, bloß den gewöhnlichen Alltag nicht.

In Wahrheit, dachte Feininger, wußten sie, Sophie und er, ebensowenig, was vorher, vor der Befreiung aus Auschwitz, zwischen Walter und Gerti gewesen war. Was bedeutete eigentlich Liebe angesichts der Gaskammern?

In Wahrheit wußten sie nicht einmal, daß sie drei Wochen später getrennt sein würden, und daß Sophie ihm vorwerfen würde, ein Muttersöhnchen, er ihr, eine Egoistin zu sein.

»Vielleicht ist es doch nicht endgültig. Vermutlich kommt

ihr ja doch wieder zusammen. Wie bereits so oft«, sagte Stefan Sandtner. Er hatte Lew im Sperl getroffen, um den Freund zu trösten.

Doch Lew Feininger schüttelte den Kopf, sah aus dem weiten Fenster des Lokals, blickte dabei ins Leere und meinte: »Diesmal nicht. Das ist Geschichte.«

8 Komplett sogar. Şirin wußte mit Bestimmtheit, daß jeder Zweifel ausgeschlossen war. Nein, nicht allein der Übelkeit und des Schwindels wegen, die sie in den letzten Tagen verspürt hatte. Es war mehr als ein nacktes Gefühl gewesen, obgleich ihre Sinne sie letztlich nicht getrogen hatten. Voller Angst war sie zum Gynäkologen gegangen, nachdem der Test ihre Ahnungen bestätigt hatte.

»Bist du sicher?« Theo schob eine Frage vor, schob sie dazwischen, rätselte, was er nun sagen sollte. Hatte er nicht jedesmal mittendrin die notwendigen Vorkehrungen getroffen. Wozu das ganze Gewutzle und Gezerre, wenn es nun nichts genutzt hatte? »Bist du dir sicher?«

»Komplett sogar.« Diese zwei Worte hatten sich in Şirin eingewurzelt, seitdem die seltsame Kinderfreundschaft, die sie jahrelang erst ineinander verschränkt und dann um so klarer voneinander geschieden hatte, vor Monaten umgeschlagen war in offene Leidenschaft. Komplett sogar. Theos Redewendung pflanzte sich seither fort von einem Gemüsestand zum anderen, und mit dem Gerücht der heimlichen Affäre wurde auch die Phrase überall hingetragen, blühte samstags früh in den Szenelokalen auf, sprang zu jenen über, die auf den Naschmarkt kamen, um hier einzukaufen, bloß die Eltern der beiden merkten nichts von dem, was alle um sie herum tuschelten. Sie freuten sich, daß Theo und Şirin wieder so eng miteinander schienen, und sie schenkten den Blicken, die beide zuweilen tauschten, so wenig Beachtung wie einst den Doktorspielen der Kleinen.

Die ganze Unbeschwertheit dieses Sommers, so schien es Theo, war mit ihrer Mitteilung dahin, ehe er sie ausgekostet hatte, und gleichzeitig wußte er nichts zu antworten. Bei irgendeiner jener Frauen, die er auf einer Party kennengelernt, mit der er einige Nächte verbracht hatte, wäre ihm klar gewesen, was zu sagen war, doch bei Şirin galten andere Regeln.

Ihr brauchte er nicht zu versichern, daß er hinter jeder ihrer Entscheidungen stehen wollte, eine Sprachregelung, die in gewisser Weise ja nichts anderes meinte als eine besonders raffinierte Form der Distanzierung, denn wer solches von sich gab, wollte zunächst fein heraussein, zeigte sich verbindlich, doch nicht verbunden. Bei ihr hatten diese Floskeln keinen Sinn, denn wer von beiden sollte eine Sekunde lang daran zweifeln, daß Theo nicht verschwinden würde aus Şirins Leben? Wohin denn? Auf die andere Seite jener Gasse, die ihre Marktstände voneinander trennte?

Noch ehe er sich entschlossen hatte, was er erklären würde, übermannte ihn sein kokett schelmisches Lächeln, konnte er, ob aus Schrecken oder weil er in ihre Augen sah, nicht anders, mußte grinsen und fühlte sich beinah zurückversetzt in die Kinderzeit, da er mit ihr manchen Blödsinn getrieben hatte. Er sah ein wenig aus wie der kleine Filou, der er im Grunde auch immer noch war und der von der Wirkung irgendeines seiner Streiche überrascht wurde, und er sang dabei im Kuckuckston: »Oh – oh!«

Sie blickte ruhig, schaute streng. Theo umfaßte sie, streichelte sie, doch Şirin räusperte sich, schüttelte ihn ab. Wie sie ihn durchschaute, ihren Spielgefährten. Sie hatte seit ihrem Arztbesuch gestern nachgedacht, ob sie abtreiben sollte. Sie meinte nicht, eine Sünde zu begehen, wenn sie sich für den Abort entschiede. Keineswegs. Şirin hatte trotz aller Angst oder vielleicht eben deretwegen festgelegt, daß sie unabhängig von Theo ihr Urteil fällen wollte. Ihr Wille geschehe. Mit ihm oder ohne ihn. Sie stellte sich vor, was der Vater sagen und wie die Mutter dazu schweigen würde. Diese Schande! Die Schmach vor den Verwandten in der Heimat! Und erst Theos Familie. Alle Standler kannten die Geschichte ihrer Vertreibung. Und manche, die Georgios Alexandrus in der Früh zur Arbeit gehen sahen, tuschelten dann von seiner Prothese, von seinem Bein, das ihm damals wohl zertrümmert worden sei; zerschmettert von den Muslimen.

Aber je länger Şirin über diese Umstände nachsann, um so klarer meinte sie zu erkennen, daß sie sich dennoch, wenn nicht ebendeshalb für diesen Wurm, für den blinden Molch in ihr entscheiden wollte, nicht nur, aber auch, weil es seine, weil es Theos Spuren tragen würde, mehr noch, weil sie dann nicht bloß die Tochter, nicht allein die Schwester wäre, sondern eine Mutter, ein Anfang. Komplett sogar. Şirin sagte: »Ich will das Kind.«

»Klar«, nickte Theo und rang still nach Luft: »Machen wir.«

»Wir?«

»Ich bin ja der Vater des Kindes.«

»Na, wer sonst?«

»Sag ich doch.«

»Was denn«, fragte sie und dann: »Die Eltern …« Sie blickte an ihm vorbei.

»Ja«, seufzte er.

»Hast du etwa Angst? Vor den Alten? Hast du Schiß?«

»Komplett sogar«, murmelte er, und insgeheim sah er sich bereits umzingelt von der ganzen Sippschaft, von ihren Vorwürfen und von ihren Blicken, von seiner Mutter und seinem Vater, doch schlimmer noch von ihren Verwandten, von Mehmet und Yelda Ertekin, von Bülent und von Zafer, den Brüdern, ja, selbst von Onkeln und Tanten im fernen Anatolien, deren Namen er noch nicht gehört hatte, und nie war ihm seine Losung mit soviel Überzeugung, aber solcher Unsicherheit aus dem Mund gekommen, nie hatte er dabei derart verloren gewirkt, und nun mußte Şirin auflachen, ihn umfassen und in den Nacken beißen.

Stefan Sandtner kaufte in den letzten Wochen oft bei den Gemüseständen der Ertekins und der Alexandrus ein. Seit er nicht mehr in der Klinik arbeitete, streunte er zum Naschmarkt, besuchte Theo, den er erst im Sommer kennengelernt hatte, kostete von den Früchten, die ihm dieser reichte, biß in eine Feige, pflückte sich eine Traube, brach einen Zopf vom türkischen Käse herunter, summte auf und rollte dabei die Augen.

Er hatte diesen Weg früher gescheut, war zu schüchtern gewesen für das Treiben des Marktes, und immer noch mißtrauisch gegenüber den Aufmunterungen und Zurufen, den Übertreibungen und den Unterwürfigkeiten der Standler, ebenso gegenüber dem herrischen Getue und der falschen Leutseligkeit mancher Bürgersfrau; die mit jedem Wort und jeder Geste kundtat, wer hier das Sagen hatte, weil, wo kämen wir denn sonst hin, wenn die so einfach daherkämen. Er hatte es bereits als Jugendlicher gehaßt, wenn die Bekannten seiner Mutter berichtet hatten, was sie bei ihrem Türken, ja, sie sagten, bei meinem Türken, ergattert hätten. Er fürchtete die Oberflächlichkeit, die ihm an diesem Platz entgegenschlug. Sich da auf einen Handel einzulassen hieß ein Risiko einzugehen, und dieses kleine Abenteuer war es, das alle reizte und manche zurückschrecken ließ. Im Supermarkt stand Stefan alleine vor den Vitrinen. Wenn er zu den Ertekins ging oder zu den Alexandrus, mußte er nicht bloß den Preis in Kauf nehmen, sondern Intimität und gar die Gefahr einer Annäherung, die von ihm mehr einfordern konnte als Geld. Jedes Wort an diesem Platz schillerte im Zwielicht des Geschäfts. Wer hierherkam, befand sich nicht auf festem Boden. Es war, als flimmere jedes Gespräch im Widerschein der unterirdischen Wellen, als schwanke jede Floskel mit den Gezeiten des Wassers und dem Wert der Ware. Um nicht Schiffbruch zu erleiden, mußten die Standler Kurs halten. Sie konnten sich dabei nicht auf die allgemeinen Modelle wissenschaftlicher Ökonomie verlassen, in denen komplizierte Verflechtungen und Beziehungen aufgezeichnet und studiert wurden, denn die Bedingungen ließen sich in ihrem Alltag nicht vorhersagen. Im großen und ganzen mochten diese gelehrten Betrachtungen durchaus stimmen, doch im kleinen und einzelnen rechnete sich, was Vertrauen schuf, und zählte vor allem der Mensch.

Naschmarkt; der Name, hieß es, stamme aus dem Mittelalter, als an den Ufern des Flusses noch Milch verkauft worden sei, und zwar in Aschen, in Milchfässern aus Eschenholz.

Der Markt, der größte und bunteste in ganz Wien, hatte bereits vor dem aufgeklärten Absolutismus bestanden. Sein Abriß war schon im neunzehnten Jahrhundert vorbereitet worden. Markthallen, in arabischen Ländern eine uralte Tradition, wurden damals im Westen Europas errichtet, kamen seit dem Anbruch der Industrialisierung in Mode. Keine Metropole, ob Paris, London, Berlin oder Budapest, wollte ab dem Fin de siècle auf solche Bauwerke verzichten. Riesige Konsumpaläste, die jedem Wetter trotzten, sollten Schluß machen mit den ungeordneten Verhältnissen, dem unkontrollierten Zugang, dem Schmutz und dem Unrat, dem Hüttenwerk und dem Gerümpel aus alten Planen und Plachen, unwürdig einer Residenzstadt; eine Festtafel für die Ratten. Das Bretterwerk der Stände, hieß es, böte keinen schönen Anblick und das ungebundene Treiben störe die Anrainer und den geregelten Verkehr, raube den Raum für Architektur und planvolle Gestaltung.

Von gewagten Stahlkonstruktionen träumten manche, andere wollten schlicht mit Rohziegeln arbeiten und an die Ästhetik der neuen Fabriken anschließen. In einigen Bezirken Wiens entstanden solche Großhäuser, die dem offenen Handel unter freiem Himmel ein Ende bereiten sollten. Hier würde das Geschäft genau eingegrenzt und ummauert sein, hoffte der Magistrat. Doch aus irgendeinem Grund geschah nicht, was andernorts längst passiert war. Die Markthalle löste in Wien den Marktplatz nicht ab, löste ihn nicht auf. Nun wandten sich Kritiker gegen diese neuen Anlagen; geklagt wurde über die schlechte Luft oder über den Durchzug, wenn die Lüftungsflügel offen waren, über die unzuverlässige Lieferung, über die schlechte Bahnanbindung, über die verdorbenen Waren. Die Zentralisierung des Gütertausches ließ auf sich warten. Weshalb klappten der Transport und die gesamte Organisation nicht wie erwartet? An Ordnungskräften mangelte es in der Habsburgerresidenz gewiß nicht; die Spitzen des Militärs und der Beamtenschaft eines ganzen Imperiums waren da versammelt, und alle trugen des Kaisers Uniform. Oder lag es ebendaran? An der kakanischen Behäbigkeit dieser Bürokratie? An ihrer Rückständigkeit?

Die Metropole der Doppelmonarchie schmiegte sich um ihre Innere Stadt, doch anders als etwa Paris lief Wien nicht auf einen Mittelpunkt zu. Im Gegenteil; jede große Achse wurde durch Kreise, durch den Gürtel und durch den Ring durchschnitten. Arbeiterbezirke blieben klar von bürgerlichen Vorstädten und die wiederum von den repräsentativen Prachtbauten getrennt. Ja, lange noch waren gar die steinernen Reste der einstigen Befestigungen und Mauern nicht weggeräumt worden. Nur die Wienzeile durchbrach ein wenig diese hermetische Hierarchie, lief breit und mächtig von Schönbrunn bis zur Bastei. Der Naschmarkt war vor dem Kärntnertor aufgekeimt, an dieser Barriere hatte er genistet, von dieser Trennlinie und gegen sie gelebt; er blühte auf zum eigentlichen Absatzgebiet, zum Ort, wo Wandel und Handel vor sich gingen über Standesgrenzen und Klassengegensätze hinweg. Dennoch oder eben deshalb wurde sein Abriß weiterhin verlangt, ja, eine urbane Lösung für den Karlsplatz und für den Naschmarkt eingemahnt. Erst zu Beginn des zwanzigsten Jahrhunderts, nach dem Abbruch des Freihauses, der Regulierung des Flusses und der Verbannung der Stadtbahn unter den Boden konnte der Markt einige Meter südwärts umgepflanzt werden, in neue, stabile Gebäude, die mit zierlichen Dächern den einstigen Bretterläden nachempfunden waren. Nun breitete sich über das unterirdische Gewässer aus, sproß an der Wienzeile entlang, was einst wild vor den Mauern gewuchert hatte. Der Ruf nach Demontage der Buden wurde dennoch nicht stiller. Bis in die Siebziger verhallte er nicht. Es möge, meinten manche, die Westautobahn an das Straßennetz bis zur Sezession angebunden werden; statt der Eßmeile hätten mehrere Fahrspuren Platz, und über die könnten wiederum Garagen gestapelt werden. Doch längst war der Naschmarkt vor solchen Plänen geschützt, denn er war zum Klischee geworden, ohne seine Bedeutung zu verlieren, zum Gemeinplatz und zum Sonderfall der Einwohner und der Touristen, zum Wahrzeichen und zum Trugbild einer Stadt.

In dieser Gegend war bereits seit Jahrhunderten nicht bloß deutsch, sondern ebenso italienisch, jiddisch, griechisch, türkisch, tschechisch, serbisch oder polnisch gesprochen worden, doch wäre es allzu billig, ein idyllisches Bild zu zeichnen von bunter Vielfalt und froher Harmonie.

Stefan Sandtner erinnerte sich an einen Streit, der einst zwischen Mischa Guttmann und Hans Kerber, damals noch maoistischer Aktivist, ausgebrochen war. Der einzige Ort in Europa, hatte Mischa gehöhnt, in dem die chinesische Strategie einer Bauernrevolution sich behauptet und Maos Parole »Die Dörfer erobern die Städte« sich durchgesetzt habe, sei Wien.

Jubel hatte die deutschen Truppen im März achtunddreißig empfangen. Nie wieder war die Wehrmacht bei Überschreitung nationaler Grenzen auf solch hartnäckige Begeisterung gestoßen. In den ersten Wochen schon hatten sich Hunderte Arisierer um jüdische Geschäfte gerissen, um Großkaufhäuser und kleine Läden, auch um manchen Stand auf dem Naschmarkt.

»Nicht alle Türken sind Gemüsehändler, nicht alle Perser Teppichverkäufer und nicht alle Österreicher Nazis«, erklärte Zafer Ertekin, Şirins jüngerer Bruder, und lächelte, als Stefan ihn und Theo beim Morgenkaffee traf. »Ich versuche, mit allen auszukommen.«

Darauf Theo: »Na klar, aber willst du deine Augen verschließen? Sie spucken dir auf den Kopf, und du sagst, es regnet?«

»Ey, wer spuckt auf meinen Kopf? Sag, Theo? Wer? Auf meinen Kopf niemand!«

Der Wahlkampf war aufgeflackert, und an den Straßenecken flammten Parolen in grellen Farben. Der Kandidat der Rechtsrechten hatte den Naschmarkt aufgesucht. Vor und hinter ihm eine ganze Formation; Sicherheitsleute schafften ihm Platz. Hier verstünde ja kaum mehr jemand Deutsch, höhnte er in die Kamera, und der Troß um ihn johlte.

Er kenne sie, sagte Theo. Ja, er wisse, welcher der bodenständigen Standler für den Populisten eintrete. Das sei ja kein Geheimnis, und Zafer stimmte ein, er kenne sie ebenfalls, aber ehe die Namen fielen, gab Theo Şirins Bruder ein Zeichen, winkte mit der Hand ab und sagte zu Stefan: »Er wird vergehen. Gefährlicher als er ist das Volk, das ihn wählt. Kleine Leute … leider …«

Manche wähnten sich umzingelt, und der Obstverkäufer Rudi Hrdina hatte Stefan vor einigen Tagen zugeraunt, die Russenmafia hielte hier nun alles fest in der Hand, woher hätten denn die Ostler sonst das Geld, um sich einen Stand zu kaufen, und die Türken steckten alle mit den Armeniern unter einer Decke, doch das Geld verdienten alleinig die Japaner mit dem Sushi.

»Alles wird wunderbar!« Der Redakteur Willhelm Wolckensdorf, von allen Willy genannt, ließ keinen Zweifel zu. Er saß in einem Gasthof, neben seiner jüngeren Mitarbeiterin Sophie Wiesen, die den Kopf skeptisch wiegte, dabei seufzte: »So einfach ist das nicht«, aber Wolckensdorf schwang eine halb abgenagte Hühnerkeule und schrie auf sie ein: »Scheiß dich nicht an. Es wird großartig!«

Vielleicht, dachte Sophie, womöglich hatte der renommierte Journalist irgendwie recht, mit seinem Versuch, allen anderen in der Zeitung Mut zuzusprechen. Wahrscheinlich wollte Willy ihr, der Jüngeren, bloß einen anderen Blick ermöglichen. Seit ihrer Trennung von Lew Feininger kümmerte sich der Ältere ein wenig um sie. »Mag ja sein, daß alles prächtig läuft«, sagte Sophie Wiesen, »aber warum mußt du mir immerzu mit deinem Hendelhaxen vor meinem Gesicht umherfuchteln?«

Anders als Sophie, die ihre Reportagen über Österreich schrieb, kommentierte Wolckensdorf die Weltlage, er sah das Neue im Großen, und groß schien ihm alles Neue. Er war dem Glauben an den Fortschritt verschrieben und dem Dogma, der Fortschritt verbiete jeglichen Glauben. Mit Pathos kämpfte er für Gelassenheit, mit Euphorie für den Skeptizismus. Er redete sich heiß, wenn er die Kühle der Ratio pries. Manche meinten, Willy wäre von der Moderne so begeistert, daß er sogar nach einem bewaffneten Überfall zunächst hauchen würde: »Es ist wunderbar. Wien wird endlich urban!«

Wolckensdorf wippte mit dem Knie, ein Zittern, das sein Bein, ja den ganzen Leib bei jedem Streitgespräch durchbebte, und es schien, er halte sich kaum auf seinem Stuhl, und in diesem Augenblick war es Sophie, als kämpfe Willy Wolckensdorf mit seinem Enthusiasmus nur gegen alle Depressionen und Ängste an, die ihn sonst angesichts mancher Entwicklungen beschlichen hatten. Er kaute an dem Geflügelknochen, nagte an ihm, warf ihn auf den Teller, wischte die Hand in der Papierserviette ab, während sein Fuß weiterfederte, der Körper mitbibberte, und nun begann er ein Panorama zu entwerfen, strahlte, ließ Sophies Augen leuchten, steckte sie an mit seiner Glut, ein Fackellauf, eine Tour d'Horizon, in zwanzig Minuten um die Welt, dabei schlotterte der Schenkel, immer schneller, denn Willy Wolckensdorf, einst Trotzkist, glaubte nun nicht mehr an Marxismus, aber immer noch an die permanente Euphorie, sprach von den Hoffnungen, von den Lichtblicken, die überall auf dem Globus aufblitzten, sprach über das Fortschreiten der menschlichen Gesellschaft schlechthin, von der Demokratisierung der einst kommunistischen Diktaturen, vom jungen amerikanischen Präsidenten, von den Verhandlungen über Nordirland, von Nelson Mandela und der Freiheit in Südafrika, von den Aussichten auf Frieden zwischen Israelis und Palästinensern, von Yitzchak Rabin, vom nahöstlichen Abkommen im skandinavischen Oslo, und: »Das ist unumkehrbar. Es ist wunderbar«, tönte sein Schlachtruf, rühmte die politische Einigung des alten Kontinents, und schwärmte von Österreichs Beitritt zur Europäischen Union.

Vor einem Jahr, anläßlich der Abstimmung hatte die Regierung plakatieren lassen: »Wien bleibt Wien«, was bekanntlich die gefährlichste Drohung war, die eine Stadt je ausgesprochen hatte. »Erdäpfelsalat bleibt Erdäpfelsalat« hatte die Koalition erklärt, wobei dieses Versprechen bisher nicht einmal gebrochen worden war, denn kulinarisch gesehen, hatte sich nicht viel geändert. Auf dem Naschmarkt herrschte keine geringere Auswahl an Köstlichkeiten als vorher. Im teureren und feineren Teil nahe der Inneren Stadt fragte die Kundschaft erst im gehobenen Wiener Deutsch nach einer Ware, näselte zuweilen, aber nach einigen Worten schwenkte das Gespräch um in den bodenständigeren Dialekt. Ob es um Karotten, Paradeiser, Melanzani, um die ausgesuchtesten Delikatessen ging, man gab sich zu erkennen; der Tonfall war ein Ausweis der Zugehörigkeit.

Es waren die zugewanderten Ständler, die sogleich, von Anfang an, in ihre Sätze das grellste Wienerisch mischten, dabei konnten sie ihre Herkunft gewiß nicht übertünchen, eher wollten sie zeigen, daß sie sich um Nähe bemühten. Ihre Vokale und Konsonanten schillerten in anderen Tönen, und nicht wenige von ihnen versuchten zu erforschen, woher der eine oder andere Kunde stammte, der zu ihnen kam. Es gab durchaus exotischere Märkte an der Peripherie Wiens, den Brunnenmarkt etwa, aber anders als dort vermengten sich hier auf der Wienzeile alle Landsmannschaften und Klassen. Eine gewisse Weltläufigkeit konnte an diesem Ort nicht schaden. Wenn der Händler Mosche Dawaraschwili eine Kundin bereits zum zweiten Mal bediente, verwickelte er sie in eine kleine Unterhaltung, fragte nach ihrem Befinden, lauschte dabei nach ihrem Akzent, horchte aus, wo sie geboren sein mochte, um sie dann in ihrer Muttersprache zu überraschen, um abzubiegen ins Russische, ins Armenische, ins Jiddische, ins Hebräische oder in sein Grusinisch.

Wer das erste Mal auf den Markt kam, wußte nicht, ob ihm frische Ware gereicht wurde. Manche erkauften sich ein wenig Zuversicht, indem sie mehr Geld ausgaben und die exquisiteren Buden aufsuchten. Andere spähten nach Landsleuten, nach Vertrauten.

»Herr Doktor«, sagte Georgios Alexandrus zu Stefan Sandtner, »glauben Sie nicht, was Ihnen die Leute erzählen. Unserer Familie gehören mittlerweile drei Läden auf dem Naschmarkt, davon zwei Gemüsegeschäfte. Das erste liegt im billigeren Segment. Das zweite im teuren. Jetzt sag ich Ihnen was … Im Vertrauen … Es ist dieselbe Ware.« Georgios lachte keck auf. »Gewiß; es gibt Unterschiede. Dort gibt es eine geschmackvollere Präsentation, eine reichere und erlesenere Auswahl … Wissen Sie, worauf es ankommt. Ich werde es Ihnen sagen«, Alexandrus senkte die Stimme: »Die Leute zahlen mehr, um sich besser zu fühlen, und wir machen ihnen den Gefallen. Ich bin lieber hier, beim günstigeren Angebot; meine Frau dort. Es sind die gleichen Nahrungsmittel, aber ich verkaufe Salate und sie Delikatessen. An diesem Ort bin ich weniger als ein Greißler, und auch sie ist hier bloß ein Marktweib, aber drüben sind wir Experten, was sag ich, Kapazitäten, keine Standler, sondern Spezialisten, Spezialitätenhändler von Stand und Rang, sie wird zum Gourmet, und ich werde zur Koryphäe, ja, Herr Doktor, dann bin ich kein Fremder mehr, sondern ein wahrer Kulinarier.«

Georgios hatte Stefan sogleich in seinen Bann gezogen.

»Kennen Sie mich nicht mehr, Herr Doktor«, war er ihm beim ersten Mal vor mehreren Wochen angegangen.

»Ich glaube nicht.«

»Na, vielleicht fällt es Ihnen jetzt ein«, hatte Georgios gelächelt, und sein Hosenbein hochgezogen. Die Prothese aus Kunststoff und Leichtmetall war hervorgeblitzt, und tatsächlich, nun hatte sich Stefan des Patienten, des einbeinigen Griechen, erinnert.

Die Krankenschwestern hatten noch Monate von dem Alten geschwärmt, von seinen Berichten und Legenden aus Saloniki, von Zypern und seinem fernen Geburtsort. Nun wußte Stefan es wieder.

Doch in den letzten Tagen war der Vater Theos für Stefan viel mehr geworden als ein ehemaliger Patient. Seine neue Leidenschaft für den Naschmarkt hing mit diesem Mann zusammen, mit dessen Bonmots und Anekdoten vom Mittelmeer. Wieder einmal, wie in jenen Jugendzeiten, da ihn Paul Guttmann verwöhnt hatte, war Stefan das Liebkind eines Älteren, und wenn er auch diesmal keine Himbeerzuckerln bekam, so steckte ihm Georgios doch einige Spezialitäten in seinen Papierbeutel, die er gar nicht verlangt hatte, nicht bezahlen mußte; Feigen, Granatäpfel, Artischocken, bulgarischen Schafskäse mit Basilikum. Er lehrte Stefan zudem, woran er gute Ware erkennen konnte, flanierte mit ihm eines ruhigen Vormittages gar an den anderen Läden vorbei, strich mit ihm durch die Gassen, ließ ihn an den Zitronen schnuppern, die Schalen besehen, die Avocados betasten, hieß ihn kosten und vergleichen. Er flüsterte ihm zu, wie an den Füßen eines Fasans dessen Alter zu erkennen sei, zeigte ihm, wie weich sich der Brustknochen eines schmackhaften jungen Hähnchens anfühlte. Doch am längsten erzählte ihm Georgios von den Fischen, forderte Stefan auf, ihnen ins Auge zu schauen, verplauderte sich dabei, verlor sich in die Geschichten der Fischer und Seeleute an den Küsten seiner Insel.

An einem trüben Novembermorgen war Stefan Sandtner wieder zu den Alexandrus gegangen. Am selben Abend war er mit Flora Dema verabredet. Sie hatte sich in ihre Arbeit verkrochen, blieb tagsüber in der Akademie, wollte die Aufnahmen überspielen, rannte mit den elektronischen Minidisketten herum, stritt mit anderen um einen Schneideraum, rauchte dort, obgleich es strengstens untersagt war. Sie stand unter Strom.

In dieser Zeit der kurzen Trennung hatte ihn eine Sehnsucht erfaßt wie noch nie zuvor, und ihm war, als würde er sie erst im Kontrast erkennen, als schimmere irgend etwas von ihr nach, wenn er einsam war. Jetzt fand er eine Wohnung, in die sie ziehen konnten. Er machte für den nächsten Dienstag einen Termin aus, um mit ihr gemeinsam das Appartement zu besichtigen. Wenn es ihr gefallen würde, wovon er eigentlich ausging, wollte er in die Verhandlung über den Mietvertrag treten. Zudem verstand er mit einemmal, wie wichtig es war, sich ihrer Aufenthaltspapiere anzunehmen und eine Bürgschaft für sie abzugeben. Wieso hatte er diesen Schritt bloß so lange hinausgezögert?

Heute Abend wollte er nicht mit ihr ausgehen, nicht ein neues Restaurant ausprobieren. Nein, Stefan würde Flora Dema in seine Garçonnière einladen, dort für sie kochen, ein Festmahl bereiten, wie er es noch nie getan hatte, auch nicht für Sonja Kramar, und beim Nachtisch und einem Glas edlen Rotwein dann die Neuigkeiten; daß sie nun zusammenziehen würden.

Er war zu den Alexandrus spaziert, um sich von Georgios für das abendliche zweisame Festmahl beraten zu lassen, aber der Alte nahm ihn kaum wahr, grüßte ihn knapp, lächelte nicht, nickte bloß kurz, schaute zu Boden. Melina, seine Frau, die sonst streng, wenn auch freundlich wirkte, trug heute ein schmerzliches Lächeln zur Schau, eine Maske. Theo warf den Kopf hoch, sagte nur: »Hallo«, und als Stefan ihn fragend anschaute, zuckte der junge Verkäufer mit den Achseln.

Die ganze Gasse schien bedrückt. Yelda Ertekin hatte gar gerötete Augen, Mehmet fuhr den jüngeren Sohn, Zafer, an, vorgeblich, weil er den falschen Salat ausgepackt hatte. Bülent, der ältere, versetzte daraufhin, nicht ohne ironischen Unterton, der Vater möge seine schlechte Laune nicht auf das junge Gemüse schieben, rempelte dabei den Bruder an. Die Kunden wußten nicht, was vorgefallen war, standen betreten daneben, wurden angesteckt von der Stimmung, waren peinlich berührt. Bei manch anderem Stand hätte es gewiß schlechter gewirkt, wenn der Chef seine Mitarbeiter so angegangen wäre. Niemand liebte es, wie der Obstverkäufer Rudi Hrdina mit seiner Angestellten, einer Slowakin, umging: »Du dürfen das nicht da hingeben«, und danach: »Denen kann man's noch so oft erklären!« Aber die Ertekins waren ein Familienbetrieb. Mancher Streit wurde von den Leuten hier wie eine Kabaretteinlage aufgenommen, ja, eine Auseinandersetzung klang zuweilen wie ein Liebesbeweis, und wenn Mehmet Ertekin über Zafer, der zwar Germanistik studierte, ein Primus war und ein junger Schriftsteller, aber gewiß nicht für den Naschmarkt geschaffen, die Augen verdrehte und wegen irgendeiner Ungeschicklichkeit scherzhaft das Messer gegen Zafer schwang, dann wurde darüber bloß geschmunzelt. Heute jedoch nicht. Irgend etwas Ernstes schien hier vorgefallen zu sein. Niemand wagte danach zu fragen.

Wer von den Leuten, die ihn täglich sahen, kannte denn Mehmet Ertekin? Yelda hatte ihn erlebt, als sie beide aus der Türkei aufgebrochen waren in eine ungewisse, doch um so verheißungsvollere Zukunft. Wie anders war er ihr damals erschienen, jener verwegene junge Mann, der beschlossen hatte, das Geburtsdorf hinter sich zu lassen, ebenso die ganzen überkommenen Traditionen, die begrenzten Möglichkeiten und unmöglichen Begrenztheiten, über die er, der Revoluzzer, gelästert hatte, denn, so Mehmet in jenen Jahren, der Mensch, Yelda, braucht keine Heimat, sondern ein Zuhause, und zwar mit Fernsehen und Waschmaschine, bitte sehr. Was war aus ihm bloß geworden, aus diesem Dreistling, in den sie sich verliebt hatte? Irgendwo mußte er noch sein, der Aktivist, der Bücher gelesen und Reden gehalten, ganze Runden mit seinen Behauptungen erst gespalten und dann geeint, auf jeden Fall zu unterhalten gewußt hatte.

Doch letztlich konnte sie ihm keine Vorwürfe machen, sich verändert zu haben, denn was war aus ihr geworden im Laufe der Jahre? Um mit ihm allen Konventionen zu entfliehen, war sie aufgebrochen und ihnen dennoch nicht entkommen. Nie hätten sie ihre Liebe dort leben können. Sie hatten gegen das Einverständnis ihres Vaters, gegen den Willen der ganzen Familie geheiratet, gegen alle Standesdünkel. Dort war sie, Yelda, allen modern erschienen. Eine Frau, die sich nicht unterwerfen würde.

Yelda Ertekin kam nach Wien, und hier fühlte sie sich verloren, hier wurde sie, die Dahergekommene, vom Herkommen eingeholt. Der ganze Stolz wurde ihr schneller ausgetrieben, als sie geahnt hatte, als es ihre Eltern je vermocht hätten, und selbst Mehmet verstummte bereits nach den ersten Monaten, schwärmte ihr nicht mehr von besseren Zeiten und neuen Möglichkeiten, sondern sah, wie sie beide eingemeindet wurden in ein Niemandsland jenseits aller Grenzen. Es schien, in diesem Land mußten sie zu jenen Türken werden, die sie nie gewesen waren. »Wenn dem Menschen nicht einmal ein echtes Zuhause geboten wird, Yelda, was bleibt ihm außer der Heimat?« fragte Mehmet nun. Er lebte mit seinen Landsleuten in einigen Häuserzügen in Ottakring und sah sich in ein Ghetto gepfercht, von den Einheimischen umfeindet.

Yelda meinte zuweilen einen Krieg an mehreren Fronten gleichzeitig führen zu müssen. Mehmet verkarstete vor ihren Augen, und auch sie flüchtete sich in Nostalgie und Tradition. Er, der Anatolien verlassen hatte, kaufte nun ein Haus in seinem alten Dorf. Zwar wohnten sie nicht dort, doch er baute es aus, lud seinen Onkel und seine Tante ein, darin zu wohnen, obgleich die beiden ein eigenes Appartement besaßen. Mehmet hauste mit seiner Familie seit langem in derselben Bleibe, in einem Wiener Provisorium. Ihre Geschäfte liefen nicht gut, und ohne Şirins Hilfe und Geschick wären sie wohl gescheitert; nur die Tochter fand immer irgendeinen Weg, ein wenig Gewinn zu erzielen. Aber der Ausbau und die Festigung des Betriebs konnten auch ihr nicht gelingen, weil Mehmet unbedingt für den Luxus der Angehörigen in Asien aufkommen wollte.

Er sperrte sich gegen alle Vorschläge, das Haus in der Türkei zu verkaufen, und fürchtete Şirins Ideen, auf ein neues Sortiment zu setzen und den Gemüsehandel einzuschränken. »Damit haben wir begonnen. Dadurch konnte ich den Laden aufbauen«, erklärte er: »Wir dürfen unseren Ursprung nicht verleugnen.«

Yelda versuchte leise, wenn die Kinder nicht dabei waren, ihrem Mann zu widersprechen. Er möge doch den Prunkbau in der Heimat wieder abstoßen; der Onkel und die Tante würden verstehen. Doch Mehmet stöhnte bloß: »Nein, diese Schande, Yelda!« Was die Familie, was die Bekannten, die Jugendfreunde von ihnen denken sollten? Wie sie höhnen würden? Er könne sie bereits hören. Ob sie deshalb das Dorf verlassen hätten? Etwa, um nun in Armut zu leben? Nein, versetzte Mehmet, unmöglich, sie dürften keinesfalls kapitulieren.

Im Sommer reisten sie gemeinsam mit den Kindern in die Türkei, brachten teure Geschenke mit für alle, und Mehmet ließ sich feiern, lebte für einige Tage wieder auf, kehrte zurück in seine Jugend, in seine Leidenschaft, ließ die Augen aller aufleuchten, verzauberte die gesamte Umgebung wieder, als wäre er ein junger Mann, jener Dreistling aus früheren Zeiten, riß gar Yelda, Şirin, Bülent und Zafer mit, um dann auf dem Rückweg schon wieder zu verfallen. Die Kinder steuerten nach Nordwesten. Er hockte am Beifahrersitz, blickte aus dem Fenster, die Stirn an die Scheibe gedrückt, die

Fäuste ans Herz. Wie sie seine Leidensmiene haßte und wie erst ihr verbissenes Schweigen dazu.

Georgios Alexandrus mochte Mehmet Ertekin und konnte ihn gut verstehen. Ihm selbst war zuweilen zumute, als lebe er, Alexandrus, in einer sterilen Lösung, ein konservierter Lurch. Nichts erinnerte mehr an seine Jugendsünden, an die Streiche, die er mit seinen Freunden begangen hatte. Wenn er im Urlaub nach Saloniki zurückkam, wurden sie alle, seine einstigen Schulkameraden, die älteren Herren, die sich seit Jahrzehnten kannten, mit einemmal zu Pubertierenden, alberten herum, lachten aufs Stichwort, sprachen im Modejargon einer längst untergegangenen Epoche, und dann schien wieder komisch, was ihm in Wien eher peinlich vorkam. In Österreich gerannen die dummen Späße zu alten Weisheiten und melancholischen Anekdoten. Die Einheimischen hatten ihn erst als Erwachsenen kennengelernt. Keiner von ihnen konnte herkommen, ihm auf die Schulter klopfen, ihn an einen Unfug erinnern, den sie gemeinsam in der Schule begangen hatten. Georgios war ein Außenseiter, aber anders als Mehmet Ertekin hatte er dies gut zu nutzen gewußt, und dennoch verstand er den türkischen Kollegen. Zudem fürchtete er den Groll der Ertekins. Was hatte sein Sohn bloß gemacht?

Als Stefan Sandtner von Theo erfuhr, was geschehen war, stieß er hervor: »Die bringen dich um, Theo!«

»Spinnst du«, lachte der, »hast du zuviel Karl May gelesen?«

Abends saßen die Ertekins noch in ihrem Keller, der ihnen als Warenlager diente, ein Verlies in der Seitengasse der Wienzeile. Sie ordneten die Waren um, und Şirin erklärte den Brüdern, was wohin gehörte, verzeichnete alles.

Mehmet Ertekin saß da, saß in seinem Schweigen, und Yelda daneben. Bülent fragte: »Wie konntest du das den Eltern bloß antun?«

»Diese Schande«, sprach nun Mehmet Ertekin, sprach in Türkisch. Wie sollte er seinen Freunden, wie seinen Verwandten bloß unter die Augen treten?

Şirin schwieg. Sie zählte Geld und studierte die Geschäftsbücher.

Bülent schlug mit der Faust auf den Tisch, knapp vorbei an ihren Händen, fegte dabei einige Münzen auf den Boden. »Dein Vater spricht zu dir«, brüllte er auf deutsch.

Jetzt erst blickte sie auf. Sie sah ihn an, fragte ganz ruhig, ob er, Bülent, etwa den Gewinn berechnen wolle. Sie müsse jetzt wieder von neuem beginnen.

»Şirin«, stimmte Mehmet an und in türkisch: »Du weißt, daß ich dich liebe, wieviel du mir bedeutest, aber wie konnte das passieren, Kind?« Er sang die Frage wie ein Klagelied.

»Ganz einfach. Wir lieben uns, Baba. Ich werde ein Kind bekommen, wir werden es großziehen. Es ist dein Enkel.« Sie antwortete ihm auf deutsch.

Mehmet stieß ein Lachen auf. Auch er wechselte die Sprache. Glaube die Tochter etwa, das wäre so einfach? Er fragte, hob dabei die Hände, ob sie vergessen habe, woher sie stamme?

In diesem Moment ließ Zafer, der noch die Kisten mit Obst herumgetragen hatte, eine mit lautem Knall fallen. Alle zuckten zusammen, starrten ihn an, doch er blieb ganz ruhig, sagte bloß: »Ich stamme vom Stand dreihunderteinundvierzig.«

Was das heiße, wollte Bülent wissen.

»Du hast uns hierher gebracht, Baba. Hörst du«, antwortete Zafer über den Kopf seines Bruders hinweg. »Du hast Şirin hier aufwachsen lassen. Wir sind in Wien geboren; auch du, Bülent.«

»So«, höhnte der ältere der Söhne und stieß Zafer dabei gegen die Brust. Dann werde er Zafer eine Neuigkeit erzählen. »Für die Österreicher«, so Bülent, »bin ich ein Kümmeltürke und werde es immer bleiben.« Mehmet nickte. Bülent zog ein Papier aus der Tasche, hielt es hoch: »Bis zu meinem Tod. Sie wollen mich nicht. Nicht einmal einen eigenen muslimischen Friedhof gestehen sie uns zu. Nicht einmal unsere Körper wollen sie in ihrer reinen Scholle haben. Sie haben Angst um ihren sauberen Boden.«

Die große Mehrheit der Muslime in Österreich ließ sich in ihrer jeweiligen Heimat beerdigen, weil ihnen islamische Gräberfelder nicht zugebilligt wurden. Es gab bloß muslimische Abteilungen auf den allgemeinen Friedhöfen Wiens. Vereine waren gegründet worden, die gegen Geld den Transport der Toten in das Herkunftsland samt Bestattung versprachen. Reise ins Jenseits; all inclusive. Für die Mitglieder wurden Kennkarten ausgestellt, die sicherten, daß sie bei plötzlichem Tode versorgt sein würden, und die Ertekins verfügten ebenfalls über solche Ausweise, wie etwa jenen, den Bülent nun Zafer vorhielt.

Das interessiere ihn nicht, winkte Zafer ab: »Seit wann bist du so religiös? Was kümmert dich das Begräbnis? Ich rede nicht vom Tod, sondern vom Leben, ich rede nicht von den anderen, sondern von mir, von Zafer Ertekin.« Er klopfte sich dabei auf die Brust. »Baba, du hast mich hier gezeugt«, und zu Yelda: »Anne, du hast mich in dieser Stadt geboren. Wieso schweigst du? Immer schweigst du. Ich habe euch nicht gebeten, hierherzukommen, aber ich bin jetzt da. Ich lebe hier, verdammt noch mal.«

In diesem Augenblick klopfte es an der Stahltür. Sie schraken zusammen, schauten dem Eingang entgegen, und da betrat Theo Alexandrus den Raum, blieb an der obersten Stufe der Treppe, die hinunterführte, stehen.

»Theo …«, flüsterte Zafer und schüttelte ungläubig den Kopf, worauf Bülent fragte, was der denn hier suche.

Zafer sagte: »Laß gut sein«, aber unklar schien, ob diese Worte zu seinem Bruder oder zu seinem besten Freund vom Nachbarstand gesprochen worden waren, und vielleicht wußte er selbst nicht, an wen er sie gerichtet hatte, denn obgleich er sich für Bülents Unfreundlichkeit schämte, begriff er nicht, wie Theo so unvernünftig sein konnte, an diesem Abend hierherzukommen.

»Theo!« Mehmet schrie den Namen. Er stand auf, schlug die Hände über dem Kopf zusammen, hieb sich dann mit ihnen gegen die Backen, und es war beinah ein Flehen, als er anhob: »Theo, ich kenne dich, seitdem du so klein bist. Du warst immer wie ein Sohn für mich und jetzt – … Kannst du nicht zumindest verstehen, daß hier nun die Familie sitzt, daß es gewisse Grenzen gibt? Daß du nicht überall dazugehörst? Wir haben zu reden. Untereinander.«

Theo stotterte eine Entschuldigung und wandte sich ab, um wieder aufzubrechen.

Aber bevor er zur Tür gelangt war, sagte Şirin ganz ruhig: »Er ist der Vater deines Enkels, und wenn er gehen muß, dann verschwinde ich auch, und, Baba, das schwöre ich, nie wieder wirst du mich sehen.« Sie zog sich die Jacke über, stieß Bülent zur Seite.

Mehmet Ertekin stand reglos da, sah stumm, hilflos zu, wie sie die Stufen hinaufstieg.

»Genug jetzt! Schluß!« Bülent und Zafer zuckten zusammen, als sie den Knall vernahmen, Şirin stolperte beinah und blieb miteins stehen. Mehmet wankte, es war, als wäre er von einem Schlag getroffen worden. Yelda Ertekin war aufgesprungen, ihr Stuhl dabei mit einem Donner nach hinten gestürzt, und ihre Stimme gellte hoch, die Augen flammten, und sie stampfte auf. Nie zuvor hatten die Kinder sie so gesehen. »Genug jetzt! Du und deine Schande, du und dein Dorf! Du und dein Ursprung, du und dein Gemüseladen! Schluß, hörst du. Als du mich geheiratet hast, was kümmerte dich da die Ehre meiner Familie? Was kümmerte dich damals die Schmach meiner Eltern? Was die Herkunft meines Vaters? Weißt du nicht mehr, daß du geliebt hast? Weißt du überhaupt noch, was das war? Fühlst du denn nichts mehr? Ist das Haus, in dem dein Onkel und deine Tante leben, wichtiger als deine eigene Familie, deine Tochter, dein Enkelkind? Was bist du für ein Mensch? Hörst du? Du hast uns hierher gebracht, Mehmet. Wann wirst du endlich nachkommen? Sag mir, wo ist der Mann, für den ich nach Wien ging? Ich habe dich immer verteidigt vor den Kindern. Unterbrich mich nicht. Viel zu lange habe ich geschwiegen. Damit ist es aus. Endgültig. Mit mir nicht«, und dann leiser: »Mehmet, was hast du bloß aus mir gemacht?«

Das helle Aufschluchzen Şirins unterbrach sie, und mehr noch als der Ausbruch der Mutter überraschte die Männer in diesem Keller das Weinen Şirins. Mehmet lehnte sich an den Tisch. Die Brüder waren vereist. Theo schlich zu Şirin.

»Ich habe geschwiegen. Jahre hindurch. Wer weiß, warum. Aber wenn du jetzt meine Tochter gehen läßt, wenn dir dein Ansehen vor deinem Dorf wichtiger geworden ist als deine eigene Familie hier, Mehmet, dann wirst du auch mich nicht mehr wiedersehen. Ich schwöre es dir, beim Leben meines Vaters und meiner Mutter. Ich werde dich verlassen. Hörst du?«

»Yelda«, tönte der Alte, zittrig dabei, schlurfte auf sie zu, doch sie wehrte ihn ab. Es sei ja schon gut, flüsterte er zu Yelda, und dann nochmals, lauter, mit einem Wink seiner Linken zu Şirin und Theo, die Geste einer endgültigen Kapitulation. »Ist ja gut.«

Stefan Sandtner hatte die Wohnung aufpoliert wie noch nie zuvor. Ein Spalier von Kerzen sollte den Besuch willkommen heißen. In den Ecken warteten Blumen. Stundenlang hatte er überlegt, welche Musik er auflegen sollte, und er entschied sich letztlich, seine Geliebte, Flora Dema, mit Jimmy Scott zu empfangen, jenem einzigartigen Sänger aus Cleveland. Zuweilen war es, als singe eine Frau, dann ein Bub, doch war es unmöglich, daß ein Kind über solch ein Timbre verfügte, die Melodie derart schillern lassen könnte, sich in die überraschendsten Wendungen versteigen würde, und wer genau lauschte, glaubte beinah einen Hunderte Jahre alten Greis zu vernehmen, voller Melancholie und Zärtlichkeit. Nein, es war kein Knabe, kein Kastrat, keine Diva des Blues, sondern alleinig Little Jimmy Scott, der klang, als habe er die Leben Hunderter Menschen unterschiedlichen Alters und Geschlechts erlitten. Er intonierte jenseits des Taktes, ließ den Gefühlen Zeit, unterwarf sich nicht dem Schlagzeug und paraphrasierte die Melodie, sang, als spiele er ein Saxophon wie etwa Charly Bird Parker oder Miles Davis.

Stefan kochte. Das allein war Aufregung genug. Im Topf blubberte ein Fisch. Zum Dessert gab es Mousse au chocolat. Es duftete das ganze Stockwerk. Die eigentliche Überraschung hatte er sich jedoch für den Nachtisch aufgehoben. In einem weichselroten Etui wartete ein Armkettchen, ein altes Stück aus feinem Gold und Granat, und er wußte, dieser grazile Schmuck würde zu Floras dunklem Teint, zu ihrem zierlichen Gelenk passen. Erst nachdem er ihr das Geschenk übergeben haben würde, wollte er von seiner Neuigkeit, von der Mietwohnung, sprechen und vielleicht sogar von ihrer Zukunft.

Wie jedesmal erschien sie nicht rechtzeitig, und während er sonst über ihre Verspätungen nicht verärgert war, fürchtete er diesmal um sein Essen. Als sie eine halbe Stunde später auftauchte, ließ er sich seinen Unmut nicht anmerken, sondern empfing sie mit einem Kuß. Flora wirkte angespannt, stöhnte, sobald sie die Garçonnière betrat, und auf seine Frage hin sagte sie, es gäbe Streit mit einem Kollegen an der Akademie. Er war ein wenig enttäuscht, weil sie selbst nach Tagen der Trennung noch in Gedanken bei der Arbeit war.

Flora betrachtete die Wohnung. Vor Wochen bereits hatte sie ihn um Hilfe gebeten, doch er schien an nichts anderes zu denken als an romantische Inszenierungen, an feine Restaurants, an Kerzen und Blumen. Hatte er, so fragte sie sich, jemals wahrgenommen, wer die Frau war, mit der er manche Nacht verbrachte. Doch als sie bemerkte, welche Mühe er sich gemacht hatte, belohnte ihn die Frau aus Ex-Jugoslawien mit der Frage: »Ist das nicht Jimmy Scott?«

Sobald er den Fisch aus dem Topf hervorholte, wirkte Flora endlich aufgetaut und irgendwie hingerissen von seinen Aufmerksamkeiten. Sie setzten sich zu Tisch, er öffnete den Wein, da läutete das Telefon. Es war Bärbl Kerber, und sie war sehr aufgeregt. Der Vater sei vollkommen verändert. Ob Stefan noch heute vorbeikommen konnte. Als er verneinte, sprach Hans in den Hörer. Es wäre wirklich sehr wichtig. Ab dem nächsten Tag sei er, Hans, auf Dienstreise. Seit gestern habe sich Kerbers Zustand rapide verschlechtert. Der Alte rede wirres Zeug.

Das sei ja nichts Neues, versetzte Stefan, aber das Schweigen auf der anderen Seite zeigte ihm an, daß er damit nicht eben Trost gespendet hatte. Es sei ihm leider unmöglich, sie heute noch zu besuchen, meinte er, aber Flora flüsterte, ihretwegen sollte er den Patienten nicht vernachlässigen. Der Alte habe erbrochen, fügte Hans jetzt erst hinzu, und diese Mitteilung beunruhigte Stefan doch: »Ich werde in etwa einer Stunde ...«

»Großartig«, rief Hans.

»Kann ich meine Freundin mitnehmen?«

»Klar doch.«

Er legte auf und hätte am liebsten im selben Augenblick die Kerbers nochmals angerufen, um wieder abzusagen. Er entschuldigte sich bei Flora, doch sie meinte, daß sie ihn bestimmt gerne begleiten würde.

Er beschloß, Geschenk und Überraschung auf später zu verschieben. Erst würden sie essen, dann die Visite absolvieren, hernach auf ein Achtel Weiß im Café Anzengruber oder ins Trabant einkehren, dort wollte er ihr von der Wohnung berichten, nachts aber, in seiner Garçonnière, die Goldkette endlich überreichen. Eine kleine Änderung im Programm, kein großes Malheur.

Anderthalb Stunden später waren sie in der Lehárgasse.

Bärbl öffnete ihnen die Tür. Sie wirkte aufgerieben, entschuldigte sich, Stefan so dringlich hergebeten zu haben, doch wären sie ungemein beunruhigt. Sie begrüßte Flora flüchtig, blickte dabei ein wenig sehr schräg. Hans hingegen fragte: »Flora?«, und: »Soso, aus dem Kosovo«, dann bat er um Verzeihung, Stefan um diese Zeit bestellt zu haben, doch der meinte: »Nun, ich bin ja Arzt. Wo ist der Patient?«

Er wirkte sachlicher als sonst, wie ihm selbst auffiel, ohne sich dagegen wehren zu können. Vielleicht lag es an Floras Anwesenheit; sie machte ihn ernsthafter und ließ ihn an seine eigene Aufgabe glauben. Zudem schaffte ihre bloße Präsenz eine Distanz zwischen ihm und den einstigen Nachbarskindern.

Er hatte Flora bereits während des Essens über Kerber berichtet. Von seiner Vergangenheit war danach die Rede gewesen, von seinen Verbrechen, dann hatte Stefan wissen wollen, ob ihr der Fisch munde. Gewiß, so ihre Antwort.

Als Stefan Sandtner das Zimmer des alten Kerber betrat, merkte er unverzüglich den Unterschied. Der Greis lief auf und ab, sprach dabei ohne Unterlaß abgehakte Sätze, Zahlenreihen gleich. Die Wörter rasselten und klickten aus seinem Mund, und irgendwie erinnerte er an eine Telefonanlage, die unaufhörlich neue Verbindungen herstellte, weitere Ziffernkombinationen durchsprang, ein Apparat mit Relais und Kugellagern. Kerber schien agiler denn je; ein Sprühfeuer an Assoziationen. »Ah, da sind Sie ja«, rief er Stefan entgegen: »Kommen Sie, kommen Sie, einen Schritt nach dem anderen, so«, er machte Tanzschritte: »Sie sehen, Herr Professor Seitz, ich habe meine Lektion gelernt. Wie? Sie sind nicht der Tanzlehrer Professor Rudolf Seitz? Ach ja, wie konnte ich nur vergessen? Sie sind es, der gute alte Huber Martin, unser Schuster. Nein, nein, Sie glauben doch nicht, ich hätte Sie nicht erkannt? Werde ich nicht mehr wissen, wie der Huber ausschaut? Na, das wär ja noch schöner. Sie wollen wohl meine Schuhe.«

Er suchte nach ihnen, stieß aber dabei auf Bärbl, und in Triolen, prestissimo, preßte er hervor: »Ja, Hilde, du auch hier. Oh, mein Gott, welch ein Zufall. Lauter Bekannte; ein reiner Auflauf. Nicht die Hilde? Na na na, wieso auch Hilde.« Er verschränkte seine Spinnenfinger, als bete er vor Glück: »Die Susi. Bist mir auf den Leim gegangen, denkst, ich kenn meine alte Susi Winter nicht mehr? Ein kleiner Bubenstreich.«

So sei es bereits den ganzen Tag, ohne Unterbrechung, sagte Hans. »Ja«, jauchzte darauf der Alte, »ohne Unterbrechung. Den ganzen Tag. Es ist wunderbar, prachtvoll. Alle alten Kameraden kommen mich besuchen«, zwinkerte zu Hans und sagte im Pizzicato: »Auch der Rüdiger!« Er rieb sich die Hände und summte dabei: »Ich hatt' einen Kameraden ...«

Stefan Sandtner blieb still, beobachtete den Patienten, doch selbst wenn er irgend etwas hätte sagen wollen, wäre er gegen den Redeschwall des Kranken nicht angekommen; so stürmisch, so überschäumend sprudelte es aus Herbert Kerber hervor. Stefan schien, als sporne den Greis zusätzlich an, daß er nicht auf Abwehr, doch ebensowenig auf entschiedene Zustimmung stieß. Die zögerlichen Gesichter um ihn verstärkten seine Unsicherheit und den Zwang, neue Erinnerungen hervorzupumpen, eine Figur seiner Vergangenheit nach der anderen aus der Tiefe seines Gedächtnisses zu schöpfen und sie wieder fallenzulassen, ehe der Irrtum ausgesprochen war. Wie sollte Stefan den Alten beruhigen? Die Wellen an Assoziationen überschlugen sich, die Flut drohte ihn wegzuschwemmen. Er schrie immer lauter, schneller, japste dabei nach Atem: »Nein, Hilde, du bist's. Blödsinn, jetzt weiß ich es wieder, die Tochter unseres Friseurs. Erinnerst dich noch? Oder nein – wart einmal – du bist die Sissy!« Stefan fürchtete, die Ekstase könnte den Kranken in eine totale Erschöpfung treiben, in einen Anfall. Irgend etwas mußte geschehen.

Doch mit einemmal war Herbert Kerber verstummt, mitten im Satz stand er still und hielt die Luft an, schluchzte dann auf, schlug sich die Hand vor den Mund, und die Geschwister traten erschrocken zu ihm hin, denn nicht bloß ihnen, ebenso Stefan schien es, als würde nun der Zusammenbruch eintreffen. Aber nichts von dem. Kerber weinte. Er erstarrte, starrte auf Flora Dema, glotzte sie an und wimmerte.

»Lili«, und dann: »Daß ich dich wiederseh. Daß du noch lebst.« Er wankte auf sie zu, kam nahe, umrundete sie und blickte verwundert zu ihr auf. »Ich schwöre dir, ich konnte nichts dafür...« Flora stand reglos, zeigte keinerlei Reaktion: »Du denkst, ich bin schuld ... hätte dir helfen sollen ...« Stefan Sandtner betrachtete, wie dieses Männlein seine vermeintliche Geliebte umkreiste, die dabei stolz und streng nach vorne sah, aus den Worten des Alten entnahm, daß er von seinem Medizinstudium sprach, von der Anatomie, von der Zeit vor dem sogenannten Anschluß Österreichs, da er mit Lili, die ihm nun mit Flora wiedergekehrt war, seziert hatte, mit ihr, der Kommilitonin, befreundet gewesen war, ja, ihr mehr noch zugetan war, bis zu jenem Tage, an dem seine Kameraden, seine Volksgenossen und Gesinnungsbrüder sie aus dem Praktikum hinausgeprügelt, die Treppe hinuntergeworfen hatten. »Ja, ich war dabei. Aber was hätt' ich denn tun sollen? Du erinnerst dich, was das für Zeiten waren ... Ich konnte ja nichts machen ... Ich kann ja nichts dafür...«

In diesem Augenblick stieß Flora bitter auf, und es war, als verwandle sie sich vor Stefans Augen in eine andere, in jene Lili oder vielleicht eher noch in eine jener Floras, die sie in ihrem Video spielte. Sie sagte: »Na, klar, die Verhältnisse ...«, worauf sie auflachte, tonlos und langsam, leise nickte.

»Ich konnte nichts machen für dich«, wisperte Kerber tränenerstickt und dann: »Verzeihung. Es tut mir so leid.«

In dem Moment, da er das sagte, trat Bärbl dem Alten einen Schritt entgegen. War das nicht der Punkt der Reue, wie sie ihn ersehnt hatte mit ihren Verhören? Kerber bat: »Kannst du mir nicht verzeihen? Kannst du nicht verstehen?«, und Bärbl, die während all dieser letzten Wochen ihrem Vater gegenüber nichts als eine Rächerin gewesen war, flüsterte in Anwesenheit der Fremden und zu Stefans Erstaunen: »Gewiß kann sie das. Nicht wahr, das kannst du schon?«

Aber Flora fuhr herum, und unverwandt sprach sie zur Tochter: »So? Wirklich? Kann ich? Den Verrat? Die Schläge? Den Ausschluß«, und dann schüttelte sie den Kopf, räusperte sich und setzte heiser nach: »Was weißt denn du?«

Sie verstehe nicht, so Bärbl. »Ich verstehe nicht«, wiederholte sie, und Herbert Kerber wimmerte dazwischen: »Es tut mir so leid«, worauf Hans zu Stefan meinte, er, der Arzt, solle doch endlich irgend etwas unternehmen.

»Du«, meinte Flora zu Bärbl, »verstehst nicht. Verstehst nichts.« Sie nickte zäh, und es war, als erwache sie aus einem Alptraum. Sie blinzelte, schaute sich um, von Hans zu Stefan, griff sich an die Stirn und atmete dann ruhig durch.

»Er ist krank, Flora«, erklärte Doktor Stefan Sandtner. Seine Stimme hörte sich leer an.

»Ja«, sagte die Frau, mit der er hergekommen war, und es klang, als wolle sie sagen: »Du verstehst auch nichts«, doch das sagte sie nicht, sagte nichts dergleichen, statt dessen schwieg sie, drehte sich um und ging, ging auf die Wohnungstür zu, öffnete sie und war verschwunden.

Stefan setzte ihr nach, rannte die Stiegen hinab, während Hans ihm nachrief: »Wohin läufst du?« Stefan holte sie ein, umfaßte sie. Sie solle zurückkommen, bitte, flehte er. Sie ließ sich küssen, aber dann: »Ich will nicht mehr hinauf.«

Er müsse sich doch um den Greis kümmern. Ob sie denn nicht begreife. Er gehe bloß seinem Beruf nach, und sie streichelte seinen Arm, bestätigte, ja, gewiß, er könne nicht anders, denn schließlich sei er Arzt. Er möge wieder zu seinem Patienten gehen.

Sie standen in der Kälte des Hausflurs, und er wollte ihr von der Wohnung erzählen, von dem Geschenk, aber er wußte nicht, wie davon beginnen. Irgend jemand sperrte unten das Haustor auf und kam ihnen entgegen. Sie müsse jetzt ein wenig allein sein, sagte Flora, ihr Lächeln verschimmerte. Sie werde ihn anrufen.

»Flora, könnten wir uns nicht nachher sehen?«

»Ich rufe dich an, Stefan.«

Die Geschwister erwarteten ihn. Sie sprachen nicht über das, was vorgefallen war. Bärbl meinte bloß, es täte ihr leid. Sie hoffe, Stefan müsse nicht ihres Vaters wegen einen Streit mit der Freundin ausfechten, aber er antwortete: »Des Vaters wegen nicht …«, worauf Hans sich räusperte, und Bärbl zusammenzuckte.

Er müsse dem Kranken ein sedierendes Mittel verabreichen, unterbrach Stefan den Gedankenfluß. Sie holten Kerber heran, der sich längst von der Begegnung mit Lili beruhigt, die Begebenheit gänzlich vergessen hatte und wieder in das hastig euphorische Gerede verfallen war: »Sie, Herr Graumler, schön Sie wiederzusehen. Aber was rede ich. Habe Sie erst nicht wiedererkannt, Doktor Faulmann. Sie wollen mich untersuchen, Herr Kollege? Bitte, gerne, dann mache ich den Arm frei.« So schwatzte er vor sich hin, strahlte, und Stefan lächelte ihm freundlich zu, spritzte ihm die Medizin. Bald wirkte sie. Herbert Kerber gähnte leise und wollte sich hinsetzen.

Sie dimmten das Licht herunter, verließen das Zimmer. Gemeinsam staksten sie in die Küche. Alle drei saßen da, erschöpft, keiner sprach ein Wort, und es schien, als zeige die Arznei bei ihnen einen ebensolchen Effekt wie beim Alten. Bärbl fragte, was nun zu geschehen habe, und Hans erklärte: »Eins ist klar, auf dein Mnemocin können wir endgültig verzichten. Ich sagte ja von Anfang an, es wäre besser, den Vater in Ruh zu lassen; aber nein …«

Ob Hans das Mnemocin überhaupt verabreicht habe, wollte Stefan wissen.

»Heute und gestern und die ganzen letzten Tage schon. Ich habe mich darum gekümmert.«

»Wieso denn du?« fragte Bärbl. Sie sei in dieser Woche dafür verantwortlich gewesen. Sie hatten, so die Schwester, ganz klar ausgemacht, sich abzuwechseln.

»Eben«, meinte Hans, »und jetzt war ich an der Reihe.«

»Blödsinn, ich gab ihm seit Montag das Medikament.«

»Bist du vollkommen übergeschnappt«, schrie Hans.

Die Geschwister zerrten die Kalender hervor, beschuldigten einander, brüllten abwechselnd »Idiot«, »hysterische Nudel«, »Arschloch«, und Stefan schaute zu, wußte nicht, weshalb er je eingewilligt hatte, diesen beiden Menschen den Patienten anzuvertrauen, ihnen als Arzt beizustehen.

»Könnt ihr endlich aufhören. Wie kleine Kinder«, so Stefan. »Seid ihr unfähig, miteinander zu kommunizieren, zu kooperieren? Euch zumindest abzusprechen, wer wann für den Patienten sorgt?« Eine Überdosis, so Stefan, hatten sie ihrem Vater verpaßt, und dann, er wisse nicht mehr weiter. Er denke, es wäre richtig, Kerber in ein Spital zu verlegen.

Bärbl kämpfte mit den Tränen, und wieder staunte Stefan, wie nahe ihr, die doch alle Verhöre mit dem Vater durchgeführt hatte, sein Schicksal nun ging. Hans hingegen blieb gelassen und sagte: »Stefan, das war ja nicht Absicht. Zumindest wissen wir jetzt, weshalb er sich so aufführte. Morgen wird er ausgeschlafen sein und wieder normal.«

»Normal?« fragte Bärbl.

»Sein Zustand wird sich stabilisiert haben«, setzte Hans nach. Sie würden, versicherte er Stefan, nun auf einer Tafel festhalten, wann wer das Mnemocin verabreiche. Der einstige Nachbarsfreund, meinte Hans, könne ganz beruhigt sein. Die Einquartierung des Vaters in ein Krankenhaus sei gewiß nicht nötig. Im Gegenteil. Hier, so Hans, glaube Herbert Kerber sich vor den Alliierten sicher. Hier warte er auf seine geliebte Frau, auf Franzi. Hier sei er bei seiner Familie gut aufgehoben, und so solle es bleiben.

In den nächsten Tagen schlug die Stimmung an den Ständen Ertekin und Alexandrus vollkommen um, und während nach der Kunde von Şirins Schwangerschaft erst die Sorgen der Väter die Szenerie bestimmt hatten, überstrahlte nun eine freudige Aufgeregtheit den Schauplatz. Die Mütter schmiedeten gemeinsam Pläne für die Zukunft. Yelda hatte mit einemmal die Oberhoheit übernommen, hatte durchgesetzt, daß das Haus in der Türkei verkauft, die wirtschaftlichen Vorschläge Şirins endlich übernommen werden müßten, um eine sichere Zukunft zu gewährleisten. Melina Alexandrus war wiederum überzeugt, daß jetzt beide Familien ein gemeinsames Unternehmen in Angriff nehmen sollten. Zusammen ließen sich Feste leichter beliefern. Wozu noch gegeneinander, gegen die eigene Verwandtschaft arbeiten?

Mehmet gab zu allem sein Einverständnis, doch nicht ohne eine gewisse Zähigkeit, einen Rest an Widerwillen. Yelda meinte, er würde noch auftauen, wenn er erst das Enkelkind in Händen hielte. Dann schmelze er gewiß dahin, doch wenn nicht, so hatte sie beschlossen, wollte sie seinen Gram und Grant nicht einmal ignorieren.

Eine Woche nachdem er sich Yeldas Diktat unterworfen hatte, suchte Mehmet Ertekin Georgios Alexandrus auf. Georgios arbeitete abends noch alleine in seinem Warenlager. Als er Mehmet sah, öffnete er eine Flasche. Sie saßen still nebeneinander. Mehmet thronte breitbeinig neben dem hageren Freund, trank vom griechischen Wein und seufzte. Nichts sonst. Er nahm einen weiteren Schluck und ächzte nochmals.

Georgios nickte nach jedem Stöhnen und sagte: »Mehmet, du weißt um mein Bein, nicht wahr?«

Der Türke brummte Zustimmung, und es war, als wolle er sagen, ja, ihm brauche keiner von der Geschichte erzählen, er kenne die Kämpfe zwischen den beiden Völkern zur Genüge, die Verletzungen, die viele davongetragen hatten, und obgleich er sich gewiß nicht den nationalistischen Extremisten zurechnete, er vielmehr wie Alexandrus in der Jugend ein Revoluzzer gewesen war, so glaubte er nun dennoch nicht, es sei so leicht, sich über die Geschehnisse der Vergangenheit hinwegzusetzen. Wie sollte mit einemmal vergessen sein, woher sie stammten?

Georgios zog die Hose hoch, und zum erstenmal seit Jahrzehnten lieferte er seinen Stumpf Mehmets Blicken aus. »Siehst du«, sagte Georgios, »schau genau hin«, und wieder stöhnte der andere, ein Schauer lief über seinen Rücken, er winkte ab, schüttelte den Kopf, ihm purzelten dabei drei Schnalzer über die Zunge, und er wagte kaum auf den fleischfarbenen Kunststoff zu sehen, denn letztlich, so meinte er, waren seine Landsleute wohl schuld an dem, was seinem Freund vor Jahrzehnten widerfahren war.

»Siehst du«, sagte Georgios: »Es funktioniert sehr gut. Es besteht aus den modernsten Materialien. Ich bin sehr zufrieden.« Er klopfte darauf: »Titan, Aluminium, Kohlefasern und thermoplastischer Kunststoff. Es ist großartig.« Georgios bewegte den Fußteil, und Mehmet beugte sich vor, verzog die Mundwinkel nach unten, und ein wenig verblaßten seine trüben Gedanken, denn er mußte zugeben, daß die moderne Mechanik wirklich erstaunlich funktionierte.

»Nein«, setzte Georgios fort, »ich kann mich nicht beschweren. Gewiß, ich spüre manchmal Stiche oder sogar ein Brennen in meinem Unterschenkel. Obgleich das Bein ja seit Jahrzehnten nicht mehr dran ist. Nein, wirklich. Phantomschmerz nennen sie das. Oder es kitzelt und juckt in der Ferse, aber ich kann mich dort nicht kratzen, denn sie ist ja nicht mehr da.«

Bei diesen Worten spürte Mehmet miteins ein Kribbeln in seinem Schuh, aber er wagte nicht hinzulangen und den Reiz fortzukraulen. Er fürchtete, es könnte wirken, als wollte er sich über den anderen lustig machen, und dann fragte er: »Starke Schmerzen?«

»Wie ein Stich mit dem Messer in die Sohle.«

Mehmet wiegte den Kopf, schmatzte und sog dann die Luft ein: »Das ist stark, sehr stark.«

»Na ja, nicht angenehm, aber auch nicht so schrecklich. Nein. Viel schlimmer ist, daß ich manchmal, in der Früh, mein Bein nicht spüre.«

Mehmet hob die Brauen: »Was?«

»Ja, dann fühle ich es nicht. Ich wache auf, aber das Bein wacht nicht mit mir auf, liegt irgendwo anders. Glaub mir, das sind die furchtbarsten Augenblicke. – Ich merke schon, du willst mich fragen, ob ich noch normal bin. Das Bein, denkst du, ist ja tatsächlich nicht da. Wie kann ich fühlen wollen, was fort ist? – Es ist weg. Komplett sogar, aber dennoch brauche ich es. Das ist kein Märchen. Ich war deswegen sogar im Spital; bei Doktor Stefan Sandtner. Ein netter Kerl und ein guter Arzt. Hat mir geholfen, denn siehst du, Mehmet«, nun senkte Georgios die Stimme, beugte sich vor, sprach zu Ertekin in verschwörerischem Ton: »Wenn ich aufstehen will, wenn ich meine Prothese anlegen möchte, dann muß ich das Bein spüren, den Fuß, meine Zehen, sonst kann ich nicht auftreten, nicht gehen, nicht den Ersatz verwenden, als wäre es mein eigenes Fleisch. Ich muß das Bein aufwecken, und so schlage ich auf den Stumpf, prügle gegen die Narbe, schmettere drauflos, schreie dabei, bis es wieder da, bis es wieder wach ist, bis ich spüre, mein Bein, das mir fehlt, meinen Fuß, meine Zehen, bis ich glaube, sie spreizen zu können. Und dann erst kann mein künstliches Stück angeschnallt und festgezurrt werden, kann ich endlich aus dem Bett steigen. Zur Arbeit laufen.«

Georgios griff zur Flasche. Er goß sich und Mehmet Ertekin ein Glas voll, prostete ihm zu, trank, klopfte auf die Keule unter seiner Hose, massierte den Stumpf und sagte: »Weißt du, Mehmet? Ab und zu ist mir, als wäre alles, was ich bin, mein ganzes Leben ein Ersatz, eine Prothese. Nicht bloß das Bein. Alles, was auf der Insel war, ist weg, vorbei, amputiert; kommt nie wieder. Aber um Schritte machen zu können, muß ich erinnern, wie es war, und daß es fort ist. Endgültig. Unumgänglich. Nur so kann es gehen, Mehmet. Nur so kann es gehen. Verstehst du?«

Da schaute Mehmet Ertekin in die Augen des Georgios Alexandrus, und ihm war, als sehe er seinen Nachbarn zum ersten Mal. Er lächelte und sagte: »Komplett sogar.«

9 »Es vergessen.« Thomas Wandruschka stierte an Wolf Haumer vorbei, schielte ein wenig, tapste zum Bier, nahm einen Schluck. Er wolle nicht mehr an die ganze Geschichte denken, so Tom, und Wolf sagte: »Ist auch besser so«, hob sein Glas, sie stießen an. Es täte gut, zu reden, und er sei Wolf dankbar, mit ihm ins Beisl gegangen zu sein, so Tom, er schnaufte bei jedem Wort. Für ihn sei der andere nicht bloß der Polizeioffizier, nicht nur Objekt seiner Filmarbeit. »Ich habe mehr in den paar Wochen auf dem Revier und im Einsatz gelernt als in den Semestern auf der Universität. Ehrlich.« Haumer biß in das letzte Stück seiner Debreziner und nickte. Er sei schon in Ordnung, beschied der Beamte, dann zog er die Zigaretten hervor, bot dem Kunststudenten eine an und gab ihm Feuer. Das Beisl stank nach kaltem Rauch, nach Bratenfett. Im Hintergrund dampfte ein Grölen hoch; das halbe Lokal schaute zu einem Fernseher empor; irgendein Länderspiel. Seit Stunden saßen die beiden beisammen. Wolf Haumer hörte dem anderen zu. Im Büro oder auf Streife bestimmte er und spielte sein Wissen aus, doch hier, nach der Arbeit, blieb Haumer mundfaul, ließ den Akademiker reden, verharrte in einer Mischung aus Skepsis und Respekt.

Zu Beginn, sagte Haumer, habe er Tom für ein arrogantes Arschloch gehalten, worauf Wandruschka lachte und erklärte, klar, das sei ja kein Wunder. Wieder stießen sie an, und Tom meinte, er wolle nicht mehr an Flora denken, an den Klang ihrer Stimme. Er könne aber nicht anders; im Geiste sehe er sie vor sich, sehe ihr Lächeln schief in den Mundwinkel gehängt. Er wußte nicht mehr, ob seine Gedanken aus Zuneigung oder Mißgunst um sie kreisten, er war in wütender Leidenschaft und leidenschaftlicher Wut an sie gekettet. Flora Dema; wem, überschrie Tom den Lärm der Fußballbegeisterung, wem, wenn nicht ihm, verdanke sie ihren Erfolg auf der Akademie? Hatte er sie denn nicht in das Seminar eingeführt und ihr dann mit praktischen Ratschlägen weitergeholfen? Tom leerte sein Bierseidel. Daß er ihr zur Seite gestanden sei, werde ihm von niemandem angerechnet, sondern vielmehr als Masche abgetan, und ihm war, als ergötzten sich alle daran, daß Flora ihm die kalte Schulter zeige. Auch Hanno Geiss hatte sie ihm vorgezogen.

Haumer zuckte mit den Achseln, stieß auf, gähnte sodann, schaute angestrengt auf seine Uhr, worauf Tom Wandruschka auf den Tisch schlug und lallte, ohne seine Hilfe wäre die Frau ja nicht einmal mehr in Österreich.

Haumer kicherte und schüttelte den Kopf. Nein, nun übertreibe Tom aber. Er bringe wohl Fremdenamt und Filmakademie irgendwie durcheinander.

Tom schrie über die Gläser hinweg: »Was? Du glaubst mir nicht? … Lach nicht, Wolf. Weißt du was? Du hättest sie abgeschoben. Ja, du. Erinnerst du dich an die Razzia auf der Mariahilferstraße? Das war Flora. Die mit der Kamera. Bloß meinetwegen hast du ihre Dokumente nicht verlangt. Siehst du, jetzt schaust du. Hätte ich dich damals nur deine Pflicht erfüllen lassen, dann würde Geiss sie mir nicht vorziehen. Aber ich wollte ja unbedingt ein guter Mensch sein. Ja, jetzt lachst du nicht mehr.«

Nein, Haumer lachte nun nicht mehr, und »Tor!« schrien im selben Moment einige Herrenstimmen, worauf Tom aufschreckte, während der Polizist ungerührt blieb, den anderen ansah, als wäre er zurückgekehrt von einer fernen Reise. Der Blick traf Wandruschka, und ihm war, als schrumpfe alles in ihm zusammen, als werde ihm zu eng in seinem Fleisch. Er stolperte wortlos fort, an der Kellnerin vorbei, zur Toilette. Es stank nach bieriger Männerpisse. Er torkelte vors Pissoir. Als er die Hose zuknöpfte, wurde ihm speiübel; er schwirrte zur nächsten Klomuschel. Er schrie sich die Käsekrainer, die Kaisersemmeln und den Alkohol aus dem Leib. Dann lehnte er an der Tür und keuchte, war außer Atem. Alles um ihn drehte sich. Wieder erbrach er einen Schwall. Danach schlurfte er zum Waschbecken, spülte den Mund, reinigte die Hosen und seine Schuhe mit Papiertüchern.

Wohl erst nach zwanzig Minuten kehrte er wieder in die Schankstube zurück. Zittrig hielt er nach Wolf Haumer Ausschau. Vergeblich. Der andere war bereits gegangen.

Am nächsten Tag, in aller Frühe brach Stefan Sandtner auf, denn an diesem Montag wollte er endlich jene Aufgabe erledigen, die er vor sich hergeschoben hatte: den Gang ins Innenministerium wagen, um für Flora eine Aufenthaltsgenehmigung zu erwirken. Er ging durch die Herrengasse, und sobald er angekommen war, ahnte er, daß er an die falsche Adresse geraten war. In dem Palais der Innenstadt saßen offensichtlich kaum jene Beamten, die ihm Auskunft geben konnten. Hier residierten der Minister und seine Kabinettsmitarbeiter. Die Abteilungen für Fremdenrecht und Flüchtlingsangelegenheiten würden sich an diesem Ort nicht finden. Er betrat den hohen Vorhof des Ministeriums. Er wisse nicht, an wen er sich wenden solle, sprach Stefan den Polizisten an, der vor dem Tor stand, ihm nicht antwortete, bloß eine Augenbraue verzog, ihn dann wortlos an einen Portier im Inneren verwies, der in einer kleinen Glaskoje saß, ein Briochekipferl in sein Kaffeehäferl tunkte und fragte, wen Stefan suche.

»Ich möchte mich für eine Bekannte, die nicht österreichische Staatsbürgerin ist, erkundigen, wie sie zu einer Aufenthaltsgenehmigung gelangen könnte.«

»Na, da sind Sie aber falsch«, schmatzte der Beamte, doch weiter kam er nicht, denn plötzlich sagte jemand: »Sie, Stefan, hier?«

Stefan Sandtner wandte sich um und sah in ein vertrautes Gesicht. Da stand jener rothaarige Mann mit Schnauzbart, der ihn bereits seit Monaten in den Lokalen der Innenstadt und vor den Ständen des Naschmarktes angesprochen hatte, ohne daß Stefan noch wußte, wer dieser andere war, wo er ihn das erste Mal getroffen, wie er ihn kennengelernt hatte. Flora lachte jedesmal, wenn sie seinem ganz persönlichen Unbekannten begegneten, freute sich über die ungelenken Verrenkungen und Floskeln, mit denen Stefan zu kaschieren versuchte, daß er keine Ahnung hatte, wer ihn freundlich grüßte, und auch dieses Mal lächelte er und sagte, wie es sein Vater, der sozialdemokratische Beamte, wohl getan hätte: »Grüß Sie«, fügte hinzu: »Wie schön, Sie hier zu sehen.«

»Guten Morgen, Herr Sektionschef Doktor Kratochvil«, rief nun der Portier hinter dem Glasschalter hervor. »Guten Tag«, antwortete der Herr, und in diesem Moment fiel Stefan ein, um wen es sich hier handelte, wen er in den letzten Jahren nächtens freundschaftlich gegrüßt, mit wem er getratscht, über irgendwelche Frauen und über Politik belanglos geplaudert hatte; jedesmal, ohne zu wissen, wie der andere eigentlich hieß.

»Wie geht es Ihrem Herrn Papa?« fragte Doktor Hermann Kratochvil und setzte, ohne die Antwort abzuwarten, nach: »Ich muß oft an ihn denken.«

»Er genießt seine Pension.«

»Genießt? Na«, schüttelte Kratochvil den Kopf: »Ist es möglich, daß Sie ihn so schlecht kennen?«

»Haben Sie Kontakt mit ihm?« wunderte sich Stefan.

»Nein. Das hat sich leider gänzlich verlaufen.« Er schaute an Stefan vorbei, murmelte wie zu einem Abwesenden: »Aber schon vor der Pension.«

Stefan kratzte sich verlegen den Kopf. Dann schaute er sich um, denn er suchte nach einer Ausflucht, um das Gespräch wieder zu beenden. »Beinah hätte ich vergessen, was mich hertreibt. Ich bin ja eigentlich in Eile«, nickte er dem anderen zu, als wolle er sich bereits verabschieden.

»Was bringt Sie denn zu uns, mein Lieber«, wollte Kratochvil wissen, und bei dieser so freundlichen Anrede krampfte sich ein Lächeln in Stefans Backen.

»Nun, eine persönliche Angelegenheit. Ich möchte mich

für eine Bekannte erkundigen, wie sie in Österreich bleiben kann.«

Bei diesen Worten blickte Kratochvil hoch, als wäre er aus einem Gedanken aufgerissen worden, sah schräg zum Portier und meinte leishin zu Stefan: »Kommen Sie doch bitte mit.« Der Sektionschef schritt voran, tänzelte die Treppe hoch, grüßte andere Beamte, die ihnen über den Weg liefen, und wisperte zu Stefan: »Wir gehen jetzt in mein Büro, und dann bereden wir alles. Ich kann Ihnen gewiß nichts versprechen. Schauen wir einmal, was sich machen läßt.«

Das Büro lag in der Beletage des Prunkpalais, das am Ende des neunzehnten Jahrhunderts erbaut worden war. Sie betraten einen riesigen Raum. An der Decke farbige Fresken. Satte Gestalten schwebten in wolkigen Gefilden. Die Wände waren hölzern verschalt und samten rot verkleidet. Hier arbeiteten mehrere Sekretärinnen, ohne dabei zu dicht gedrängt zu sitzen. An einer dieser Frauen, einer jungen Erscheinung mit elfenbeinblassem Teint, pechschwarzem Haar, doch blitzgrünen Augen, blieb Stefans Blick haften. »Guten Morgen, Herr Sektionschef. Ein Anruf vom Kommerzialrat Weingartner.«

»Stellen Sie bitte durch. Kommen Sie, Stefan.«

Er öffnete eine hohe, verzierte Tür mit Messinggriff, und da, noch prunkvoller als das Zimmer, das sie eben durchschritten hatten, lag Kratochvils Arbeitsfeld. In der Ecke stand ein Porzellankamin aus kakanischer Zeit. Das Telefon läutete. »Guten Morgen, Herr Kommerzialrat. Ja.«

Kratochvil drehte sich ein wenig zur Seite. »Nein, es vergessen ist kein ausreichender Grund … Die Frist muß eingehalten, die Verlängerung der Aufenthaltsberechtigung beantragt werden; da läßt sich leider nichts machen. Solche Pappenheimer gehören weg.« Er legte auf, strahlte Stefan an und sagte: »Es ist eine beschissene Arbeit, aber wenn wir es nicht machen, dann kommen die anderen zum Zug, und dann hört der Spaß wirklich auf.«

»Spaß«, wiederholte Stefan.

»Mit den Rechten ist kein Staat zu machen.«

Wieso hatte er vergessen können, wer dieser Mann war? Hermann Kratochvil hatte für seinen Vater, den Verfassungsjuristen, gearbeitet, und Doktor Willhelm Sandtner war von dem jungen Kollegen und Parteigenossen begeistert gewesen. Kratochvil war nach Hause zu den Sandtners eingeladen worden, aber erst Jahre später, bei einer nächtlichen Sauftour, hatte ihn Stefan näher kennengelernt. Bereits damals hatte er den Namen des anderen nicht mehr gewußt und dennoch nicht gewagt, danach zu fragen, doch allmählich war die frühere Bekanntschaft durch die neue überblendet worden. Stefan hatte den jungen geistreichen Mann, dem er in der elterlichen Wohnung begegnet war, nicht mit dem Kerl in Nachtcafés und Beisln verknüpft, und diese beiden Gestalten wiederum schienen nichts mit jenem Sektionschef Kratochvil gemein zu haben, von dem er in Zeitungsberichten, zumeist kritischen, gelesen hatte.

»Was kann ich für Sie tun, Stefan. Nur keine Scheu. Erzählen Sie mir genau, worum es geht. Wir sind hier unter uns, und ich werde Ihr Anliegen vertraulich behandeln. Sie können mir alles sagen. Nicht nur Ihres Vaters wegen, sondern, wenn ich so sagen darf, aus ganz persönlicher Sympathie.« Nachdem er Dr. Kratochvil von Flora erzählt hatte, schüttelte der andere den Kopf: »Ja, aber warum kommen Sie dann erst jetzt zu mir? Sie hätten mich schon vor Wochen aufsuchen sollen. Kein Wunder, wenn Sie sich jetzt Sorgen machen.«

»Ich muß zugeben, daß ich es seit jeher meide, Ämter zu betreten.«

»Merkwürdig; Sie, der Sohn eines Willhelm Sandtner, so scheu? Oder ist es womöglich umgekehrt? Hängt Ihre Schwellenangst vor Behörden mit dem Alten zusammen? Ist es für den Sohn besonders schwer, zu mir zu kommen?«

»Glauben Sie, es ließe sich noch irgend etwas machen?«

»Eine Künstlerin, sagen Sie«, und dann: »Weiß Ihr Vater eigentlich, daß Sie deswegen zu mir kommen?«

»Nein.«

»Habe ihn seit Jahren nicht mehr gesehen. Wahrscheinlich haben Sie recht, wenn Sie sagen, daß er seine Pension genießt. Er hat sich da manches erspart.«

»Sie dreht Filme.«

»Ja, ja, sie und ihr Kameramann. Na, eigentlich kein großes Problem. Sie bürgen ja für die beiden.« Kratochvil lachte und winkte gleich ab: »Keine Angst. Ich freue mich, Ihnen zu helfen ... das genügt mir. Hier, schreiben Sie die Namen der zwei auf diesen Zettel. Ich werde mich darum gleich morgen kümmern.«

»Vielen Dank, Herr Doktor.«

»Aber, aber. Seit wann so förmlich? Im Café Engländer brauchen wir auch nie die Titel. Ich glaub, es wäre an der Zeit, sich endlich zu duzen. Ich bin der Hermann, gell?«

»Na, klar, Hermann«, murmelte Stefan; er klang ein wenig heiser dabei.

Nachher, er hatte das Büro eben verlassen, blickte er auf die Uhr und merkte, daß die Unterredung länger gedauert hatte als vermutet. Er fühlte sich irgendwie eingeölt nach diesem Treffen, nicht gesalbt, ebensowenig unrein, eher wie damals als Bub nach einem Strandbesuch, wenn seine Mutter ihm Feuchtigkeitscreme aufgetragen hatte. Er haßte immer noch das klebrig enge Gefühl solcher Pasten auf seiner Haut und unter dem Hemd. Es ist nur zu deinem Besten, hatte Anna Sandtner ihrem Kleinen eingeschärft, ihm dann einen Kuß auf die Wange verabreicht, aber der Junge war ihr entlaufen, um sich den Schmatz wieder wegzuwischen.

Er trippelte die Treppe des Ministeriums herab, und einige Beamte kamen ihm entgegen, grüßten ihn mit einem »Mahlzeit«, dem täglich obligatorischen Losungswort der österreichischen Verwaltung zwischen elf Uhr früh und drei Uhr nachmittags. Wer diese Parole nannte, schien amtsbekannt und zugehörig zu sein. »Mahlzeit«, erwiderte Stefan mit leisem Schmunzeln, und sein Schritt wurde leichter. Er war erfolgreich gewesen. Flora würde in Wien, würde bei ihm bleiben. »Mahlzeit«, rief er dem Portier zu, worauf der Uniformierte ihm jovial zunickte und ihn anlächelte wie einen alten Freund.

An diesem selben Montag, kurz nachdem Stefan Sandtner das Ministerium verlassen hatte und ehe noch Tom Wandruschka aus seinem Bierrausch erwacht war, wartete eine Einheit der Fremdenpolizei auf Flora Dema und Goran Bošković vor der Filmakademie in der Metternichgasse im dritten Bezirk, als Goran am Frühstückstisch sagte: »Ich will heute nicht ins Studio gehen. Ich fühle mich irgendwie nicht gut.« Sie sagte nichts, trank ihren Kaffee aus, packte ihre Sachen zusammen.

Bevor sie das Tor betrat, erkannte sie die Beamten und wollte umkehren, doch hinter ihr tauchte der Einsatzleiter Wolf Haumer auf. Sie war umzingelt.

»Machen wir doch noch ein Interview«, fragte Flora frech, mit einem Lächeln, das ihr schräg von den Lippen ging.

»Na klar«, sagte der Haumer: »aber diesmal stelle ich die Fragen.«

Sie hatten es einfach vergessen, meinte Lew. Das Augenmerk der Sicherheitskräfte sei auf die anderen beschränkt gewesen. Ins Visier hatten sie, so Lew, bloß jene Landsleute genommen, die nicht dem eigenen Volk zugerechnet wurden. So war der Mörder übersehen, so waren seine extremistischen Reden mit schiefem Mund hingenommen worden, denn er hatte eher verwirrt als gefährlich, ja sogar gutmütig, obschon ein wenig allzu national gewirkt; ein Gegner des Premiers zwar, doch eben keiner der Todfeinde. Der Attentäter hatte in aller Ruhe sein Opfer erwarten, im Sperrbereich unter der Bühne ausharren dürfen, bis der Gesang Hunderttausender verstummt und Yitzchak Rabin zum Wagen geeilt war.

Stefan Sandtner hörte dem Freund zu, starrte jedoch an ihm vorbei auf die Uhr über dem Eingang des Café Prückel, wunderte sich, rief: »Ist es denn schon so spät?«, blickte auf seine Armbanduhr und erkannte, daß die Zeiger im Lokal stillstanden, bereits seit langem stehengeblieben waren. Lew erzählte ihm kaum Neues, das Attentat war vor mehr als einer Woche begangen worden. »Ja, schrecklich«, meinte er kurzhin. Sie waren nicht verabredet gewesen. Stefan war an diesem Tag so zeitig aufgestanden, daß er nicht einmal einen Kaffee zu sich genommen hatte, und nun, nach seinem Besuch im Ministerium, war er eingekehrt, um eine Buttersemmel zu essen und einen Mokka hinunterzustürzen. Lew Feininger hingegen trieb es seit Tagen ins Kaffeehaus. Er fürchtete, die Zimmerdecke könnte ihm sonst auf den Kopf stürzen. In den letzten Wochen, so Lew, sei alles, woran er geglaubt, worauf er gebaut habe, zusammengebrochen, und Feininger stammelte wirr von der heimischen Politik, vom Nahen Osten, um letztlich über die Trennung von Sophie zu klagen, davon, daß er nicht mehr weiterwisse und sich verloren fühle.

»Was hat das Ende eurer Beziehung mit der Ermordung von Rabin zu tun?«

Lew zündete sich eine Zigarette an. Stefan nahm einen Schluck von der Melange, sagte dann: »Bemüh dich das nächste Mal mehr um sie.«

»Das nächste Mal?«

»Ihr kommt wieder zusammen.«

»Das wäre doch sinnlos.«

»Das sagst du immer.«

Lew winkte ab: »Bei dir hingegen kommt nie Langeweile auf. Vor wenigen Wochen hast du noch um Sonja gejammert. Hier. An diesem Tisch. Jetzt schwelgst du in neuem Liebesleid.«

»Ich werde die Wohnung mieten«, erklärte Stefan: »Ein Altbau mit Erker und Balkon, eine wunderschöne Aussicht in einen Hof.«

Lew zuckte mit den Achseln, doch Stefan sagte: »Wir werden zusammenziehen.«

»Darf sie denn hierbleiben?«

»Dafür ist gesorgt.«

»Wieso?«

»Ich war beim Kratochvil.«

»Wirklich?« Lew lächelte, nickte seinem Freund zu, und mit einemmal hellte der Tag für ihn auf: »Darauf sollten wir trinken.« Er rief den alten Ober: »Herr Horst, zwei Achtel Weiß, bitte.«

Flora meldete sich nicht. »Ich ruf dich an, Stefan«, hatte sie ihm am Samstag versprochen. Er wartete geduldig darauf, doch als sie sich am Montagabend noch nicht gemeldet hatte, tippte er ihren Namen ins Mobiltelefon. Er lauschte dem Läuten nach, dann ihrer lapidaren Ansage: »Hallo. Piepton. Nachricht. Rückruf. Danke.«

»Stefan spricht. Bitte, laß von dir hören. Es ist dringend. Sehr. Für dich und für mich.« Er legte auf; ihm war elend zumute. Er knipste den Fernseher an, und sah einen Bericht über die Ermordung des israelischen Premiers. Der Friedensprozeß scheine merkwürdigerweise, so der Reporter, abgesicherter denn je. Die Rechte und ihr Oppositionsführer, die Rabin verleumdet, ihn des Verrats beschuldigt hatten, seien nun desavouiert, ihre Wahlchancen gering. Der Staatsmann sei tot, doch seine Politik könne nicht mehr umgebracht werden.

Stefan griff wieder zum Hörer, um Sophie Wiesen zu erreichen. Nein, sie wisse ebenfalls nichts von Flora und mache sich Sorgen. Er möge ihr Nachricht geben, sobald er Neuigkeiten von der gemeinsamen Freundin habe.

Ob er mit Lew gesprochen habe, wollte sie wisse? Nein, sie

glaube nicht, daß sich die Beziehung wieder einrenken ließe. Wie denn auch? »Das wäre doch sinnlos.« Nein, so Sophie, sie sei nicht darüber hinweg, doch heute habe sie beschlossen, sich ihrer Melancholie zu verweigern und auf ein Fest zu gehen. Studenten der Akademie hatten sie dazu eingeladen.

In ihm keimte die Hoffnung, Flora dort zu finden.

»Natürlich kannst du mit, Stefan. Ich freu mich. Wir werden mächtig viel Spaß haben. Lew brauchst du übrigens nichts zu erzählen.«

»Meinst du?«

»Angst, mit mir alleine zu sein, Stefan?«

»Wohl kaum.«

Das Fest fand in einem Vorstadtpalais statt. Getanzt wurde auf eichgelbem Sternparkett. Die Räume waren mit nussigem Holz ausgekleidet, doch statt der alten Adelsbilder hingen die Porträts gefallener männlicher Engel, die sich nackt rekelten. Der Ort, die Location, war von einem jungen Unternehmer angemietet worden, die Bilder stammten von seinem Geliebten, einem Studenten der Akademie.

Stefan hielt nach Flora Ausschau, während er zur Musik tanzte. Sophie hatte aber bald genug, und beide torkelten traurig durch die wogende Menge. Sie versuchte sich durch einige kräftige Züge an einem Joint aufzumuntern, doch statt in Fluß zu geraten, ertrank sie in ihrer Schwermut. Danach standen sie an einer Bar und kippten Tequila.

Dann erblickte er schwarze Locken in der Menge, das Halbprofil mit hohen Backenknochen, den schrägen Augen, und sogleich rannte er los, ihr nach, holte sie ein, da schaute ihm die Fremde entgegen. »Verzeihung. Ich dachte, du bist eine andere.« Die Frau zog eine Braue hoch und wandte sich ab. Er kehrte zurück zu seinem Tequila, leerte sein Glas mit einem Schluck.

Nach Mitternacht, als sehnsüchtige Balladen von Barbra Streisand ertönten, wagten sie den Weg in die Mitte des Saales, verkroch Sophie sich in ihn, und sie taumelten zweisam zu Schnulzen aus den siebziger Jahren. Wange an Wange. Sie fühlte seine Finger über ihren Rücken rieseln, dann ihr verwundert verwundeter Blick.

»Weißt du wirklich nicht, wo Flora ist?«

»Es ist immer dasselbe. Du rennst erst los, wenn der Zug abgefahren ist.«

»Ihr Aufenthalt ist gesichert. Ich war bei Kratochvil.«

»Bei dem berühmt berüchtigten Sektionschef Kratochvil?«

»Ja.«

»Wirklich? Das hätte ich dir gar nicht zugetraut.«

»Er kam zufällig vorbei, als ich ins Ministerium ging. Kratochvil war ein Schüler meines Vaters. Zudem kenne ich Hermann Kratochvil persönlich. Der Kerl, der mich immer grüßt, und ich weiß nie, wer er ist.«

»Das ist der Sektionschef Hermann Kratochvil?«

»Ja, ich habe aus irgendeinem Grund ganz vergessen, woher ich ihn kenne. Und daß er der Kratochvil ist.«

»Unglaublich. Einfach vergessen. Sektionschef Kratochvil – ein ganz enger Bekannter von dir?«

»Nicht ganz. Eher mein langjähriger Unbekannter.« Sie legte ihre Hand um seinen Nacken, wiegte dabei im Takt, und Streisand sang: »All is fair in love.«

»Ich war bei ihm, und am Mittwoch unterschreibe ich einen Mietvertrag. Eine Wohnung für zwei. Sag es ihr, Sophie.«

»Ich weiß wirklich nicht, wo sie ist.«

»Wenn du sie siehst, gib ihr das«, er fischte das samtrote Etui hervor, klappte es auf und ließ das goldene Armband, das er für Flora gekauft hatte, aufblitzen.

»Ich bin die Falsche.«

»Sag ihr, sie soll sich bei mir melden. Bitte.«

»Danke«, sagte sie, steckte das Etui in ihre Umhängetasche, ließ das Band durch die Finger rinnen.

An der Bar schaute sie sich das Stück genauer an, legte es

um ihr Gelenk. Der Schmuck gefalle ihr, passe aber nicht zu ihr. Flora werde er sehr gut stehen.

»Ich bin die Falsche.«

Er lachte. Ob sie je überlegt habe, weshalb sie beide nie ein Paar geworden wären? »Warum eigentlich nie wir zwei?« fragte er beiläufig.

Sie schwieg erst. Es dauerte zwei Minuten, bis sie antwortete, unversehens sagte: »Ja, darüber dachte ich nach.«

»Worüber?«

»Nicht so wichtig«, sagte sie, doch er: »Zu einfach?«

»Nein. Zu kompliziert.« Doch so sei er eben. Sie, so Sophie, begreife nicht, weshalb er sich so lange Zeit gelassen habe, zu Kratochvil, einem Freund, zu gehen.

»Aber ich wußte doch nicht, wer er ist.«

»Ja, ja, gewiß, du hattest es vergessen, hattest ihn vergessen.« Sie trank vom Tequila, und dann schüttelte sie den Kopf und meinte, er hätte auf Flora vergessen, ja, sie wiederholte, »auf Flora vergessen«, die Wiener Phrase, diese falsche heimische Konstruktion, passe hier ganz gut, denn so fehlerhaft und grammatikalisch dumm diese Wendung klinge, charakterisiere sie seine Ignoranz auf gemeine Weise ungemein gut, denn obenauf war er gewesen, und darunter war, was oder worauf er vergessen hatte, nämlich Flora, und darüber hatte er es sich gemütlich gemacht, sei er auf und nieder gehutscht.

»Hör auf«, flüsterte er: »Ich mag ja daneben gewesen sein. Zugegeben. Aber wann war ich, Stefan Sandtner, je obenauf?«

»Warst du irgendwann einmal in ihrer Bleibe, in diesem Loch? Hast du dich gefragt, wie sie haust? Wie sie hier ausharrt? Nein, nein, du hast auf sie vergessen«, und während er sich wegkrümmte, damit sie ihm nicht in die Augen sehen konnte, nicht seine Tränen bemerkte, überschrie sie die Musik. Er versuchte, nicht mehr hinzuhören, doch sie brüllte in seinen Nacken, hob dabei ihr Glas und feixte: »Auf sie, Stefan, auf sie.«

Morgens fuhr er zur Wienzeile, kehrte ins Café Drechsler ein. Hierher retteten sich die Gestrandeten der Nacht, bis das Lokal zusperrte, um bereits eine Stunde später frisch herausgeputzt wieder aufzusperren, und Herr Drechsler persönlich machte seine Runde, brachte den Marktstandlern und ihren Mitarbeitern ihren ersten Kaffee. Stefan war noch so spät unterwegs, daß es bereits sehr früh war.

Sophie war heimgegangen. Am Nebentisch saß eine Gruppe, die es von einem Fest hierher verschlagen hatte. Ein junger Mann mit Lederjacke, weißem Hemd und schulterlangem Haar fragte die Kellnerin: »Was für einen Rotwein haben Sie?«

»Viertel oder Achtel«, sagte sie mit slawischem Akzent.

Eine zierliche Frau mit hohen Backenknochen und großen geschwungenen Augen gluckste auf, und ein blonder Hüne neben ihr fragte: »Mona, woher kommst du eigentlich?«

»Aus Wien.«

»Und wo bist du geboren?«

»In Wien.«

»Ja, aber woher kommen deine Eltern?«

»Aus Wien.«

»Nein, ich meine, wo stammen sie her?«

»Mein Vater aus Graz. Meine Mutter aus Manila.«

»Ach so, deshalb«, meinte er, worauf Mona bei der Kellnerin bestellte: »Für mich einen Obstler.«

Stefan bat um ein Achtel Rot und ein Spiegelei. Dann tippte er wieder, wie schon öfter in den letzten Stunden, Floras Nummer in sein Mobiltelefon. Neuerlich hörte er ihre Ansage: »Hallo. Piepton. Nachricht. Rückruf. Danke.« Irgendwo hatte er die Nummer von Goran Bošković, dem Kameramann, aufgeschrieben. Er suchte danach, doch ehe er sie fand, wurde ihm das Spiegelei serviert, und da merkte er erst, wie hungrig er war. Er schluckte es gierig hinunter, verschlang dabei zwei Kaisersemmeln. Danach verlangte er noch ein Glas Rotwein.

Nun kramte er weiter nach Gorans Nummer, fächerte seine Brieftasche auf, legte alle Zettel und Kreditkarten vor sich hin auf den Tisch. Die übrigen Nachtschwärmer hatten das Lokal längst verlassen, die ersten Frühaufsteher ihren Kaffee bereits ausgetrunken. In der Ecke saß ein Dicker mit Glatze. Die Kellnerin setzte sich kurz zu ihm, er streichelte ihren Po, und gemeinsam stierten sie zu Stefan herüber, beobachteten, wie er seine Utensilien, ja, sein halbes Inventar vor sich ausbreitete, und der Mann flüsterte seiner Geliebten irgend etwas ins Ohr, worauf sie aufgickste, ihm in die Schulter lachte.

Stefan war endlich fündig geworden. Er wählte Gorans Handy an, hörte nur die automatische Ansage und hinterließ die Bitte um einen Rückruf, sammelte dann alle Papiere wieder ein, machte der Bedienung ein Zeichen, um zu zahlen.

Er wollte nur noch ins Bett, denn ihm war übel vom Alkohol und vor Müdigkeit. In ihm brannte es, und als er hinaustrat, flirrte der Morgen ihm entgegen. Er kniff die Augen zusammen. Es war, als knistere das Licht. Er beschloß, nicht nach Hause zu gehen, sondern zunächst frische Milch und Butter einzukaufen. Diesmal querte er nicht die Straße, um den Naschmarkt aufzusuchen. Er verkroch sich in den nächsten Selbstbedienungsladen, holte ein Wägelchen, rollte damit durch die Stellagen und Kühlregale voller Essen. Er hatte eben ein Päckchen Milch, Butter und Joghurt eingesammelt, und bog in die Brotecke ein, da krachte er mit seiner Karre in die eines anderen Kunden.

»So passen Sie doch auf«, fuhr ihn der Mann an, und ehe Stefan irgend etwas erwidern konnte, erkannte er seinen Chef, Professor Franz Kahlbauer.

»Verzeihung, Herr Professor.«

»Sandtner, Sie?« Kahlbauer schrak auf, schaute beinah besorgt auf den jungen Mediziner, der unrasiert, mit strähnigen Haaren, gelblich unterlaufenen Augen sehr verändert wirkte. An seinen Mundwinkeln waren Spuren von Rotwein zu sehen, kleine Teufelshörner, die seine Lippen krönten.

»Geht es Ihnen gut, Herr Kollege?«

»Großartig«, schnaufte Stefan, worauf Kahlbauer ein wenig zurückwich, dabei laut Luft durch seine Nase einsog: »So? Wirklich? Was machen Sie denn nun? Wir haben ja nie wieder irgend etwas von Ihnen gehört. Ich war bereits beunruhigt.«

»Beunruhigt?«

»Sie waren einfach weg.«

»Das war doch ausgemacht.«

»Nein, Sie sollten Ihren Urlaub nehmen, einen Monat, doch Sie sind jetzt schon viel länger fort.«

»Sie, Herr Professor, sagten mir, ich solle mir zwei bis drei Monate Pause gönnen.«

»Na, da übertreiben Sie, Herr Doktor Sandtner.«

»Aber Sie meinten doch, Herr Professor, ich möge eine Auszeit nehmen. Ganz sicher. Erinnern Sie sich nicht?«

»Auszeit? Keinesfalls. Dieser Begriff stammt nicht von mir. Das habe ich nie gesagt.«

»Haben Sie es denn vergessen?«

»Es vergessen? Ich? Passen Sie auf, Herr Kollege, ich denke, daß Sie einiges vergessen; unter anderem sich.«

»Sie erklärten damals, Sie würden mich um eine solche Erholung beneiden.«

»Ja, um solche Ferien würden Sie vielleicht manche beneiden, aber die Medizin ist eben kein Gelegenheitsjob, Sandtner. Wenn Sie das Spital allerdings nicht ernst nehmen ... Ich bin jedenfalls, um es klar auszudrücken, davon ausgegangen, daß Sie nicht wiederkommen. Ich kann Ihnen die Stelle doch nicht ewig freihalten. Ich habe meine Verpflichtungen gegenüber anderen Mitarbeitern.«

»Wie bitte? Das kann doch nicht Ihr Ernst sein? Ich rechne fest damit. Das können Sie nicht machen, Herr Professor.« Stefans Stimme war ein wenig laut geworden, worauf Kahlbauer versetzte: »Sie wollen mir sagen, was ich machen kann? Ich glaube, ich höre nicht recht.«

»Wird das hier eine Sitzung? Dann mieten Sie sich gefälligst ein Büro.« Kahlbauer und Stefan standen mit ihren Einkaufswagen anderen Kunden im Weg.

»Verzeihung«, sagte er und wich zur Seite, dann: »Ich bitte Sie, Herr Professor. Ich weiß nicht, was sagen. Das Ganze tut mir sehr leid. Es muß ein Mißverständnis vorliegen. Ich arbeite an dem Entwurf für unser Forschungsprojekt. Sie erinnern sich wohl. Es ging um Mnemocin.«

»Na, wir wollten die Untersuchung schon ohne Sie beantragen.«

»Wie bitte?«

Kahlbauer fuhr ihn an: »Ja, was haben Sie sich denn erwartet? Daß die ganze Welt stillsteht, bis Sie nichts Besseres zu tun haben? Dozent Hals entwirft bereits ein Exposé.«

»Herr Professor, das muß ein Irrtum sein. Ich war nicht untätig in der Zwischenzeit. Ich habe einen interessanten Fall studiert, einen Korsakow-Patienten, und glaube bald neue Ergebnisse vorweisen zu können.«

»So«, seufzte Kahlbauer: »Ja, was sollen wir da tun«, dann hob er den Zeigefinger und mahnte: »Disziplin ist das Wichtigste. Talent hat bald einer, und glauben Sie nicht, Sie könnten allein durch Sympathie weiterkommen. Eines habe ich im Laufe meiner Karriere verstanden, Sie sind so wichtig, wie Sie selbst sich nehmen.«

»Davon bin ich überzeugt, Herr Professor.«

»Na eben«, brummte Kahlbauer, wiegte den Kopf und sagte: »Kommen Sie heute nachmittag bei mir vorbei. Um drei. Schauen wir, was sich machen läßt.«

»Danke vielmals, Herr Professor.«

Stefan schlich heim. Er hätte sich gerne für den Rest des Tages hingelegt, aber daran war nicht zu denken. Er rief wieder Flora an, erreichte sie nicht. Vier Stunden schlief er, dann riß ihn der Radiowecker hoch. Er versuchte neuerlich Flora anzuwählen. Vergeblich. Er mühte sich aus dem Bett ins Bad. Der Kopf dröhnte, der Boden schwankte; ihm war, als ginge er über ein Schiffsdeck.

Er durfte diesmal keinesfalls zu spät kommen. Doch als er angezogen war, merkte er, wieviel Zeit ihm noch blieb, deshalb setzte er einen Kaffee auf, aß ein Salamibrot. Dann stöberte er nach allen Notizen, die er zu seiner Untersuchung gemacht hatte, steckte sie in seine Tasche. Er blieb an einigen Aufzeichnungen hängen, ergänzte sie durch weitere Beifügungen und fand die eigenen Ideen gar nicht so uninteressant, wie sie ihm im Sommer erschienen waren. Seine Gedanken weiterzuspinnen, sie nachzuprüfen dünkte ihn nun durchaus spannend, ja, unbedingt notwendig zu sein. Es war eine Arbeit, in die er sich gewiß vertiefen müßte. Miteins merkte er, daß er nun schnell aufbrechen sollte. Er raffte alles zusammen und versuchte sein Mobiltelefon zu finden, wußte aber nicht mehr, wo es war. Als er es endlich in seiner Manteltasche wiederfand, läutete der alte, schwarze Fernsprechapparat mit Ziffernscheibe in der Wohnung. Erst tat er, als überhöre er das Klingeln. Er steckte den Schlüssel in die Tür, schloß auf, doch dann, da das Bimmeln nicht und nicht aufhören wollte, jagte er mit einem Fluch zum Gerät, griff zum Hörer und sagte: »Hallo? Flora?«

»Wie bitte? Spreche ich mit Doktor Stefan Sandtner?«

»Wer will das wissen?«

»Hier spricht Kahlbauer.«

»Ach, Sie sind es, Herr Professor. Verzeihung, ich wartete auf einen Anruf.«

»Soso, Sandtner, zum Glück erreiche ich Sie noch. Heute geht es bei mir unmöglich. Sie wissen ja, wie das ist im Spital.«

»Und ob. Soll ich morgen ...«

»Ja, morgen wäre wunderbar. Abends nach neun Uhr.«

»Gewiß, Herr Professor.«

Stefan packte seine Zettel aus der Tasche, setzte sich an den Schreibtisch, versuchte an seinem wissenschaftlichen Exposé zu arbeiten, doch nach einigen Minuten tippte er wieder Floras Nummer in das Mobiltelefon.

Er fühlte sich wie gelähmt. Er ging ins Bett, blieb zu Hause, um nicht zu versäumen, falls sie sich melden sollte. Doch selbst am Mittwoch hörte er nichts von ihr. Am Vormittag hatte er einen Termin bei seinem mit ihm befreundeten Makler. Ein kleines Büro in der Innenstadt, ohne Schnickschnack. Ein Vorraum mit Sekretärin, der Arbeitsraum mit steinkohlschwarz lackiertem Tisch. Hier verhandelten sie mit dem Hauseigentümer jener neuen, größeren Wohnung in der Köstlergasse mit Balkon auf den grün verwachsenen Innenhof, in die er mit Flora einziehen wollte.

»Natürlich wäre es gut, wenn wir uns bald einigen könnten«, sagte der Besitzer, ein kleiner dicker Mann, der bei jedem Wort ein wenig ächzte. »Es ist eben ein begehrtes Objekt, und es gibt noch andere Interessenten. Sie verstehen?« Stefan wäre jeder weitere Aufschub ohnehin wie ein Verrat an Flora erschienen. Er stimmte der Ablöse zu, obgleich ihm klar war, daß er einen Kredit aufnehmen mußte, um das Geld herbeizuschaffen. Trotz all der Bedenken und nicht ohne Angst, sich heillos zu verschulden, setzte er seinen Namen unter den Mietvertrag. »Nun wird alles gut«, flüsterte er dabei, sprach es wie einen Zauberspruch, als wäre er mit seiner Unterschrift einen magischen Bund eingegangen, mit dessen Hilfe er Flora wiedergewinnen könnte, und die drei Männer reichten einander die Hand. »Sie werden sehen, es wird wunderschön, wenn Sie die Zimmer erst eingerichtet haben und umgezogen sind. Das wird vielleicht noch ein, zwei Monate dauern«, lächelte der Verkäufer.

»Allenfalls drei oder vier«, ergänzte der Makler.

Am Abend, ehe er Professor Kahlbauer aufsuchen wollte, ging er ins Amacord, bestellte sich eine Suppe und kaufte die Zeitung des nächsten Tages. Er überflog die Schlagzeilen, die Berichte über den heimischen Wahlkampf, dann las er eine Todesmeldung über eine Frau, eine, die ohne Aufenthaltserlaubnis und ohne Schein im Lande gewohnt hatte. Bei einer Feier in der Wohnung eines Freundes sei plötzlich die Polizei aufgetaucht und die Ausländerin habe gemeint, es werde nach ihr gefahndet. Sie sei, so hieß es im Artikel, aus dem Fenster gestiegen, um sich an der Regenrinne hinabgleiten zu lassen, dabei aber abgerutscht, in die Tiefe gestürzt und auf dem Wege ins Krankenhaus verschieden. Die Polizei, so endete der Beitrag, habe nicht nach ihr gefahndet. Sie sei bloß vorbeigekommen, weil ein Nachbar sich über den nächtlichen Lärm beschwert hatte.

Stefan schob das Blatt fort, und als die Kellnerin die Suppe brachte, fragte sie, ob ihm irgend etwas fehle, doch er antwortete nicht, sondern brach statt dessen eine Kaisersemmel auf, dann stöberte er nach seinem Telefon, starrte darauf, wußte nicht, was tun. Ein Kommissariat anrufen, um sich spätabends nach der Toten zu erkundigen? Sollte er erzählen, er vermisse seine Freundin, eine Ex-Jugoslawin, die ohne Papiere in Österreich lebe?

Stefan löffelte lustlos in der Suppe herum. In fünfzehn Minuten mußte er aufbrechen, um rechtzeitig Kahlbauer zu besuchen. Er zahlte, blieb aber noch sitzen. Ihm blieb genug Zeit. Schnell wählte er Sophie an. »Nein, Stefan, ich weiß immer noch nichts Neues von Flora. Vielleicht fragst du einen der Leute aus der Akademie.« Sie sagte ihm mehrere Nummern durch, und er erreichte Thomas Wandruschka.

»Ich weiß nicht, was ich sagen soll, Stefan. Ich fürchte, eine Katastrophe ist passiert. Hanno Geiss ist ein Schwein.«

»Was ist denn geschehen? Um Gottes willen, so rede doch, Tom«, schrie er, und die Leute an den Nachbartischen horchten auf, sahen herüber.

»Hast du es denn noch nicht gehört?« fragte Tom: »Die Polizei hat Flora gefunden. Sie ist aus dem Seminar geflogen.

Es tut mir so leid …« Er sprach nicht weiter. Stefan glaubte, ihn schluchzen zu hören.

In diesem Moment klopfte ein anderer Anruf an, und als Stefan auf die Anzeige blickte, sah er Flora aufblinken, ihn durchfuhr ein Schauer, und er sagte: »Ich muß aufhören, Tom.« Er knipste um zu ihr und hörte, wie seine Stimme flatterte, wie sie ihm entkam, als er sagte: »Flora, endlich. Wie geht es dir? Was ist geschehen?«

»Hast du es nicht gehört?«

»Was denn?«

Sie antwortete nicht, sondern meinte statt dessen: »Wir sollten uns sehen. Sobald es geht. Ich muß mit dir reden. Wann kannst du?«

»Sofort. Wo bist du?«

»Wo bist du?«

»Im Amacord.«

»Ich komme zu dir.«

Stefan schien bereits zwei Minuten, nachdem sie aufgelegt hatte, als habe sie ihn versetzt. Die Kellnerin tauchte auf, um seinen Suppenteller abzuräumen, und sie, die sonst noch nie mit ihm geredet hatte, fragte ihn wieder, was mit ihm sei und ob seine Freundin, sein Date, wie sie hinzufügte, ausbliebe, ob er einen Korb erhalten habe.

»Im Gegenteil«, sagte er.

»Dann hast du sie im Stich gelassen«, fragte sie erstaunt, und er stockte erst, setzte dann hinzu: »Vielleicht. Ja«, sagte es weniger ihr als sich selber, ließ diesen Satz aushallen, beinah wie eine Frage.

Die Serviererin seufzte, zuckte mit den Achseln und stemmte ihr Tablett hoch. In diesem Moment entsann er sich des Termins bei Professor Kahlbauer. Er schlug sich mit der Hand an die Stirn und stöhnte: »Scheiße«, worauf die Leute an den Nachbartischen wieder herschauten.

Was sollte er bloß tun? Wenn er nicht zu Kahlbauer ging,

würde der Alte ihn ein für allemal fallenlassen und fragen, ob er denn nicht zumindest zu solch einer Unterredung verläßlich erscheinen könne.

Er wählte das Krankenhaus an, um Kahlbauer abzusagen. »Wen darf ich melden?« fragte die Krankenschwester und erklärte wenig später: »Herr Doktor, es tut mir sehr leid, aber der Herr Professor scheint bereits fort zu sein.«

»Das kann ich mir nicht vorstellen. Wir hätten einander jetzt treffen sollen. Wenn Sie ihm bitte ausrichten, daß ich angerufen habe.« Kahlbauer ließ sich wohl verleugnen. Ja, er konnte den Zorn des Alten spüren, und innerlich fand er sich damit ab, nie wieder auf der neurologischen Abteilung bei Professor Kahlbauer arbeiten zu dürfen. Er würde bald mit einer neuen, teuren Wohnung, aber ohne Anstellung dastehen.

Sein Blick pendelte von der Tür zu seiner Uhr und zurück. Er dachte an das Armband, das er ihr gekauft hatte, doch das Schmuckstück war nun bei Sophie.

Diesmal erschien sie pünktlich, und Stefan konnte nicht anders, eilte ihr entgegen, umarmte und küßte sie vor allen Leuten, worauf sie wisperte: »Nicht …«

Wie sehr, so Stefan, er sich gesorgt, ja, das Schlimmste bereits befürchtet habe. Sie setzten sich.

Flora wandte sich ab, schaute auf den Tisch, fuhr mit den Fingern die Holzmaserung nach.

Er sagte: »Ich habe eine Wohnung für uns gefunden.«

Sie stieß ein Lachen auf, gallig, und nickte dabei. Die Kellnerin schaute vorbei, zwinkerte Stefan zu.

»Zwei Viertel Rot«, bestellte Stefan. Er wollte sie umarmen, doch sie wehrte ihn ab, lächelte dabei, hielt ihm die Spreizfinger entgegen.

Sie holte ihre Zigaretten hervor. »Dann dürfte ich jetzt bei dir wohnen?«

Er griff nach ihrer Hand: »Ich war im Innenministerium bei einem der höchsten Beamten. Ein Bekannter von mir, der mir versicherte, daß er für dich und Goran eine Aufenthaltserlaubnis besorgt.«

Sie sah zu ihm, biß sich auf die Unterlippen und lachte, ihre Lippen bebten dabei: »Das ist nicht mehr nötig«, und dann: »Nein, gar nicht mehr notwendig ... Sie haben mir aufgelauert. Vor der Akademie.«

Sie nippte am Rotwein, als wäre das Getränk eine sandige Brühe. Ein Lachen kam zur Tür herein, gefolgt von einer Salve neuer Gäste. Sie sah an ihm vorbei, sagte ins Leere: »Warum bist du erst jetzt zu deinem Bekannten ins Ministerium gegangen?« Bei den letzten Worten war ihre Stimme aufgestiegen und dünn geworden, dann ließ sie ihren Kopf in die Schräge fallen und schaute ihn von der Seite her an.

Eine Frau, mit der Stefan vor Jahren auf der Universität gemeinsam eine Leiche seziert hatte, grüßte ihn. Er nickte kurz hinüber, und Flora blickte fort, sah zur Decke. Stefan griff zu ihren Zigaretten. Er hatte seit Jahren nicht mehr geraucht. Er zündete sich eine an, und nach den ersten Zügen schwindelte ihn. »Wie konntest du den Polizisten entkommen? Wieso wurdest du nicht abgeschoben?«

»Ich habe eine Aufenthaltserlaubnis«, sagte sie, worauf Stefan die Zigarette aus dem Mund fiel. »Was? Wieso denn? Wozu bin ich denn dann zu Kratochvil gegangen?« Er zündete sich eine neue an. Ob sie denn nicht gewußt habe, daß sie die nötigen Papiere besaß, wollte er wissen. Hatte sie etwa vergessen, daß sie gar keine Illegale war?

»Es vergessen?« Flora schrie die Worte, und wieder schreckten die anderen Gäste auf. Vergessen? Vergessen, daß sie bloß bis zum Ende des Jahres im Lande verbleiben durfte? Denke er, das sei möglich? Wie er sich das vorstelle? Nein, so Flora, da dürfe sie ihn, den neurologischen Experten für Gedächtnisprobleme, beruhigen, keine Angst, sie könne sich noch sehr gut erinnern, daß ein österreichischer Geschäftsmann sie in Belgrad angeworben habe.

»Aber ich bin nicht allein meines Sprachwissens wegen

nach Österreich geholt worden, wie sich später herausstellte. Nicht nur als Sekretärin und Dolmetscherin. Der Chef legte das Arbeitsverhältnis ganzheitlicher, ja, das sagte er buchstäblich, ganzheitlicher aus, und bereits seit Februar begann er, mich zu bedrängen ...«

Nein, nichts davon ließe sich vergessen, so Flora, nicht seine anzüglichen Bemerkungen, nicht seine tägliche Bekundung, er könnte ihr richtig einheizen, nicht die willkürlich unwillkürlichen Berührungen. Für die Chefin war Flora die einzig Schuldige gewesen, und so hatte die Ehefrau und nicht der Geschäftsmann sie letztlich fristlos entlassen. Nein, sie hatte nichts davon vergessen. Ja, gab sie zu, sie habe vergessen wollen. Nein, es täte ihr sehr leid, aber sie habe nicht die Hatz vergessen können, die einstige Freunde gegen sie angefacht hatten. Wie sie aus ihrem Belgrader Kreis verjagt worden war.

»Aufgrund deiner politischen Anschauungen?« fragte Stefan.

Flora sah zur Decke, fischte eine Semmel aus dem Brotkorb, biß hinein, kaute daran und sagte: »Du verstehst gar nichts. Doch nicht wegen meiner Anschauungen. Wegen deren Anschauungen. Wieso denn meinetwegen? Ich bin doch nicht schuld. Oder bist du der Meinung, es könnte eine Anschauung geben, derentwegen jemand sein Land verlieren müßte?«

Stefan tastete nach ihrer Hand: »Kratochvil wird alles regeln. Du kannst als Künstlerin hierbleiben.«

»Im Gegenteil. Als Künstlerin kann ich hier nicht bleiben. Wieso begreifst du denn nicht? Ich bin kein Flüchtling.«

»Du bist kein Flüchtling«, wiederholte Stefan, und dann nach einem Schluck Rotwein: »Bist du dir sicher? Nicht einmal ein bißchen? Ein klein wenig?«

»Du bist gar kein Flüchtling«, hatte Professor Hanno Geiss ausgerufen, während Flora wie immer mit der Videokamera an der Hüfte dagestanden war. Sie sagte: »Nein, ich nicht, Hanno, ich habe gültige Papiere. Nur Goran ... Kannst du nichts für ihn tun«, aber der Kunstlehrer schrie: »Du bist gar kein Flüchtling? Du bist überhaupt keine Illegale? Hältst dich nicht einmal unter irgendwie falschen Voraussetzungen im Lande auf?«

»Zum Glück nicht, Hanno. Ich sag doch ...«

»Du bist kein Flüchtling?«

Sie stutzte, nickte dann und zuckte mit den Achseln.

»Das ist ja eine Katastrophe«, brüllte Professor Geiss: »Das ist eine Ungeheuerlichkeit. Pack endlich das Gerät fort. Stell es weg; sofort. Ich habe genug von deinem ganzen Dreh und deinen Drehereien. Ich dachte, du bist eine Illegale? Mit dieser Identität und unter so einem ähnlichen Titel wollte ich dich in meiner Ausstellung präsentieren. Nur so hätte es Sinn gemacht. Anders bringt das nichts. Schalte gefälligst den Apparat ab.«

Aber Flora knipste die Kamera an, setzte sie ans Auge und richtete das Objektiv auf ihn: »An meinem Video ändert das doch nichts. Es ist ja offensichtlich, daß ich die verschiedenen Schicksale bloß vorspiele.«

Er ging auf sie zu, faßte sie am Arm: »Ja, den Passanten auf der Straße, denen kannst du deine Schicksale vorspielen, aber mir nicht. Hörst du? Schau nicht so blöd. Du hättest dich entscheiden müssen, ob ich ein Objekt oder ein Förderer von dir sein soll. Beides geht nicht. Brauchst gar nicht so dreinzuschauen.«

Doch Flora verzog gar keine Miene. Sie sah nicht traurig, nicht verzweifelt aus, vielmehr hing ihr ein leichtes, kleines Lächeln schräg vom rechten Mundwinkel, und da stand sie, Flora Dema, die Kamera ans Auge gepreßt, stellte sie nicht ab, stellte sie auf Hanno Geiss, stellte ihn scharf, und mit der Linken winkte sie ihn näher heran, als wolle sie sagen: »Hanno, deine Aufnahme bitte.«

Und wirklich, er kam ganz dicht auf sie zu, hielt die Hand

vor die Klappe und stieß sie zur Tür. »Hinaus«, sagte er heiser. »Hau ab. Schleich dich, du ...«

»Du bist gar kein Flüchtling«, sagte Stefan, und er schmunzelte nun ein wenig schmierig bei diesen Worten, als hätte er sie bei etwas Verbotenem ertappt.

»Ich habe nie behauptet, ein Flüchtling zu sein. Ich habe nie erklärt, ich wäre eine Papierlose.« Für einen Moment wurde ihre Stimme leicht und zerbrechlich: »Ich bat dich um Hilfe, weil ich bei dir bleiben wollte. Im Dezember läuft meine Aufenthaltserlaubnis ab.« Sie wuchtete einen Schluck Rotwein und stieß auf: »Aber selbst das war dir zu viel.«

»Nein, es ist nicht zu spät, Flora.«

Sie fuhr fort: »Es ist vorbei, Stefan. Vorbei ...«

»Nein, ich werde mit Kratochvil reden.«

Flora schüttelte den Kopf: »Du kannst mit ihm reden, soviel du willst. Es ist vorbei, Stefan ... Vorbei.«

Er packte sie an den Schultern: »Warum denn. Hörst du denn nicht? Laß mich doch machen. Bitte, Flora. Wir müssen es versuchen. Es wird schon gehen.«

»Du verstehst nicht. Nichts. Es ist vorbei, Stefan ... vorbei.«

»Aber warum denn? Wieso? Erklär mir doch ...«

Sie saßen nebeneinander. Vereist. Mehrere Minuten Stille, dann fragte er: »Was willst du jetzt tun? Wo willst du denn hin?«

»Mir wurde angeboten, meine Arbeit in Paris zu zeigen. In Frankreich finden sie meinen Film interessanter, weil ich eben nicht nur als Papierlose durch Wien geistere, nicht, weil ich zeige, wer ich bin, vielmehr, wer die anderen sind; die Feste, die Akademie, das Seminar, eben alles, von Hanno bis Tom. Alles.«

»Alles?«

Sie lächelte: »Nein. Dich werde ich draußen halten ...« Als er sie umfaßte, fuhr sie fort: »Ich wollte bleiben. Nicht wegen Hanno Geiss. Das Pariser Angebot war von Anfang an die größere Verlockung. Aber ich wäre beinah nicht fortgegangen ... deinetwegen.« Sie schüttelte den Kopf. Flora löste sich von ihm, streifte ihn ab. »Warum bist du nicht sofort ins Ministerium gegangen?«

»Ich weiß nicht. Aber das ist doch kein Grund, einfach fortzugehen. Ich war ohnehin bei Kratochvil. Ich habe längst eine Wohnung für uns.«

Sie legte ihre Stirn an seine und flüsterte: »Es ist zu spät.«

»Ist es wegen eines anderen?«

Sie schüttelte den Kopf: »Es ist wegen Goran.«

Er sah sie an, als erwache er aus einem Alptraum. Sein Mobiltelefon läutete. Er wollte es ausschalten, doch dann sah er Kahlbauers Nummer aufleuchten. »Hallo?«

»Kollege Sandtner? Hier spricht Kahlbauer.«

Er wandte sich von Flora ab, murmelte. »Herr Professor, ich wollte sie bereits erreichen ...«

»Ja, Sandtner, ich bitte vielmals um Entschuldigung.«

»Um Entschuldigung?«

»Weil ich nicht zu unserem Treffen kam. Ich war leider verhindert, Sandtner.«

»Sie waren verhindert?«

»Sag ich doch, und morgen geht es auch nicht. Da fliege ich zu einem Kongreß nach Spanien. Ich kann erst in einer Woche wieder. Verzeihen Sie mir, Herr Kollege, aber so dringend hatten Sie es ja nicht, ins Spital zurückzukehren. Na, kommen Sie doch nächste Woche, Doktor Sandtner. Geht das in Ordnung?«

»Gewiß, Herr Professor.« Seine Stimme zitterte, und er wußte nicht, ob seine Worte Kahlbauer oder Flora wegen flatterten.

»Goran also«, sagte er. »Seit wann geht das?«

Sie winkte ab, als werfe sie ein Papier fort. Was wußte er schon? »Du verstehst nicht. Es ist nicht das, was du denkst.«

»Na klar«, versetzte er und lachte bitter.

»Sei still«, sagte sie: »Du begreifst nicht, was ich meine. Sie haben auch Goran erwischt. Dabei wollte er an dem Tag gar nicht mit auf die Akademie. Dann aber machte er sich Sorgen um mich und kam mir nach. Er lief den Beamten direkt in die Arme. Er hat keine Papiere. Verstehst du jetzt endlich. Ihn haben sie verhaftet. Es ist vorbei, Stefan ... Vorbei. Gorans wegen.«

»Aber ich kann doch nichts dafür. Ich bin doch nicht schuld daran.«

»Aber ich. Ich kann es mir nicht verzeihen. Tut mir leid, Stefan. Es ist vorbei.«

»Es ist noch nicht zu spät. Wir werden Goran freikämpfen. Hörst du? Laß mich doch machen. Bitte. Wir müssen es versuchen. Es wird schon gehen. Du wirst sehen; es sind schon manche aus der Abschiebehaft wieder entlassen worden.«

Sie verbarg ihr Gesicht in den Händen. Dann preßte sie hervor: »Das ist nicht die ganze Geschichte.«

»Also doch nicht? Was war zwischen euch?«

»Idiot!« und dann: »Er ist verhaftet worden. Vielleicht ist er schon abgeschoben. In Serbien kommt er gleich ins Militärgefängnis.«

»Na, Moment mal. So schlimm wird es schon nicht sein. Und wenn, dann holen wir ihn dort heraus.«

»Du bist doch ein ... Was weißt denn du? Seit Tagen kann ich ihn nicht erreichen, bin ich ohne Nachricht. Ich weiß nicht, was sie mit ihm vorhaben. Vielleicht zwingen die dort unten ihn zu einer Einheit nach Bosnien ...«

Er widersprach. »Wir dürfen nicht aufgeben. Das sind wir ihm doch schuldig. So schnell wird nicht gestorben.«

Flora sagte: »Bei manchen kann es gar nicht schnell genug gehen.«

»Mach dich doch nicht verrückt.«

»Du hast keine Ahnung. Du verstehst nicht. Nichts.«

Flora war in der Zwischenzeit aufgestanden. Sie hatte ihren Mantel übergeworfen.

Stefan sagte: »Kannst du mir nicht verzeihen?«

Sie seufzte: »Wie oft denn noch? Du bist nicht schuld. Du kannst nichts dafür. Ich hätte dir das alles erklären sollen. Goran hat mich immer wieder dazu gedrängt, mit dir zu reden. Aber ich wollte lieber mit dir einfach nur die Zeit genießen. Einmal nicht davon sprechen. Einfach vergessen.« Sie sah zur Decke, und dann: »Ich wüßte nicht, was ich dir verzeihen sollte. Ich bin dir nicht böse. Nur mir.«

»Es tut mir so leid. Wegen Goran ...«

»Ja«, sagte sie wie von fern, »mir auch«, und sie küßte ihn, strich ihm dabei durchs Haar, dann wandte sie sich um, warf den Kopf in den Nacken und ging zur Tür.

Er stand auf, lief vorbei an den anderen Gästen und rief durchs Lokal: »Ich könnte mitkommen. Nach Paris.« Irgendwo flog ein Lachen hoch.

Sie schritt hinaus und er ihr nach, rannte in die Kälte, rief: »Geh noch nicht fort«, aber sie wehrte ab: »Vergiß es einfach, Stefan«, und ehe er antworten konnte, hielt sie ein Taxi an, sprang hinein, winkte ihm dabei, und ein wundes Lächeln wehte durch ihr Gesicht. »Bitte. Vergiß es.«

10 Noch war es nicht vorbei. Nicht das Flirren im Rippenkäfig, wenn er ihr gegenüberstand. Nicht die Welle, die von den Lenden in den Nacken lief, sobald sie lächelte. Er schob jeden Gedanken an sie fort, mied jedes Zusammentreffen seit Monaten. Selbst jetzt, da sie einander zufällig begegnet waren, grüßte Stefan sie kaum. Er hielt ihren Blicken nicht stand.

Sonja fragte: »Wo warst du die ganze Zeit?«, und es klang, als hätte nicht sie ihn, sondern er sie vor einem halben Jahr verlassen. Sonja sagte, er sehe entspannt aus. Stefan zuckte mit den Achseln, verschwieg, daß er in letzter Zeit kaum schlafen konnte.

Er verließ die Wohnung fast gar nicht. Zuweilen, um einzukaufen, mußte er auf die Straße, und obgleich er wußte, daß Flora längst in einer anderen Stadt, in Paris war, hielt er nach ihr Ausschau, glaubte manchmal, sie zu erspähen, und wenn in der Ferne eine Frau mit dunklem Haar und kessem Gang auftauchte, beschleunigte er seinen Schritt, versuchte er sie einzuholen. Doch ebenso kam es vor, wenn auch seltener, daß er im Laufe der letzten Wochen die eine oder andere Gestalt sah, die von weitem Sonja ähnelte; blondes Haar, die schlanke Figur, und in solchen Momenten lief er nicht los, wie er es bei den vermeintlichen Doppelgängerinnen Floras tat; dann stockte Stefan, um seiner früheren Lebensgefährtin nicht versehentlich in die Arme zu laufen.

Lebensgefährtin; früher hatte er Sonja verboten, das Wort zu verwenden, denn, so Stefan, es sei nichts als der Komparativ von Lebensgefahr. In der Klinik waren sie nicht offiziell als Paar bezeichnet worden, sonst hätten sie kaum darauf hoffen dürfen, in derselben Abteilung angestellt zu werden.

Unschlüssig stand er vor ihrem Tisch. An diesem Nachmittag waren viele in das Café Sperl geflohen, um dem

Schneeregen zu entgehen. Der Ober drängte vorbei, und Stefan hüpfte zur Seite. Ob er sich nicht zu ihr setzen wolle, fragte Sonja. Sie trug ein neues Kleid, jugendstilviolett. Alle anderen im Kaffeehaus wirkten blaß und fahl. Nicht so Sonja. Ihre Haut war mitten im Winter sattbraun.

»Warst du im Urlaub?«

»Auf den Solaren«, antwortete sie spitz. Stefan zündete sich eine Zigarette an.

»Du rauchst wieder«, wunderte sie sich. Er bestellte eine Melange. Sie nippte an ihrer Tasse Früchtetee. Kahlbauer, so Sonja, wolle ihn nicht mehr anstellen. »Er ist ein Arschloch.« Er hütete sich, ihr zu zeigen, wie sehr ihn diese Worte freuten, widersprach ihr gar: »Du übertreibst. Er will mich aus dem Weg räumen, aber ist ihm das zu verdenken? Wenn es um Liebe geht ...«, doch sie bloß: »Um Liebe? Das glaubst du doch selbst nicht.« Was er ihr alles versprochen habe, so Sonja, »doch letztlich brauchte es bloß eine Intrige von unserem lieben Herrn Kollegen Doktor Hals, und schon vergaß Kahlbauer mich.«

Ihre Augen wurden ein wenig wäßrig. Sie blinzelte sich frei. Dies sei noch nicht alles, sagte Sonja. Hals werde das Forschungsprojekt leiten, das Stefan angeregt hatte. »Die wollen dir deine Idee stehlen.«

»So einfach wird das nicht gehen. Ich behandle einen Patienten mit Korsakow-Syndrom und arbeite bereits an der Studie.«

»Wunderbar.« Dies, erklärte Sonja, sei eine einmalige Chance, eine wunderbare Fügung, die nicht vertan werden dürfe, »bitte, Stefan«, und sie ergriff seine Rechte, streichelte sie ein wenig. »Noch ist es nicht vorbei«, mahnte Sonja, worauf er zu Boden blickte, und in diesem Moment nahm er ihren Duft wahr, wurde von Erinnerungen umhüllt und eingesogen, von Bildern und Eindrücken, die ihn fortwirbelten in jene Zeit, da er sich in sie verliebt hatte. Er spürte ihre kalte Hand, die er immer hatte anhauchen und warm reiben müssen. Vor Jahren war ihm alles an ihr, nicht bloß der schlanke Körper, sondern ebenso ihre stählerne Hartnäckigkeit irgendwie angenehm unterkühlt erschienen, und ebendeshalb war sie von einer Frische und Unnahbarkeit gewesen, die ihn belebt hatte. Sie aufzutauen hatte ihn erhitzt. Ihr Charme wirkte mädchenhaft, märchenhaft, ähnelte ein wenig der Anmut jener emsigen, graziösen Eisprinzessinnen, die Stefan als Bub insgeheim bewundert hatte. An diese zierlichen Gestalten in Weiß war er nie herangekommen. Während er mit seinen Schlittschuhen durch die Menge gerudert war, hatten die schwebenden, im Wind segelnden Schneetöchterchen sich in kleine Pirouetten verschraubt und in enge Spiralen gelegt.

Da es draußen schneite, bot er an, sie mit seinem Wagen nach Hause zu bringen. Vor dem Haus, in dem sie vor wenigen Monaten noch gemeinsam gelebt hatten, fand er einen Parkplatz. Beim Abschied glitten seine Hände unter ihre Wollkleider, doch obgleich er sie in jeder Wendung und Windung kannte und sich ihre Körper wie die zwei Glieder eines Werkzeugs zusammenfügten, blieb er innerlich taub, und jede Geste, tausendfach erprobt, erinnerte ihn an die Tage und Nächte ihrer jahrelangen Beziehung, glich den typischen Handbewegungen eines Berufstätigen, dem Pulsgriff des Mediziners etwa. Nichts fühlte sich neu an. Zwischen ihnen war alles nur allzu geläufig. Er mußte an Flora denken, und Sonjas Geruch, der ihn eben noch umgarnt hatte, stieg ihm ranzig in die Nase, stieß ihm auf, stieß ihn ab, und als Sonja verträumt in sein Ohr flüsterte: »Was tun wir denn hier?«, sich dabei räusperte, emsig schluckte, trennte er sich von ihr, lächelte gequält.

Sie sah ihn an, strich sich das Haar aus dem Gesicht und nickte langsam. Dann stieg sie aus. Er fuhr an, ehe sie die Haustür erreicht hatte.

Stefan konnte auch in dieser Nacht nicht einschlafen, er füllte ein Glas mit Whisky und setzte sich an sein Exposé. In wenigen Stunden schrieb er nieder, wozu er monatelang keine Kraft und keine Lust gefunden hatte. Er begnügte sich nicht damit, eine pharmazeutische Untersuchung zu beantragen, sondern skizzierte die möglichen Ergebnisse, referierte verschiedene neurologische und geisteswissenschaftliche Theorien, entwickelte Vermutungen über die Funktion, die Wirkweise und die Wechselbeziehung spezifischer Transmitter, stellte Hypothesen auf, die im Laufe der Studie falsifiziert oder verifiziert werden sollten. Um vier Uhr früh war er fast fertig, bloß die letzten Absätze, einige abschließende Worte, sparte er sich auf für munterere Momente, und so kuschelte er sich um halb fünf unter die Decke und stürzte in den Schlaf.

Um zehn Uhr stand er auf, wankte zum Tisch und las im Text. Er wollte einen Kaffee aufsetzen, doch ehe er daranging, erinnerte er sich, daß er hier vor kurzem noch gemeinsam mit Flora gegessen hatte. Er flüchtete zurück ins Bett und schaltete den Fernseher ein. Erst zwei Stunden später schlich er ins Bad.

Danach zwang er sich, auf die Straße zu gehen. Der Schnee war über Nacht gefroren. Die eisklare Luft stach ihm in die Lunge. Er tastete die Wienzeile entlang, stakste vorbei an einem chinesischen Discountladen. Aus dem Türspalt eines riesigen schönbrunnergelben Pornocenters quoll eine kleine, pralle Wasserstoffblondine, Minirock, Schaftstiefel, und Gummijacke; alles in Schweinchenrosa, nur die Netzstrümpfe in Schwarz. Stefan bog weg zum Naschmarkt und eilte zu einem Kebabspieß. Der Verkäufer säbelte ihm das dünne Fleisch ins Fladenbrot. Die Händler ringsum standen umnebelt, standen stumm und still. Sie wirkten benommen vom Frost. Aus den Läden leuchtete Licht, kämpfte an gegen die Düsternis des Dezembertages. Im Fischgeschäft schillerten die Meeresfrüchte, Forellen, Karpfen, Austern, Krebse und Garnelen im Widerschein des Neon.

Zafer Ertekin versuchte sich an einer warmen Tasse Tee aufzuwärmen. Selbst Georgios Alexandrus hatte es die Rede verschlagen. Wie es ihm gehe, fragte Sandtner, worauf Georgios klagte, das Bein plage ihn bei diesen Temperaturen, erinnere ihn an den Unfall.

»Wieso Unfall? Ich dachte, Vertreibung.«

»Wir sind vertrieben worden. Aber das mit dem Bein war ein Unfall«, brummte Georgios.

In den folgenden Tagen saß Stefan Sandtner weiter an seinem Forschungsexposé, und obgleich ihn die Sehnsucht nach Flora nicht losließ, ja, vielleicht eben deshalb, flüchtete er sich in die Arbeit, erfaßte ihn die Leidenschaft, mehr vom Gedächtnis und von der Erinnerung zu verstehen und insbesondere Fragen nachzugehen, die auf der Abteilung nie gestreift worden waren. Er traf Kahlbauer in der folgenden Woche, trug ihm neue Überlegungen vor, doch der Professor unterbrach die Ausführungen des jungen Arztes: »Die Wirkweise von Transmittern bei Patienten zu erforschen, finde ich sehr interessant, aber Ihre Ideen überfordern unsere Disziplin. Uns geht es um Krankheit und Heilung, nicht um soziologische Studien.«

»Ich dachte nicht an Soziologie, sondern an die Untersuchung von Erinnerungsstrukturen.«

»Das sprengt unseren Rahmen, lieber Herr Kollege.«

Der Professor wollte von interdisziplinären Vorschlägen nichts wissen. Ihn interessierte lediglich der Patient, von dem Stefan berichtete. Doch trotz dieses bemerkenswerten Korsakow-Falles hielt er daran fest, daß Doktor Wolfgang Hals die Untersuchung durchführen würde. Selbst eine sichere Anstellung wollte er Stefan nicht mehr versprechen. Er würde sich aber, so Kahlbauer, in der nächsten Woche darum bemühen. »Wenn wir Platz für Sie finden, könnten Sie unter der Leitung von Hals arbeiten, lieber Herr Kollege.«

Stefan feixte matt, worauf Kahlbauer versetzte: »Hatten Sie denn geglaubt, Sie würden Projektleiter werden?«

»Nein, ich meinte unter Ihnen wirken zu können. Als ihr persönlicher wissenschaftlicher Assistent. Die ganze Versuchsanordnung war doch meine Idee.«

Kahlbauer beugte sich vor: »Was sollen diese Petitessen, Herr Kollege? Auf Sie haben wir nicht gewartet. Und überhaupt; solange Sie mir kein Exposé geben, können Sie nicht auf ein geistiges Eigentum pochen. Hals war schneller als Sie, und außerdem ist er viel erfahrener. Punktum.«

Stefan Sandtner schlich durch den Schneeregen heimwärts, doch auf der Wienzeile verließ ihn sein Mut, alleine in die Wohnung zurückzukehren, dort einsam an Flora denken und seiner Forschung nachtrauern zu müssen, so daß er in die Schleifmühlgasse abbog. Der Wind pfiff um die Ecke. Ihm war nach dem Café Anzengruber zumute, und als er drinnen nach einem Tisch suchte, rief jemand: »Stefan«, worauf er sich umwandte und Tom Wandruschka entdeckte, der ihm zuwinkte. »So schön, dich hier zu sehen.« Er möge sich doch, bitte, zu ihm setzen, sagte Tom, doch Stefan zeigte auf seine Uhr, er habe keine Zeit. An der Theke bestellte er einen Slibowitz. In den letzten Wochen gondelte Wandruschka von einer Bar zur nächsten, von einer Vernissage zur anderen. Geiss hatte beschlossen, eine Arbeit von Tom statt Floras Video in seine nächste Ausstellung zu integrieren. Seither glaubte Tom Wandruschka unter einem Bannfluch zu stehen. Nach Floras Abreise wurde auf manchen Partys, in Szenelokalen und bei Veranstaltungen der Akademie von ihr geschwärmt. Wenn ihr Name erklang, meinte Tom ins Kreuzfeuer scheeler Blicke zu geraten. Nun, da die Ex-Jugoslawin verschwunden war, galt sie als Geheimtip, als Kultkünstlerin, deren Genialität hierzulande eben einfach nicht verstanden worden war. Überall schien von ihr die Rede zu sein.

Nirgends war Stefan vor der Erinnerung gefeit. Selbst Hans Kerber fragte eines Tages nach ihr. »Ich hoffe, das unangenehme Erlebnis mit dem Alten hat deine Freundin nicht weiter beschäftigt. Sie wirkte nach dem Besuch bei uns aufgelöst.«

»Mach dir keine Sorgen. Wir sind getrennt.«

»Um Himmels willen. Wird sie denn stillhalten? Ich habe keine Lust, unseren Namen in den Gazetten zu sehen. Das würde mir gerade noch fehlen.«

Stefan stieß bitter auf: »Keine Angst, Herr Ministerialrat, sie hat Wien bereits verlassen.«

Er hatte in der vergangenen Woche die Dosierung einiger Mittel ein wenig modifiziert. In der Tat verbesserte sich nun Kerbers Geisteszustand, vielleicht waren jedoch diese Veränderungen darauf zurückzuführen, daß Bärbl endlich von ihren peinlichen Verhören abgelassen hatte. Der Kranke konnte nun beinah eine Stunde lang ein angeregtes Gespräch führen, ohne in die Vergangenheit zu versinken. Er machte einen ruhigeren Eindruck denn je. »Herr Doktor«, sagte er und lächelte, »ich glaube, irgend etwas stimmt mit meinem Gedächtnis nicht. Mir ist, als könnte ich mich an Ereignisse, die ich eben noch wußte, nicht mehr erinnern. Sie, zum Beispiel, ich glaube, Sie vor nicht allzu langer Zeit gesehen zu haben.«

Stefan zwinkerte Hans zu, doch der wich dem Blick des einstigen Kinderfreundes aus.

Als Stefan nach Hause ging, sah er draußen Paul Guttmann vorbeilaufen. Er trug einen blauen Wintermantel und einen Borsalino mit breiter Krempe. Die Backen wirkten dunkler noch als sonst.

Guttmann war aufgebrochen, um von der Lehárgasse zu Fuß ins Dorotheum zu kommen. Zurück würde er ein Taxi brauchen, um das Gemälde zu transportieren, das er ersteigern wollte. In der nächsten Woche feierte seine alte Jugendliebe

Ada Herz ihren siebzigsten Geburtstag, und er würde ihr, das Porträt eines Herrn im Profil, das Bild von Gerhard Schlümm präsentieren, jenes Malers, dessen Werke einst die väterliche Wohnung zierten. Er wollte es ihr nach London mitbringen. Der Flug war bereits gebucht, aber sie ahnte nichts von der Überraschung.

Er hastete über den Karlsplatz, preschte an der Oper vorbei. Er war nicht in Eile, aber die Kälte beschleunigte seinen Schritt, und außer Atem, mit leichtem Brustschmerz, betrat er das Auktionshaus. Um wetteifern zu können, mußte er sich anmelden und eine Nummer besorgen, dann betrat er den großen Saal und grüßte Bekannte. Dort sah er den Mediziner Doktor Reinhard Floss, der sich keine Versteigerung entgehen ließ. Daneben stand der Galerist Hermann Wallner: »Herr Guttmann, wieder auf der Pirsch?«

»Nicht wirklich, aber bei solchen Terminen überkommt mich ein altes Fußjucken, und dann muß ich herkommen. Aus rein traditionellen Gründen.«

In der ersten Reihe hatte ein jüdisches Ehepaar Platz genommen, das mit seiner Frau, mit Dinah, befreundet gewesen war. »Paul, wie schön, dich zu sehen«, sagte Ivo Filderman, und Ruth Filderman ergänzte: »Wie geht es dir?« Dann bückte sie sich vor, bis ihre Wange die seine streifte, und pfefferte ihm ihre Küsse über die rechte und die linke Schulter.

»Herr Guttmann, Sie haben sich für das Bild entschieden?« flüsterte der junge hagere Experte des Hauses.

»Herr Magister, ich sagte Ihnen doch, das Gemälde wäre nicht für mich«, wisperte Guttmann dem anderen ins Ohr. »Sie erinnern sich? Eine jüdische Bekannte des Malers ... Ihr Vater war ein brüderlicher Vertrauter, ein Freund, ebenso ein Mäzen des Künstlers. Sie waren ganz außer sich, daß sie noch lebt.«

»Ach ja, die lebt noch?«

Guttmann setzte sich. Das Spiel konnte beginnen. Er beobachtete die kleinen Fingerzeige der Courtiers. Er lauschte der Litanei des Auktionators, der das monotone Gebet des Geldes sprach, dabei von seiner Kanzel aus die versammelte Gemeinde der Sammler im Auge behielt. Zum ersten, zum zweiten und zum – dritten.

Ivo und Ruth Filderman standen bald auf, um aus dem Saal zu gehen. »Auf Wiedersehen«, winkte Guttmann und: »Seid mir gesund«, fügte er in Jiddisch hinzu.

»Sei mir nicht gesund. Ich fahr noch nicht«, zwinkerte Ivo ihm zu: »Wir machen nur eine kleine Runde und kehren gleich zurück.«

Kurz ehe das Porträt von einem Herrn im Profil ausgerufen wurde, betraten die Fildermans wieder den Raum. Ihn durchzuckte die Ahnung, sie könnten dasselbe Bild erwerben wollen. Ja, er war sich dessen sicher, denn irgendwie argwöhnte er, alle Menschen mit gutem Geschmack hätten es gerade heute auf dieses Stück abgesehen. Freunde seiner Frau auszuboten, um der Jugendliebe ein Geschenk zu machen, schien Guttmann aber irgendwie einem Ehebruch gleichzukommen, einem Sakrileg, und so beschloß er, die Veranstaltung zu verlassen. Verärgert machte er eine wegwerfende Bewegung, als lasse er ein Papier fallen, doch im selben Augenblick fiel ihm ein, daß der Auktionator meinen könnte, er steigere mit, und wirklich, der Mann zeigte auf ihn, um den Zahlenreigen zu eröffnen. Es ging um ein farbenfrohes Stilleben, für das Guttmann keinerlei Interesse hegte, doch im selben Moment sah er Filderman, der eben seine Hand ausstrecken wollte, aber nun, da ihm Guttmanns Geste aufgefallen war, sogleich abließ, statt dessen leise lächelnd ihm zunickte.

Guttmann blickte Ivo Filderman beschwörend an, schüttelte den Kopf, um klarzumachen, daß hier ein Irrtum vorliege, aber der Bekannte mißverstand alles. Ein älterer Mann im Nadelstreif tat sich hervor, wetteiferte mit einer Dame mit silbernem Haar. Filderman sah besorgt zu Guttmann, doch der verzog die Mundwinkel, um zu signalisieren, daß ihn das Objekt nicht interessierte. Irgendwann hatte sich der Herr im Nadelstreif gegen die Frau durchgesetzt, und nun wollte der Auktionator das Geschäft abschließen. Er hob den Hammer, sagte: »Zum ersten, zum zweiten – und«, doch ehe das Metall aufschlug, meldete sich endlich Filderman. Der andere hielt dagegen. Filderman gab nicht auf. Immer wieder setzte er nach, bis er mit einem Kopfschütteln kapitulierte.

Danach wurde Schlümms Gemälde angesagt. Der Galerist Hermann Wallner machte ein Angebot, ein dicklicher Sensal ging mit. Guttmann wartete ab, stieg rechtzeitig, nicht zu früh und nicht zu spät, ein. Wallner ließ nicht locker, doch Guttmann erhöhte. Er wäre nicht bereit gewesen, soviel Geld auszugeben, wenn er für sich selbst gehandelt hätte. Aber für Ada scheute er keine Kosten. »Zum ersten, zum zweiten – und – zum dritten.« Danach beglückwünschten ihn die Fildermans zu seinem Kauf, und nach einem ausgiebigen Abschiedsreigen holte er das Bild, bestellte ein Taxi und ließ sich nach Hause fahren.

Er glitt an zerschlissenen Plakaten entlang; ältere Poster tauchten unter den neueren Schichten hervor. Eine Collage aus Hetze und Huldigung. Der Wahlkampf war vor einigen Tagen vorbeigegangen. Nicht wenige waren vom endgültigen Eintritt der Rechtsrechten in die Regierung überzeugt gewesen, doch sie hatten an Stimmen verloren. Erst nach diesem Votum war im Fernsehen ein Amateurvideo gesendet worden, das die Fortsetzung des bisherigen Kabinetts besiegelte. Ein Film, der in Deutschland bereits Tage vorher abgespielt worden war.

Guttmann hatte die Aufzeichnung mehrmals gesehen, obgleich er am liebsten zu einem anderen Sender übergewechselt wäre, wenn das Band abgespielt wurde, denn jedesmal pulste in seiner Brust, in der Schulter und im Kopf ein Schmerz auf, doch er konnte sich nicht fortreißen, sondern starrte immer von neuem auf jene bierigen Visagen, jede einzelne war ihm unbekannt, aber alle zusammen schienen ihm nur allzu vertraut.

Die Urlaubsaufnahmen eines älteren Herrn, einer jener, die, am Auge die Kamera, voranstapfen, festzuhalten versuchen, was zu sehen sie keine Zeit haben; die zu Weihnachten alle Daheimgebliebenen vor den Fernseher zwingen. Das Bild schlingert, das Licht knistert, der Ton knirscht. Etwa zweieinhalb Monate vor der nationalen Abstimmung tritt der Führer der Rechtsrechten in einem Kärntner Ort auf, in Krumpendorf, marschiert in eine Festhalle ein, um zu alten Männern zu sprechen, zu Kämpfern der sogenannten Kameradschaft IV, einem Veteranenverein aus Ehemaligen der Waffen-SS. Es gebe kein Argument, ruft der Politiker, solchen Veranstaltungen fernzubleiben, »außer daß man sich ärgert, daß es in dieser Welt einfach noch anständige Menschen gibt, die einen Charakter haben und die auch bei größtem Gegenwind zu ihrer Überzeugung stehen und ihrer Überzeugung bis heute treu geblieben sind. Und das ist eine Basis, meine lieben Freunde, die auch an uns Junge weitergegeben wird.« Und eintreten wolle er für die Getreuen, weil: »Wir geben Geld für Terroristen, wir geben Geld für gewalttätige Zeitungen, wir geben Geld für arbeitsscheues Gesindel, und wir haben kein Geld für anständige Menschen.«

Guttmann saß im Taxi, das Gemälde des Gerhard Schlümm im Kofferraum. Zuweilen, wenn er die Reden mancher Politiker in diesem Lande hörte, glaubte er, sein Kopf stehe unter Überdruck, drohe sogleich zu platzen. Nicht heute. Nicht an diesem guten Tag. Nein, er wollte nicht an jene Aussprüche denken, die ihn ansonsten bis in seine Träume verfolgten.

Zu Hause stellte er das Porträt auf eine Stellage in den Salon. Auf diese Weise hatten Dinah und er gemeinsam den Neuerwerb mancher ihrer Kunstwerke gefeiert. Mit ihr war er dann im Fauteuil gesessen, und sie hatten so ihre zweisame Leidenschaft für die Kunst zelebriert. Nun hockte er alleine vor dem Gemälde, Dinah war tot, und dieses Werk sollte nicht in der Wohnung bleiben, in der er mit ihr gelebt hatte. Er schenkte sich einen Calvados ein und rauchte eine Zigarre an, beides Vergnügen, die ihm der Arzt streng untersagt hatte, doch die Freude wühlte ihn auf. Seit dem Morgen hatte er vor Aufregung noch nichts gegessen.

Er griff zu seinem Telefonbüchlein, um Adas Nummer herauszusuchen, und wählte. Sogleich ertönte das Klingelzeichen aus London; eine Männerstimme meldete sich: »Hello?«

»Robert, is it you? This is Paul Guttman from Vienna.«

»Paul! So wonderful to hear from you.«

Die Begrüßung klang ungewöhnlich überschwenglich. Robert, Adas Sohn, hatte die Firma des Vaters übernommen und war sonst ein zurückhaltender, ein wenig distanzierter Geschäftsmann. Guttmann kündigte an, daß er vorhabe, nach London zu reisen.

»Great!«

Er wolle Ada zum Geburtstag überraschen, ihr ein Geschenk mitbringen.

»Paul? Du weißt noch nicht«, flüsterte Robert plötzlich in gebrochenem Deutsch, und Guttmann war es, als vernehme er die folgenden Worte zweifach; einmal, ehe sie noch gesprochen waren, als Umkehrung jenes Satzes, der dem jungen Kunstexperten im Dorotheum entfahren war: »Was, die lebt noch?«

Ein Schlaganfall, sagte Robert Herz. Ada war vor einer Woche verstorben. Vor Schreck sog Guttmann die Luft ein, vergaß die Zigarre in seinem Mund und zog das Gift in die Lungen. Dann hustete er. War es der Rauch, der ihm die Tränen in die Augen trieb?

»In letzter Zeit sprach sie von dir, Paul. Wir planten eine Reise nach Wien.«

Danach, Guttmann hatte aufgelegt, sank er erschöpft in den Fauteuil. Er keuchte und fühlte sich zu schwach, um aufzustehen. Sein Mund war trocken, und er fürchtete zu erbrechen. Ein Schmerz auf der Brust und in der linken Schulter drückte ihn nieder. Er wälzte sich umher, suchte nach Atemraum. Für einen kurzen Moment schien sich das Zimmer zu verdunkeln. Er schloß die Lider.

Erstickungsangst zermalmte ihn, preßte ihn in den Sitz, drückte auf seine Brust. Betäubt hörte er ein Pfeifen, und es dauerte, bis er begriff, daß es der Lufthunger war, das eigene Japsen nach Sauerstoff, das ihm in seinen Ohren klang, ein Ton, den er nur zu gut kannte, der Widerhall seiner Beklemmung, und er wußte sich eingekreist, umringt von Schreienden, von Jammernden, vom Kläffen der Hunde, von ineinander Verkeilten, von im Stehen aufeinander Liegenden, eingepfercht im Waggon, Frauen und Männer, Greise und Kinder, und überall um ihn und in ihm dieses Pfeifen und Schrillen der Umzingelung, der Einengung, der Atemnot; Klaustrophobie, Todesfalle.

Drei Tage vor ihrem Ende, im Spital, hatte seine Dinah ihm zugeraunt: »Ich glaub, der will mich niederspritzen.« Der junge Arzt war erschrocken, hatte, um die Überlebende zu beruhigen, die Injektionsnadel beiseite gelegt. »Aber Dinahle«, hatte Paul Guttmann gesagt: »Süßinke, das ist doch der liebe Herr Doktor Erhart.« Er hatte ihr tröstend über die Stirn gestrichen, und Dinah hatte erst genickt, dann jedoch gewispert: »Laß es nicht zu, Paul. Du wirst mich nicht preisgeben, nicht wahr?« Auf solche wie Dinah und ihn lauerte keine sanfte Heimkehr, sondern die Heimsuchung dessen, was schlimmer war als der Tod, die Heimtücke der Mörder. Unter dem Unstern der Gezeichneten, unter dem Sternzeichen der Verfolgung hatten sie gelebt. Unter diesem Zeichen lebte er noch immer, unter diesem Schandmal des Opfers und nicht zuletzt auch an ihm würde er wohl sterben.

Vor einem halben Jahr war er nach Salzburg gereist, um eine Ausstellung zu besuchen, hatte auf dem Weg haltgemacht, ein altes stillgelegtes Bergwerk besichtigt. Umgeben von einer Gruppe Touristen war er bereits im Fahrstuhl von der Erstikkungsangst, von Atemnot eingeholt worden, war hinabgesackt in die Grube, und während die anderen die Hunte und Schienenstränge bestaunt, auf der Rutsche vor Freude aufgejohlt, die Salzhallen lauthals bewundert hatten, war er umhergeschwankt, eingezwängt im Gedränge der Menge, umzingelt von schwitzigen Schachtwänden, nach Luft ringend in der feuchten Stickigkeit, im schrillen Echo des unterirdischen Stimmengewirrs, und das Pfeifen in ihm, untermischt vom Nachklang des Kreischens, durchzogen vom Gebell der Befehle und der Köter, versunken in der Vergangenheit, verschüttet im kristallenen Hades, verloren im nächtlichen Labyrinth der Erinnerung. Salz in seinen Wunden. Er hatte nicht vernommen, wovon ihm berichtet worden war. Zu undeutlich die Worte des Reiseleiters, zu laut die Panik in ihm, die Angst, der Mine nicht mehr lebend zu entsteigen. Doch dann waren sie wieder aufgefahren. »Wenn es Ihnen gefallen hat, vergessen Sie bitte ihren Führer nicht«, hatte der Guide schließlich erklärt, und Paul Guttmann war an ihm vorbei ins Freie gestolpert, hatte das Trinkgeld vorgestreckt und hervorgepreßt: »Ich werde meinen Führer nicht vergessen.«

Guttmann blies die Rauchschwaden fort, legte die Zigarre in den Aschenbecher. Er versuchte, sich vorzubeugen, um das Telefon heranzuholen. Er wollte Mischa sprechen, wollte vorschlagen, ihn zu besuchen, wollte ihn, wollte Nurith sehen, Freunde treffen, die er noch aus Rumänien, aus dem Lager kannte. Aber dann lehnte er sich wieder zurück und ließ davon ab. Mischa würde ihm Dutzende Gründe nennen, weshalb dies momentan nicht günstig sei, daß er neuerlich im Ehestreit mit Nurith liege, in den nächsten Wochen einen medizinischen Vortrag schreiben müsse, die Wohnung ausgemalt werde. Ja, er wußte, was nun folgen würde. Es hatte keinen Sinn. Mischa war zu sehr beschäftigt.

Er tapste dennoch zum Apparat, um Mischa anzuwählen, ihn zumindest zu hören. Der Sohn hob ab. Die Stimme klang, als wäre er im Nebenzimmer. Guttmann erzählte von Adas Schlaganfall und dann: »Ich will nach Tel Aviv fliegen. Es ist doch an der Zeit, mein Lieber, euch endlich wieder zu sehen.« Guttmann rang nach Luft, wartete ab und erahnte eine Absage, die Ausladung. Mischa stockte, es war, als sei er sprachlos durch des Vaters Plan. Erschrocken von diesem unerwarteten Gast. Guttmann wollte dem Jungen zuvorkommen, räusperte sich. »Es war bloß so ein Gedanke ... Aber ich werde andererseits wohl kaum Zeit haben, Wien zu verlassen. Zudem weiß ich nicht, ob ich die Reise derzeit auf mich nehmen soll«, doch ehe er zu Ende gesprochen hatte, hörte er Mischa: »Endlich, Papa, ich dachte, du willst uns überhaupt nicht mehr besuchen. Nurith hat mich schon gefragt, wann du kommst. Und ob du böse bist auf sie. Du mußt bei uns wohnen.«

Bereits zehn Minuten später war das Ticket bestellt. Endlich atmete er durch. In zwei Tagen würde er verreisen. Trotz des Angebotes, bei den Kindern zu nächtigen, wollte er im Hotel absteigen. Er liebte die Strandpromenade, den eigenen Swimmingpool über dem Meer. Die Treffen mit den Bekannten in der Lobby.

Er raffte sich auf, um essen zu gehen und Einkäufe zu erledigen. Er konnte nicht ohne Geschenke für Mischa und Nurith aufkreuzen. Auch für Freunde, die nun in Israel lebten, mußte er Mitbringsel kaufen. Es war viel zu tun. Er mühte sich hoch. Dann öffnete er das Fenster. Der Frost des Dezembers schlug ihm entgegen. Die Wangenhaut spannte, und die Eiseskälte drang ihm in die Lungen. Er sog die Luft ein. Vorsichtig. Beinah mißtrauisch. Zum ersten, zum zweiten und – zum dritten. Paul Guttmann lächelte zaghaft, doch um so fester ballte er die Fäuste; noch war es nicht vorbei.

Am folgenden Samstag saßen Sophie, Lew, Patrique und Stefan zusammen, um gemeinsam statt des Mittagessens ein ausgiebiges spätes Frühstück einzunehmen. Sie hatten seit Wochen nicht mehr miteinander auf dem Naschmarkt gegessen. Nun hockten sie dicht gedrängt in dem modernen Pavillon aus sattgrünem Stahl und Glas, kauerten in ihren Wintermänteln beisammen und tranken aus großen Schalen Milchkaffee. Sie warteten auf die unverzichtbaren Sandwiches und auf die vertraut exotischen Salate, die sie wie gewohnt bestellt hatten. Unter dem Tisch tänzelte Puschkin umher, ein kleiner, junger Rüde mit schwarzem Rubbelhaar, den Patrique aus dem Tierschutzhaus geholt hatte. Sie diskutierten über die kommenden Wahlen, über die Hetze gegen Ausländer. Patrique meinte, er müsse den Labrador auf die Straße führen, und Sophie, die sich sogleich in das Tier verliebt hatte, wollte unbedingt mit.

»Seid ihr wieder zusammen«, fragte Stefan, als die beiden mit dem Hund verschwunden waren.

»Nein, wir trennen uns.«

»Ihr seid doch schon getrennt.«

»Na ja, wir trennen uns seit Jahren.«

Als das Essen aufgetischt wurde, stürmten Sophie und Patrique mit Puschkin herein, doch im selben Moment läutete Stefans Mobiltelefon. Bärbl Kerber meldete sich. Es klang, als weine sie: »Stefan, bitte, komm schnell. Es ist schrecklich. Vati ist nicht mehr ansprechbar«, dann brach die Verbindung ab. Er sprang auf und rief Lew zu: »Zahl du für mich.«

Er traf bereits fünf Minuten später in der Lehárgasse ein. Bärbl öffnete ihm die Tür und schrie: »Gott sei Dank, daß du da bist. Es ist schrecklich.«

Stefan eilte mit ihr ins Krankenzimmer. Hans stand an der Wand. Herbert Kerber saß in einer Ecke und klatschte sich mit der offenen Handfläche gegen die Stirn. Im Vierteltakt.

Sonst nichts. »Herr Doktor Kerber«, sprach ihn Stefan an und führte einen Finger an den Augen des Patienten vorbei. Der Kranke zeigte keine Reaktion.

Er griff vorsichtig nach dem Ellbogen, worauf der Alte mit seinem eintönigen Trommeln aufhörte. Hans sah zu. Bärbl wandte sich fort. Stefan fühlte den Puls, und nach einer kleinen Pause schlug sich der Greis wieder an den Kopf. Zwischendurch war ein Ratschen zu hören, ein Schaben. Herbert Kerber knirschte mit den Zähnen. Stefan saß still neben ihm. Er suchte den Blick des Patienten, doch sein Schauen schwirrte an ihm vorbei, in die Leere. Dann, endlich, verfing sich Kerber im Gegenüber, wirkte dabei wie einer, der aus einem Traum aufwacht, um nach wenigen Sekunden wieder abzutauchen, neuerlich mit der Rechten an den Schädel zu pochen, im steten Rhythmus, machte dabei den Eindruck eines Plattenspielers, dessen Tonarm festhing.

Stefan stellte knappe Fragen. Wer den Patienten in der Früh versorgt hatte? Seit wann er in diesem Zustand verharrte? Zu Mittag, so Bärbl, habe der Vater nichts essen wollen und über Kopfschmerzen geklagt. Er spüre seinen Mund nicht, ja, das halbe Gesicht fühle sich taub an und ihm sei speiübel, habe er noch gewürgt, ehe die Kotze aus ihm hervorgebrochen sei.

Danach war der Vater zu Boden gesunken und sein Körper in Zuckungen verfallen. Seine Züge hätten sich zur Maske verkrampft, und er sei blau angelaufen. Während Bärbl sprach, lehnte Hans Kerber an der Wand, schwieg. Es war, als würde jedes ihrer Wörter ihn quälen. Erst nachdem sie verstummt war, sagte er: »Unser Vater ähnelt einer Aufziehpuppe. Da, hier sitzt er, ein defekter Roboter, euer kaputtes Spielzeug, und hämmert sich an den Kopf. Nennst du, Stefan, das Heilung? Sieh ihn dir an, deinen Patienten. Du hast ihm den Schädel ausgeblasen. Mein Vater war zum ersten Mal in seinem Leben ein freundlicher, ein wenig verwirrter Herr. Was war daran so schlimm? Warum störte dich sein Vergessen? Weshalb konntet ihr ihn nicht einfach in Ruhe lassen? Wieso mußte er verhört werden, Bärbl?«

Bärbl schlich ins andere Eck des Zimmers, doch er folgte ihr nach: »Komm und schau! Komm, schau, was ihr aus Vati gemacht habt. Sieh doch. Du und deine Verhöre, du und deine Reue. Hier liegt sie, deine Reue. Nie wieder wirst du ihn befragen können. Nie wieder!«

Stefan erkundigte sich still, wer dem Kranken seine Medizin verabreicht hatte, worauf Bärbl die Hand hob. Er verlangte mit fester Stimme, die Arzneipackung zu sehen, bat um Papier und Bleistift, setzte sich an einen Schreibtisch und begann zu rechnen. Er zog seinen Kalender hervor, und zählte die Tabletten ab. Danach befand er: »Der Anfall eures Vaters hängt mit einer Überdosis zusammen. Er wurde vergiftet.« Stefan stand auf, ging mit der Medikamentenpackung dicht an Hans Kerber heran und flüsterte: »Du warst es, Hans.«

Doch der schrie: »Du hast überhaupt keinen Beweis. Ebensogut kann es Bärbl gewesen sein. Oder der Alte selbst. Was lachst du? Er selbst könnte doch die Arzneien eingenommen haben. Um nicht zur Verantwortung gezogen werden zu können.«

»Mir brauchst du nichts vorzumachen. Bärbl hat gar keinen Grund, und der Patient war überhaupt nicht depressiv oder panisch, aber du hattest Angst. Angst vor dem Geplapper deines Vaters und Angst vor seiner Krankheit und ebenso Angst vor seiner Genesung. Angst um deine Karriere. Angst, euren Namen in den Gazetten zu sehen.«

»Ja, ich habe Angst. Verdammt noch einmal, in den nächsten Wochen wird entschieden, wie es im Ministerium weitergeht. Ob ich den Posten bekomme. Aber was bedeutet das schon? Versuch dich hier nicht als Kommissar«, und während er sprach, der Vater sich weiterhin auf den Kopf schlug, die Schwester in der Ecke lehnte und aus dem Fester sah, ging der Ministerialbeamte auf und ab wie ein Tier im Käfig. »Und wenn schon«, sagte er: »Was soll es bringen, die Vergangenheit dieses Mannes aufzurollen? Wozu? Um ihn vor Gericht zu bringen? Schaut ihn euch an. Der kommt nie mehr wieder. Es ist vorbei, und es ist besser so. Hörst du? Es ist vorbei.«

In diesem Moment löste sich Bärbl aus ihrer Ecke, und die Frau, die vor wenigen Wochen noch mit einer Pistole zu Verhören aufmarschiert war, ging auf den Greis zu, kniete vor ihm nieder, nahm seine Hand und streichelte seine Wange: »Verstehst du nicht, Hans? Du hast unseren Vater umgebracht«, sagte sie. Der Alte hielt inne, sich zu schlagen, sah verwundert zur Tochter auf und lächelte müde. Sie legte ihren Kopf auf seinen Schoß: »Weißt du nicht mehr, wenn wir Kinder krank waren, wie er zu uns kam, der süße Hustensaft, der große Löffel, damit hat er uns den Sirup eingeflößt. Weißt du nicht mehr? ›Das macht euch wieder gesund‹, hat er gesagt. Und die Märchen an solchen Tagen. Seine Zaubersprüche.« Sie flüsterte auf den Alten ein: »Mutabor. Mutabor«, dann wieder zu Hans: »Schau, was du aus ihm gemacht hast. Einen Hampelmann. Du hast ihn vergiftet, umgebracht, Hans. Ermordet.« Sie nahm ein Tuch aus ihrer Tasche und trocknete dem Vater die Stirn, dann geleitete sie ihn zu Bett, worauf er wieder begann, sich mit der Hand an die Schläfe zu klopfen.

Stefan durchbrach das Schweigen: »Er wurde nicht umgebracht, und er ist nicht tot. Das war ein Anfall, ein Grand Mal, aber er wird sich wieder erholen.« Er steckte die Medikamente ein, dann ging er auf Hans zu, klopfte eine Zigarette hervor, pflanzte sie in den Mund, fragte nicht, ob das Rauchen hier erlaubt sei, sagte leise: »Wenn er nicht morgen abend in der neurologischen Abteilung eingeliefert ist, wende ich mich an die Polizei.« Danach packte er seine Geräte ein, sehr betulich, worauf Hans hin und her ging, dann ausstieß: »Laß uns darüber reden«, sich danach zu seiner

Schwester beugte: »Bärbl, sag du auch was«, doch sie drehte sich bloß weg und hin zum Alten. Hans eilte Stefan nach, der bereits das Zimmer verließ, durch den Gang schritt, auf den Vorraum zu. »Bitte, sei doch vernünftig«, er versuchte, die Tür zuzuhalten, flehte: »Ich kenn dich, seitdem wir Kinder sind.« Stefan schaute an ihm vorbei, streifte sich den Mantel über, sog an der Zigarette und blies den Rauch aus.

Hans sagte: »Schau, sei doch nicht so blöd. Du vermasselst dir selbst alles. Ich rede jetzt als Jugendfreund. Wenn du mich dazu zwingst, werde ich den Vater natürlich einliefern müssen, aber bedenke doch, was das für dich bedeutet. Glaubst du, ich weiß nicht, in welcher Situation du bist? Ich bin besser unterrichtet, als du denkst. Deine feste Stelle im Spital hast du doch verspielt. Seit Monaten warst du nicht mehr dort.«

»Was geht das dich an? Ich habe mir frei genommen. Na und?«

»Ja, damals hast du um Urlaub gebeten, warst du unsicher. Ich weiß. Aber nun willst du zurück. Wenn ich jetzt deinen Korsakow-Patienten zu Kahlbauer bringe, ist für dich alles verloren. Das ist Blödsinn. Hörst du? Stefan, so reiß dich endlich zusammen. Es ist für uns alle das beste, wenn er vorerst hier bleibt.«

»Wie lange denn noch?«

»Zumindest bis du dort wieder angestellt bist. So lange könntest du dir Zeit lassen. Und mir. Dann kriegen wir beide unseren Posten.«

»Wer weiß, ob das je geschieht.«

»Ich habe da einen Freund. Im Ministerium. Ein Parteigenosse. Der kann sich bei Kahlbauer für dich einsetzen. Es ist ein Klacks für ihn.«

»Das sagst du mir erst jetzt.«

»Ich wollte es dir ohnehin vorschlagen, aber dann ... Ist ja egal. Eine Hand wäscht die andere. Du wendest dich nicht an die Polizei; ich sorge für deine Aufnahme in der Abteilung. Du wirst sehen. Alles kommt in Ordnung.«

Stefan lächelte: »Das würdest du für mich tun?«

»Natürlich. Wir zwei sind Nachbarskinder. Hast du das ganz vergessen?«

»Nein, daran erinnere ich mich recht gut. Damals warst du ziemlich rigoros in deinen Anschauungen. Ein wenig engstirnig, aber dennoch ... Solche Vorschläge hättest du mir damals nicht gemacht.«

»Meine Güte, ich war ein linksradikaler Jugendlicher.«

Stefan knöpfte seinen Mantel zu, zündete wieder die Zigarette an, die ausgegangen war: »Also, wie gesagt, wenn er nicht morgen abend in der neurologischen Abteilung eingeliefert ist, wende ich mich an die Polizei.«

Hans schrie auf ihn ein: »Hör doch, Stefan. Der Krieg ist vorbei. Hitler ist besiegt. Zum Glück. Wozu, erklär mir das, wozu den Alten behandeln? Sag's? Lindert das sein Leiden? Es mag ja schrecklich sein, daß er krank ist, daß er gefangen ist, aber wäre seine Erinnerung eine Heilung? Wird er dann weniger verwirrt sein? Macht Gedächtnis glücklich? War der gesunde Herbert Kerber soviel besser als der kranke? Woher, Stefan, willst du wissen, was meinem Vater hilft? Warum mußt du so unbarmherzig gut sein? Wozu? Soll er etwa vor Gericht gestellt werden? Wem nützt das? Den Opfern? Wäre es nicht ein Akt der Gnade, zu vergessen? Was bringt ihm, was uns seine Erinnerung? Wir kennen die Geschichte. Wir kennen sie bis zur Vergasung, wie es so schön heißt. Was können wir noch Neues daraus lernen?«

Stefan Sandtner rückte ganz nah an den einstigen Spielkameraden heran: »Vielleicht bloß«, flüsterte er, »daß Medikamente allein verabreicht werden sollen, um Menschen zu heilen, nicht, um sie zu töten. Nicht, um sie zu vergiften«, und die nächsten Worte sprach Stefan mit besonderem Nachdruck aus, und es war, als richte er sie nicht an Hans: »Nicht wahr, Herr Doktor Kerber?« Kaum hatte er diesen Satz ausgesprochen, ließ Hans sich ganz sachte zur Seite schieben. Stefan drückte die Klinke und entschwand.

Er ging die Linke Wienzeile entlang. Stadtauswärts. Jenseits der Straße sah er die Läden des Naschmarkts. Einige der Standler packten ihre Ware zusammen. Samstags machten sie früher Schluß. Die letzten Kunden zogen sich in Budenlokale zurück. Im »Zur eisernen Zeit« wurde das erste Achtel des Feierabends ausgeschenkt. Ein Betrunkener verschwand im Aborthaus. Tauben machten sich über Reste her. Ringsum rasselten Rolläden herunter. Das Wochenende wurde eingeläutet.

Dort drüben, vor einem halben Jahr, an einem sommerlichen Vormittag, hatte er Flora kennengelernt. Er zog vorbei an den Beisln der Linken Wienzeile. Ein einstiger Studienkollege saß mit einem Geliebten im Café Savoy und winkte von innen heraus. Stefan nickte zurück. Ein Rosenverkäufer lief vorbei. Es begann zu schneien. Das Flockentreiben leuchtete im Schein der Autolichter auf.

Am Ende des Naschmarktes, dort, wo zu Anfang der siebziger Jahre die alten Stände des Großmarktes abgerissen worden waren, erstreckte sich während der Woche ein freies Feld, ein Parkplatz. In der Nacht zum Samstag verwandelte sich das Areal in einen Flohmarkt. Lange vor Sonnenaufgang wurden die Parzellen zugeteilt, schoben sich Autos und Kombiwagen, bis obenhin beladen, auf den markierten Ort, wurden Tapeziertische aufgestellt und Waren gestapelt, ein Sammelsurium aus Ramsch und Raritäten, Andenken vergangener Zeit, aber ebenso billiges Raubgut. Stefan drängelte vorbei an Amtsbüchern der Monarchie und Wehrmachtskalendern, an einem Schlangennest aus Armbanduhren und an mehreren Haufen aus Hosen, Blusen und Pullovern, vorbei an Jugendstillampen und Nierentischen, an Grammophonen und Schallplatten aus Schellack. Manchmal blitzten im Allerlei Gegenstände und Werkzeuge auf, deren Aussehen Stefan begeisterte, ohne daß er wußte, wozu sie je gebraucht worden waren. In einem offenen Kleinbus am Ende des Grundstücks lagen in Kisten verschiedenste Mobiltelefone und Autoradios. Stefan durchquerte den Markt, dann verschwand er in die Gassen des fünften Bezirks, um langsam nach Hause zu gehen.

Er stopfte die Hände in die Taschen seines Mantels und stieß mit der Linken auf Papier, holte es hervor, und da sah er jene Pistazien, die ihm Flora vor Wochen zugesteckt hatte und die ihm seither nicht aufgefallen waren. Er nahm eine der Nüsse, saugte an der Salzkruste, knackte die Schale, ebenso, wie sie es getan hatte, und als er schließlich den weichen Kern zerkaute, war ihm, als vernehme er ihr Lachen und jenen ersten Satz, den er von ihr gehört hatte: »Mehr, mehr, erst wenn ich sage, ist Schluß.« Flora. Er würde sie nie wiedersehen, würde lediglich Wochen später erfahren, daß ihre Arbeit in Paris gelobt, Monate später, daß ihr Film in Wien vorgeführt worden, sein Name gar im Nachspann zu lesen gewesen sei; unter den Danksagungen. Sonst nichts. Selbst Jahre später sollten ihn Bekannte fragen, ob er wisse, wo jene Künstlerin, jene wunderbare Frau, wie war bloß ihr Name gewesen, ach ja, Flora Dema, nun lebe. Nach dem Kameramann Goran Bošković erkundigte sich keiner. Stefan sollte nie mehr wieder von ihm hören.

Er ging die schneebedeckten Straßen lang und klaubte eine Pistazie nach der anderen aus dem Sack. Die alte Garçonnière mußte er aufgeben. Er würde seine neue Wohnung herrichten und einsam dort einziehen. Er wollte Briefe schreiben. Sich an verschiedene Kliniken wenden und sich um eine neue Stelle bewerben. Morgen würde er sein Exposé fertigstellen und einen Lebenslauf anfertigen. Am Montag mußte er sich um Arbeit in einem anderen Spital bemühen. Montag würde er sich um seine neue Wohnung kümmern. Nicht heute. An diesem Abend wollte er sich an das Fernsehen verlieren. Im Widerschein des Bildschirms die Einsamkeit überblenden. Morgen, spätesten übermorgen, mußte er einen neuen Anfang finden. Heute nicht. Noch war es nicht vorbei.